ANNE MICHAELS

1958 in Toronto geboren.
Sie veröffentlichte preisgekrönte Gedichtbände und unterrichtete »Creative Writing« an der Universität Toronto. Ihr erster Roman »Fluchtstücke« wurde in 19 Sprachen übersetzt und in England mit dem Orange Prize ausgezeichnet.

DIE BRIGITTE-EDITION

ERLESEN VON ELKE HEIDENREICH

BAND XIX

ANNE MICHAELS

Fluchtstücke

ANNE MICHAELS

Fluchtstücke

Roman
Aus dem Englischen von
Beatrice Howeg

DIE BRIGITTE-EDITION

Für J

Während des Zweiten Weltkrieges gingen zahllose Manuskripte – Tagebücher, Memoiren, Augenzeugenberichte – verloren, oder sie wurden zerstört. Einige dieser Erzählungen wurden von jenen, die nicht überlebten, versteckt – in Gärten vergraben, in Hohlräume von Wänden gesteckt oder unter Bodendielen gelegt – und nie wieder gefunden.

Andere Geschichten sind in der Erinnerung verborgen, sie wurden weder niedergeschrieben noch erzählt; wieder andere wurden nur durch Zufall wieder aufgefunden.

Der Dichter Jakob Beer, der auch als Übersetzer postumer Schriften aus dem Krieg arbeitete, wurde im Frühjahr 1993 in Athen von einem Auto angefahren und starb im Alter von sechzig Jahren an den Folgen des Unfalls. Seine Frau, die neben ihm auf dem Gehsteig gestanden hatte, überlebte ihn nur um zwei Tage. Sie hatten keine Kinder.

Kurz vor seinem Tod hatte Beer begonnen, seine Memoiren zu schreiben. »Die Kriegserfahrung eines Menschen«, schrieb er einmal, »hört nicht mit dem Kriege auf. Die Arbeit eines Menschen ist wie sein Leben nie vollendet …«

TEIL I

Die ertrunkene Stadt

Die Zeit ist eine blinde Führerin.

Ich war ein Junge des Sumpfes. Ich tauchte in die schlammigen Straßen der ertrunkenen Stadt. Mehr als tausend Jahre zogen nur Fische über Biskupins hölzerne Stege. Durch Häuser, die gebaut wurden, in die Sonne zu blicken, flutete das trübe Dunkel des Flusses, der Gasawka. Prachtvoll wuchsen Gärten in der Stille unter dem Wasser; Lilien, Binsen, Algen.

Niemand wird nur einmal geboren. Hat man Glück, erblickt man im Arm eines anderen erneut das Licht; hat man Unglück, erwacht man, wenn der lange Schweif des Entsetzens das Innere des eigenen Schädels streift.

Ich wand mich durch den sumpfigen Boden ans Licht wie der Tollundmann, der Mann von Grauballe, wie der Junge, den sie aus der Franz-Josef-Straße zogen, als das Pflaster ausgebessert werden sollte, sechshundert Muschelschalen trug er um den Hals und einen Helm aus Schlamm auf dem Kopf. Er triefte von den pflaumenfarbenen Säften des torfschwitzenden Morastes. Eine Nachgeburt der Erde.

Ich sah einen Mann auf dem säuredurchtränkten Boden knien. Er grub. Mein plötzliches Auftauchen erschreckte ihn. Einen Moment lang glaubte er, ich wäre eine von Biskupins verlorenen Seelen – oder vielleicht der Junge aus dem Märchen, der ein so tiefes Loch gräbt, daß er auf der anderen Seite der Erde wieder herauskommt.

Fast ein Jahrzehnt hatte man Biskupin sorgfältig ausgegraben. Sanft lösten Archäologen Relikte der Stein- und Eisenzeit aus dem weichen braunen Torf. Den Damm aus reinem Eichenholz, der einst Biskupin mit dem Festland verband, hatte man wieder aufgebaut, genauso wie die kunstvoll ohne einen Nagel errichteten Holzhäuser, den Wall und die Stadttore mit ihren hohen Türmen. Hölzerne Straßen – in denen sich vor fünfundzwanzig Jahrhunderten Händler und Handwerker drängten – wurden aus dem schlammigen Grund des Sees gehoben. Als die Soldaten kamen, betrachteten sie die perfekt erhaltenen Tonschalen, hielten die Glasperlen, die Armbänder aus Bronze und Bernstein in den Händen, bevor sie sie auf dem Boden zerschlugen. Entzückt schritten sie durch die großartige hölzerne Stadt, einst Heimat von hundert Familien. Dann begruben die Soldaten Biskupin unter Sand.

*

Meine Schwester war für unser Versteck längst zu groß geworden. Bella war fünfzehn, und sogar ich mußte zugeben, daß sie schön war, mit dichten Brauen und wundervollem Haar, dick und kostbar wie schwarzer Sirup, ein glänzender Muskel, der auf ihrem Rücken lag. »Ein Kunstwerk«, sagte unsere Mutter, während sie es bürstete und Bella vor ihr auf einem Stuhl saß. Ich war noch klein genug, im Schrank hinter der Tapete zu verschwinden; seitlich drückte ich meinen Kopf zwischen erstickenden Mörtel und Bohlen, mit streifenden Wimpern.

Seit jenen Minuten in der Wand stelle ich mir vor, die Toten verlören alle Sinne außer dem Gehör.

Die zerborstene Tür. Aus den Angeln splitterndes Holz wie krachendes Eis unter den Rufen. Nie gehörte Laute, dem Mund meines Vaters entrissen. Dann Stille. Meine Mutter hatte gerade einen Knopf an mein Hemd genäht. Die Knöpfe bewahrte sie in einer angesprungenen Untertasse auf. Ich hörte den Rand der Untertasse auf dem Boden kreisen. Ich hörte das Springen der Knöpfe, kleine weiße Zähne.

Schwärze erfüllte mich, zog von hinten über den Kopf in die Augen, als wäre mein Gehirn durchbohrt worden. Sie verbreitete sich vom Magen in die Beine. Ich würgte und würgte, schluckte sie im ganzen hinunter. Die Wand füllte sich mit Rauch. Ich zwängte mich hinaus und starrte, während die Luft in Flammen aufging.

Ich wollte zu meinen Eltern gehen, sie berühren. Aber ich konnte es nicht, ohne in ihr Blut zu treten.

Die Seele verläßt den Körper augenblicklich, als könne sie es kaum erwarten, frei zu sein: Das Gesicht meiner Mutter war nicht das ihre. Mein Vater lag vom Sturz verrenkt. Zwei Formen in dem Haufen Fleisch, seine Hände.

Ich lief und fiel, lief und fiel. Dann der Fluß: so kalt, als schnitte er mich.

Der Fluß war von dem gleichen Schwarz, das in mir war; nur die dünne Membran meiner Haut ließ mich an der Oberfläche treiben.

Vom anderen Ufer aus beobachtete ich, wie die Dunkelheit über der Stadt zu violett-orangenem Licht wurde; die Farbe von Fleisch, das sich in Geist verwandelte. Sie flogen auf. Die Toten zogen über mir dahin, seltsame Strahlenhöfe und Lichtbögen erstickten die Sterne. Die Bäume neigten sich unter ihrem Gewicht. Noch nie war ich nachts allein im Wald gewesen; die wilden bloßen Äste waren gefrorene Schlangen. Der Boden bewegte sich unter mir, und ich hielt mich nicht fest. Ich wollte ihnen folgen, mit ihnen hinaufsteigen, mich von der Erde lösen wie Papier, das sich an den Ecken hebt und wellt. Ich weiß, warum wir die Toten begraben, warum wir einen Stein an den Ort stellen, das schwerste, beständigste Ding, das wir kennen: weil die Toten überall sind, nur nicht in der Erde. Ich blieb wo ich war. Klamm vor Kälte, fest am Boden. Ich bettelte: Wenn ich nicht aufsteigen kann, dann laß mich sinken, in den Boden des Waldes sinken wie ein Siegel in Wachs.

Dann – als hätte sie mir das Haar aus der Stirn gestrichen, als hätte ich ihre Stimme gehört – wußte ich plötzlich, daß meine Mutter in mir war. Wie durch unser Haus, bei Nacht, wenn sie aufräumte, wenn sie alles in Ordnung brachte, wanderte sie meine Sehnen entlang, unter meiner Haut. Sie kam, sich zu verabschieden, und war nun in dem schmerzlichen Widerspruch gefangen: aufsteigen zu wollen, bleiben zu wollen! Es war meine Pflicht, sie loszulassen, es war eine Sünde, wenn ich sie daran hinderte fortzugehen, hinauf. Ich zerrte an meinen Kleidern, meinem Haar. Sie war fort. Mein eigener schneller Atem hing um meinen Kopf.

Ich lief fort von den Geräuschen des Flusses in den Wald, der finster war wie das Innere einer Truhe. Ich lief, bis die Dämmerung das letzte Grau aus den Sternen wrang und schmutziges Licht zwischen die Bäume triefen ließ. Ich wußte, was ich zu tun hatte. Ich nahm einen Stock und fing an zu graben. Wie eine Rübe pflanzte ich mich in den Boden und versteckte mein Gesicht unter Blättern.

Mein Kopf zwischen den Ästen, stachelige Borsten wie der Bart meines Vaters. Ich war sicher begraben, meine nassen Kleider kalt wie ein Panzer. Hechelnd wie ein Hund. Meine Arme waren eng an die Brust gedrückt, den Kopf hatte ich in den Nacken gelegt, Tränen krochen mir wie Insekten in die Ohren. Ich konnte nur geradewegs nach oben schauen. Der Morgenhimmel war milchig von neuen Seelen. Bald konnte ich, selbst wenn ich die Augen schloß, der Absurdität des Tageslichts nicht länger entgehen. Es stieß auf mich nieder, stechend wie die gebrochenen Zweige, wie der Bart meines Vaters.

Dann schämte ich mich, wie ich mich noch nie im Leben geschämt hatte. Ich spürte bohrenden Hunger. Und plötzlich begriff ich, meine Kehle brannte lautlos – Bella.

*

Ich hatte meine Pflichten. Nachts gehen. Am Morgen mein Bett graben. Essen, was da war.

Meine Tage in der Erde waren nichts als ein Fiebertraum aus Schlaf und Wachsamkeit. Ich träumte, jemand hätte meinen verlorengegangenen Knopf gefunden und suchte mich jetzt. Auf einer Lichtung, bedeckt von aufgesprungenen Schoten, aus denen weiß der Pollen quoll, träumte ich von Brot; ich wachte auf und hatte so lange Luft gekaut, daß mein Kiefer steif war. Ich erwachte aus Furcht vor Tieren; ich erwachte zu noch größerer Furcht vor Menschen.

Während dieses Tagesschlafs erinnerte ich mich daran, daß meine Schwester am Schluß ihrer Lieblingsromane immer weinen mußte; diese Romane waren das einzige, was mein Vater sich gönnte – Romain Rolland oder Jack London. Während sie las, sah man die Gestalten in ihrem Gesicht, ein Finger rieb den Rand der Buchseite. Bevor ich selbst lesen lernte, erwürgte ich sie fast mit den Armen – aus Wut, ausgeschlossen zu sein; ich hing über ihr, meine Wange an der ihren, als könnte ich irgendwie in den kleinen schwarzen Zeichen die Welt erblicken, die Bella sah. Sie schüttelte mich ab oder aber hielt, wenn sie großmütig war, inne, legte das Buch in den Schoß und erklärte mir die Geschichte … betrunken schlürft der Vater nach Hause … der betrogene Geliebte, vergeblich wartet er unter den Sternen … das schreckliche Geheul der Wölfe in der Finsternis der Arktis – und schon zitterte ich unter meinen Kleidern. Manchmal saß ich abends auf Bellas Bettkante, und sie prüfte meine Rechtschreibung, indem sie mir mit dem Finger etwas auf den Rücken schrieb, und wenn ich das Wort gelernt hatte, wischte sie es behutsam mit einer Handbewegung wieder aus.

Ich konnte die Geräusche nicht draußenhalten: das Aufbrechen der Tür, das Prasseln der Knöpfe. Meine Mutter, mein Vater. Aber schlimmer als diese Geräusche war, daß ich mich nicht erinnern konnte, etwas von Bella gehört zu haben. Und erfüllt von ihrem Schweigen, blieb mir nichts anderes, als mir ihr Gesicht vorzustellen.

*

Nachts ist der Wald unbegreiflich; abstoßend und endlos, herausragende Knochen und klebrige Haare, schleimig, mit ineinandergehenden Gerüchen und flachen Wurzeln wie knotigen Venen.

Schnecken überziehen den Farn wie Spritzer von Teer; schwarze Eiszapfen aus Fleisch.

Tagsüber habe ich die Zeit zu sehen, daß Flechten wie Goldstaub auf den Felsen liegen.

Ein Kaninchen, es spürt, daß ich da bin, duckt sich in meiner Nähe, versucht, sich im Gras zu verstecken.

Die Sonne bricht gezackt durch die Bäume, so hell, daß ihre Splitter sich dunkel färben und wie verbranntes Papier in meinen Augen treiben.

Die weißen Spitzen der Gräser verfangen sich in meinen Zähnen wie geschmeidige kleine Gräten. Ich zerkaue Blätter zu einem bitteren faserigen Brei, der meine Spucke grün färbt.

Einmal wage ich es, mein Bett in der Nähe einer Weide auszuheben, um der schweren Feuchtigkeit des Waldes zu entfliehen, um frische Luft zu atmen. Eingegraben fühle ich die stampfenden dunklen Formen der Kühe, die mit dumpfen Tritten über die Weide herankommen. Von weitem sehen sie mit ihren vorgestreckten Köpfen aus, als schwämmen sie. Sie galoppieren heran, bleiben kurz vor dem Zaun stehen, dann treiben sie langsam auf mich zu, ihre Köpfe schwingen mit jedem Schritt ihrer schweren Flanken wie langsame Kirchenglocken hin und her. Die schmalen Kälber beben hinter ihnen, Angst in den zuckenden Ohren. Ich habe auch Angst – die Herde könnte Leute zu meinem Versteck führen; die

Kühe drängen sich zusammen, legen die breiten Köpfe auf den Bretterzaun und starren mit rollenden Augen auf mich herab.

Ich fülle die Taschen, die Hände mit Steinen und wate in den Fluß, bis nur noch Mund und Nase – rosa Lilien – die Luft abschöpfen. Erde löst sich von meiner Haut, aus den Haaren, und ich sehe zufrieden, daß die fette Schicht von Läusen aus meinen Kleidern nun wie ein Schaumschleier auf der Oberfläche treibt. Ich stehe auf dem Grund, die Stiefel vom Schlamm angesogen, die Strömung fließt um mich herum, ein Umhang aus flüssigem Wind. Lange bleibe ich nicht untergetaucht. Nicht nur wegen der Kälte, auch weil ich mit den Ohren unter Wasser nichts höre. Das ist für mich beängstigender als die Dunkelheit, und wenn ich die Stille nicht mehr ertrage, schlüpfe ich aus meiner nassen Haut wieder hinein in die Geräusche.

Ein Mann steht hinter einem Baum und beobachtet mich. Von meinem Versteck aus starre ich ihn regungslos an, bis meine Augen in ihren Höhlen steinern werden und ich nicht mehr sicher bin, ob er mich überhaupt gesehen hat. Worauf wartet er? Im letzten Augenblick, bevor ich wegrennen muß, da der Tag schnell anbricht, erkenne ich, daß ich die halbe Nacht Gefangener eines Baumes war, der tote, harte Stumpf vom Mondlicht entstellt.

Sogar bei Tageslicht, im kalten Nieselregen, ist mir der vage Ausdruck des Baumes vertraut. Das Gesicht über einer Uniform.

Der Grund des Waldes ist gesprenkelte Bronze, karamelisierter Zucker hängt in den Blättern. Die Äste wirken gegen den zwiebelbleichen Himmel wie gemalt. Eines Morgens sehe ich, wie sich ein Lichtstrahl behutsam über den Boden hinweg auf mich zubewegt.

Ich weiß plötzlich, meine Schwester ist tot. Da, genau in diesem Augenblick, wird Bella zu überschwemmtem Land. Ein Körper aus Wasser, unter dem Mond dahinziehend.

*

Ein grauer Herbsttag. Am Ende der Kraft, dort, wo der Glaube am meisten der Verzweiflung gleicht, brach ich aus den Straßen von Biskupin empor; aus der Erde in die Luft.

Ich humpelte auf ihn zu, steif wie ein Golem, Lehm in den Kniekehlen festgebacken. Ich blieb ein paar Schritte vor ihm stehen, dort, wo er grub – als hätte ich eine Glastür gerammt, erzählte er mir später, eine unbestreitbare Wand aus reiner Luft – »und dann brach die Schlammaske unter deinen Tränen auf, und ich wußte, daß du ein Mensch warst, nur ein Kind. Das mit der Hemmungslosigkeit eines Kindes weinte.«

Er sagte, er redete auf mich ein. Aber ich war wild vor Taubheit. Meine torfverstopften Ohren.

So hungrig. Ich schrie in die Stille den einzigen Satz, den ich in mehr als einer Sprache kannte. Ich schrie es auf Polnisch und Deutsch und Jiddisch und schlug mir mit den Fäusten an die Brust: dreckiger Jude, dreckiger Jude, dreckiger Jude.

Der Mann, der im Schlamm von Biskupin Ausgrabungen machte, der Mann, der sich später Athos nannte, trug mich unter seiner Kleidung. Meine Glieder waren Knochenschatten an seinen starken Armen und Beinen, mein Kopf lag vergraben an seinem Hals, beide zusammen steckten wir unter einem schweren Mantel.

Ich erstickte fast, aber mir wurde nicht warm. Kalte Luft strömte von der Kante der Autotür ins Innere seines Mantels. Das Dröhnen des Motors und das Rauschen der Reifen, manchmal das Geräusch eines vorbeifahrenden Lastwagens. In unserem sonderbaren Zusammensein grub sich Athos' Stimme in mein Hirn. Ich verstand nichts, und deshalb legte ich mir zurecht, was er sagte: Es ist richtig, es ist richtig, wir müssen weg …

Stundenlang durch die Dunkelheit fahrend, auf dem Rücksitz des Autos, hatte ich keine Ahnung, wo wir waren oder wohin wir fuhren. Ein anderer Mann saß am Steuer, und wenn wir aufgefordert wurden anzuhalten, zog Athos eine Decke über uns. Dann klagte er in griechisch getöntem, aber gutem Deutsch, er sei krank. Er klagte nicht nur. Er wimmerte, er stöhnte. Er bestand darauf, seine Symptome und ihre Behandlung genau zu beschreiben. Bis sie uns, angewidert und verärgert, weiterwinkten. Jedesmal, wenn wir anhielten, lag ich taub an seinem festen Körper, eine Pustel, stramm vor Angst.

Mein Kopf zersprang vor Fieber, ich konnte meine brennenden Haare riechen. Tage und Nächte hindurch entfernte ich mich immer weiter von meinem Vater, meiner Mutter. Von den langen Nachmittagen am Fluß mit meinem Freund Mones. Sie wurden durch meine Kopfhaut hindurch aus mir herausgerissen.

Bella aber blieb. Wir waren russische Puppen. Ich war in Athos, Bella war in mir. Ich weiß nicht, wie lange wir so fuhren. Einmal wachte ich auf und erkannte Schilder in fließender Schrift, die von weitem dem Hebräischen glich. Dann sagte Athos, daß wir zu Hause seien, in Griechenland. Als wir näher kamen, merkte ich, daß die Wörter fremd waren; ich hatte noch nie griechische Buchstaben gesehen. Es war Nacht, aber die quadratischen Häuser waren sogar im Dunkeln weiß, und die Luft war weich. Ich war matt vor Hunger und der langen Zeit, die ich im Auto gelegen hatte.

Athos sagte: »Ich werde dein *koumbaros* sein, dein Pate, der Ehestifter für dich und deine Söhne ...«

Athos sagte: »Wir müssen einander tragen. Wenn wir das nicht können, was sind wir dann ...«

Auf der Insel Zakynthos vollführte Athos – Wissenschaftler, Gelehrter, mittelmäßiger Sprachenkenner – sein erstaunlichstes Kunststück. Aus seinen Hosenbeinen zauberte er den sieben Jahre alten Flüchtling Jakob Beer hervor.

Die Steinträger

Die Schattenvergangenheit ist aus all dem gemacht, was nie geschah. Unmerklich formt sie die Gegenwart wie Regen den Karst. Eine Biographie der Sehnsucht. Sie steuert uns wie ein Magnet, wie eine Antriebswelle des Geistes. Deshalb trifft einen ein Duft so schwer, ein Wort, ein Ort, das Foto eines Berges von Schuhen. Eine Liebe, die den Mund schließt, bevor sie einen Namen ruft.

Von den wichtigsten Ereignissen meines Lebens kann ich nicht zeugen. Ein Blinder muß meine tiefste Geschichte erzählen, ein Gefangener der Geräusche. Von der anderen Seite einer Mauer, von unter der Erde. Aus der Ecke eines kleinen Hauses auf einer kleinen Insel, die sich wie ein Knochen aus der Haut der See erhebt.

Auf Zakynthos lebten wir dicht unter dem Himmel. Tief unten umgaben uns die ruhelosen Wellen. Dem Mythos zufolge spukt ein Trugbild der Liebe im Ionischen Meer.

Im oberen Stock gab es zwei Zimmer und zwei Aussichten. Das kleine Schlafzimmerfenster öffnete sich leer auf die See. Das andere Zimmer, Athos' Arbeitsraum, sah den steinigen Hang hinab auf die in der Ferne liegende Stadt und den Hafen. In den Winternächten, wenn der Wind unerbittlich und feucht auf das Haus drückte, war es, als stünden wir auf der Brücke eines Schiffes, die Läden knarrten wie Masten und Wanten; die Stadt Zakynthos schimmerte gedämpft, als läge sie unter den Wellen. In den dunkelsten Stunden der Sommernächte stieg ich durch das Schlafzimmerfenster hinaus und legte mich auf das Dach. Am Tage blieb ich in dem kleinen Schlafzimmer und versuchte meine Haut zu überreden, die Maserungen des Holzes, das Muster des geknüpften Teppichs oder der Bettdecke anzunehmen, damit ich einfach durch Stillhalten verschwinden könnte.

Beim ersten Osterfest, das ich im verborgenen verbrachte, sah ich dem mitternächtlichen Höhepunkt der Anastasimi-Messe von dem Fenster in Athos' Arbeitszimmer zu. Die Prozessionskerzen wurden durch die Straßen getragen, eine sich schlängelnde, schwach flackernde Spur, die den Weg des *epitafios* nachzeichnete und sich dann in den nackten Hügeln zerstreute. Als die Teilnehmer nach Hause gingen, löste sich die Kette am Stadtrand in einzelne Funken auf. Die Stirn an der Fensterscheibe, sah ich zu und war wieder in unserem Dorf, an Winterabenden, wenn der Lehrer die Dochte unserer Laternen entzündete und uns wie Spielzeugboote, die auf- und niederwippend den Rinnstein hinuntertrieben, auf die Straße entließ. Halter aus Draht schlugen gegen die heißen Kugeln. Der aufsteigende Geruch unserer feuchten Mäntel. Mones, wie er die Arme schwang und seine Laterne über den Boden schürfte und sein weißer Atem von unten her angeleuchtet wurde. Ich verfolgte die Osterprozession und setzte dieses Bild wie andere gespenstische Doppelbelichtungen behutsam in seine Umlaufbahn. Auf ein inneres Regal, das zu hoch für mich war. Und selbst jetzt, ein halbes Jahrhundert später, während ich dies auf einer anderen griechischen Insel niederschreibe und auf die fernen Lichter der Stadt hinabblicke, spüre ich, wie die Wärme einer Laterne in meinen Ärmel kriecht.

Ich beobachtete Athos, wie er abends an seinem Schreibtisch las, und sah meine Mutter, die am Tisch nähte, meinen Vater, der in der Zeitung blätterte, Bella mit ihren Notenheften. Jeder Moment – und war er noch so beiläufig, noch so alltäglich – ist voller Gewicht und Leben. Ich kann mich nicht an ihre Gesichter erinnern, aber ich stelle mir den Ausdruck in ihnen vor, um die Liebe eines ganzen Lebens in der letzten Sekunde zu fassen. Wie alt ein Gesicht auch sein mag, im Augenblick des Todes machen es die unaufgebrauchten Gefühle eines ganzen Lebens wieder jung.

Ich war wie die Männer in Athos' Geschichten, die Kurs zu halten suchten, bevor man den Längengrad bestimmen konnte, und die nie genau wußten, wo sie waren. Sie schauten zu den Sternen auf, und sie wußten, daß sie nicht genug wußten, die Terra nullius hinter dem Horizont ließ ihnen die Haare zu Berge stehen.

Auf Zakynthos lebten wir auf festem Fels, an einem hochgelegenen windigen Ort voller Licht. Ich lernte, die Bilder, die wie Geschwüre in mir wuchsen, zu ertragen. Aber in der Erwartung der berstenden Tür, des plötzlichen Blutgeschmacks im Mund konnte ich mir kein Gefühl vorstellen, das stärker gewesen wäre als die Angst; Athos, wer ist stärker als die Angst?

Auf Zakynthos zog ich in einem sonnigen Winkel auf dem Boden einen Kräutergarten mit Zitronenmelisse und Basilikum. Ich stellte mir die Gedanken des

Meeres vor. Ich verbrachte den Tag mit Briefen an die Toten und bekam nachts, wenn ich schlief, die Antwort.

*

Athos – Athanasios Roussos – war ein Geologe, der sich einer privaten Dreieinigkeit aus Torf, Kalkstein und archäologischem Holz verschrieben hatte. Doch wie die meisten Griechen entsprang er dem Meer. Sein Vater war der letzte Roussos gewesen, der zur See gefahren war; er gab das Schiffahrtsunternehmen auf, das seit dem achtzehnten Jahrhundert von der Familie betrieben worden war. Damals befuhren noch russische Schiffe die Türkischen Meerengen vom Schwarzen Meer in die Ägäis. Athos wußte, daß kein Schiff ein bloßes Ding ist, daß ein Geist das Tauwerk und die Planken belebt, daß ein gesunkenes Schiff zu einem Gespenst wird. Er wußte, daß es den Durst stillte, rohen Fisch zu kauen. Er wußte, daß es vierundvierzig Elemente im Seewasser gibt. Er beschrieb mir die alten griechischen Galeeren aus Zedernholz, mit Erdpech kalfatert und mit Segeln aus Seide oder Leinen bestückt. Er erzählte mir von peruanischen Balsaflößen und polynesischen Booten, die aus Stroh gemacht waren. Er erklärte mir, daß die riesigen sibirischen Flöße aus dem Fichtenholz der Taiga auf zugefrorenen Flüssen gebaut und erst im Frühling vom Tauwetter freigesetzt wurden. Manchmal wurden zwei Flöße aneinandergebunden, und dann war das Fahrzeug so groß, daß ein Holzhaus mit einer steinernen Herdstelle darauf Platz fand. Von seinem Vater hatte Athos Seekarten geerbt, die von Kapitänen und Meereskundlern weitergereicht worden waren und sich durch Generationen hindurch vermehrt hatten. Er zeichnete für mich die Handelsroute seines Urgroßvaters mit Kreide auf einen schwarzen, zum Lernen gedachten Schieferglobus. Obwohl ich damals noch ein Kind war, verstand ich, daß mir hier anstelle der Vergangenheit, die man mir genommen hatte, eine zweite Geschichte angeboten wurde – wenn ich stark genug war, sie anzunehmen.

Ein Versteck zu teilen, verbindet wie die Liebe. Ich folgte Athos auf Schritt und Tritt. Ich fürchtete mich, wie jemand sich fürchten muß, der nur einen Menschen hat, dem er vertrauen kann, eine Furcht, die ich nur durch Hingabe lösen konnte. Ich saß neben ihm, wenn er an seinem Tisch schrieb, wenn er nachdachte über Kräfte, die Meere in Stein verwandelten und Steine wieder verflüssigten. Er gab es bald auf, mich ins Bett zu schicken. Oft lag ich zu seinen Füßen wie eine Katze, umgeben von Büchern, die sich in immer höher wachsenden Haufen neben seinem Stuhl türmten. Spätabends, wenn er arbeitete – mit einer tiefen Konzentration, die mich einschlafen ließ –, baumelte sein Arm herab wie eine Lotleine. Der Geruch der Buchdeckel und seiner Pfeife und das Gewicht seiner sicheren schweren Hand auf meinem Kopf beruhigten mich. Der linke Arm wies herunter zur Erde, der rechte mit offener Hand zum Himmel.

Während der langen Monate lauschte ich nicht nur Athos' Erzählungen über die Geschichte der Seefahrt, die er mit Anekdoten seiner Vorfahren, mit Bildern aus Büchern und mit Karten dramatisierte, er erzählte mir auch von der Geschichte der Erde selbst. Er häufte vor meinem inneren Auge die gewaltige wogende Terra mobilis auf: »Stell dir festen Fels vor, der brodelt wie kochende Suppe; einen ganzen Berg, der in Flammen zerplatzt oder langsam vom Regen gefressen wird – wie Stücke, die man aus einem Apfel herausbeißt …« Von der Geologie kam er zur Paläontologie, von da zur Poesie: »Denk nur, die erste Pflanze, die sich dem Licht zuwendet, der erste Atemzug eines Tieres, die ersten Zellen, die sich verbanden und sich nicht wieder teilten, um sich zu vermehren, der Beginn des Menschen …« Er zitierte Lukrez: »›Die frühesten Waffen waren Hände, Nägel und Zähne. Danach kamen Steine und von Bäumen gebrochene Äste, dann Feuer und Flammen …‹«

Allmählich lernten Athos und ich die Sprache des anderen. Er ein wenig meines Jiddisch, mit den paar Brocken Polnisch, die wir beide verstanden. Ich sein Griechisch und sein Englisch. Wir nahmen neue Wörter in den Mund wie fremde Gerichte; ein verdächtiger, erworbener Geschmack.

Athos wollte nicht, daß ich vergaß. Er ließ mich das hebräische Alphabet wiederholen. Jeden Tag sagte er dasselbe: »Es ist deine Zukunft, an die du dich erinnerst.« Er brachte mir die verschnörkelte griechische Schrift bei, sie war wie ein verzerrter Zwilling des Hebräischen. Das Hebräische und das Griechische, sagte Athos gern, enthielten beide die antike Einsamkeit von Ruinen, »wie eine Flöte, die man von fern einen Olivenhang herab hört, oder eine Stimme, die von der Küste aus ein Boot anruft«.

Langsam lernte meine Zunge ihre traurigen neuen Künste. Ich sehnte mich danach, die Erinnerung aus meinem Mund herauszuwaschen. Ich sehnte mich danach, meinen Mund als meinen eigenen zu spüren, wenn ich mit ihm sein schönes und schweres Griechisch sprach, die dicken Konsonanten, die vielen Silben, voller Unterschied und Grazie – wie Wasser, das um Felsen fließt. Ich aß griechisches Essen, ich trank aus den Brunnen von Zakynthos, bis auch ich die verschiedenen Quellen der Insel unterscheiden lernte.

Wir begaben uns auf Gefilde immer größer werdender Zärtlichkeit, zwei verlorene Seelen, allein an Deck in einem schwarzen endlosen Meer, mit Winden, die an den Ecken des Hauses aufheulten, ohne Lichter, die uns hätten führen können, aber auch ohne Lichter, die unsere Position verraten konnten.

Am frühen Morgen war Athos oft den Tränen nahe, ergriffen rief er seine tapferen Vorfahren an oder beschwor die Zukunft: »Ich werde dein *koumbaros* sein, dein Pate, der Ehestifter für dich und deine Söhne ... Wir müssen einander tragen. Wenn wir das nicht können, was sind wir dann? Der Geist in unserem Körper ist wie Wein in einem Glas; wenn er verschüttet wird, geht er ein in die Luft und die Erde und das Licht ... Es ist ein Irrtum zu glauben, es wären die kleinen Dinge, die wir beherrschen, und nicht die großen – es ist genau umgekehrt! Den kleinen Unfall können wir nicht verhindern, das winzige Detail, das zum Schicksal wird: wenn du schnell mal zurückläufst, weil du etwas vergessen hast, und dieser Moment dich vor einem Unfall bewahrt – oder einen verursacht. Die größere Ordnung aber, die großen menschlichen Werte, die können wir jeden Tag verwirklichen – und das ist die einzige Ordnung, die uns erreichbar ist.«

Athos war fünfzig Jahre alt, als wir uns in Biskupin fanden. Er sah auf rauhe Art gut aus, kräftig gebaut, aber nicht dick, und sein Haar war leicht ergraut; es hatte die Tönung von Silbererz. Ich sah zu, wie er sein Haar kämmte, es naß in vielen tiefen Furchen über die Kopfhaut zog. Ich schaute weiter zu, mit prüfendem Blick, als wohnte ich einem wissenschaftlichen Experiment bei; allmählich wurde sein Haar dick wie Schaum, als es trocknete – sein Kopf dehnte sich langsam aus.

Sein Arbeitszimmer war vollgestopft mit Gesteinsproben, Fossilien, überall herumliegenden Fotos, auf denen für mich immer gleiche Landschaften zu sehen waren. Ich sah mir dies und das an, hob einen gewöhnlich aussehenden Klumpen oder Splitter auf. »Ah, Jakob, was du da in der Hand hältst, ist ein Stück Knochen aus dem Kiefer eines Mastodon ... das ist Rinde von einem fünfunddreißig Millionen Jahre alten Baum ...«

Sofort legte ich, was immer ich in der Hand hielt, wieder hin; verbrüht von der Zeit. Athos lachte mich aus. »Nur keine Angst – einem Stein, der so vieles überlebt hat, wird die Neugier eines Jungen nicht weh tun.«

Stets hatte er eine Tasse Kaffee auf seinem Tisch – *schetos* – schwarz und stark. Als ihm während des Krieges der Vorrat ausging, benutzte er denselben Kaffeesatz immer wieder, bis der, wie er sagte, kein Atom Geschmack mehr hergab. Dann versuchte er es ohne Erfolg mit einer Mischung aus Chicorée-, Löwenzahn- und Lotossamen, die er zu Kaffee erhob, indem er sie weiterhin in seinem Metall-*briki* brühte, jeweils eine Tasse – ein Chemiker, der mit Mengenverhältnissen experimentierte.

Bella hätte gesagt, daß Athos genau wie Beethoven sei, der sechzig Bohnen für jede Tasse Kaffee abzählte. Bella wußte alles über ihren Maestro. Manchmal türmte sie ihr Haar auf dem Kopf, zog den Mantel meines Vaters an (an Bella war er ein Clownsmantel mit viel zu langen Ärmeln) und borgte sich seine nicht entzündete Pfeife. Der Beitrag meiner Mutter war die Lieblingsspeise des Komponisten: Nudeln mit Käse (allerdings kein Parmesan) oder Kartoffeln und Fisch (allerdings nicht aus der Donau). Bella trank Quellwasser, das Ludwig offenbar eimerweise zu sich genommen hatte – die Vorliebe war meinem Vater recht, der eingeschritten war, als das Bier, das Beethoven so gerne trank, in diese Kostümspiele eingeführt werden sollte.

Nach dem Abendessen stieß Bella ihren Stuhl vom Tisch zurück und schritt mit großer Geste zum Klavier. Wenn sie aber den zu weiten Mantel meines Vaters auszog, fiel alles Komödiantische von ihr ab. Sie saß da, sich sammelnd, wie eine in den Bernstein der Pianolampe gedrückte Kamee. Während des Essens hatte sie ihre Wahl getroffen, meist langsame, romantische Stücke, voll sehnsüchtigem Schmerz; und manchmal, wenn sie gut auf mich zu sprechen war, die »Mondscheinsonate«. Dann spielte sie trunken und präzise, versuchte, auf einer geraden Linie zu gehen, während sie vor Leidenschaft taumelte; und dann wrang meine Mutter vor Stolz und Rührung das Trockentuch in den Händen; und mein Vater und ich saßen wie betäubt da, wieder und wieder überrascht, was plötzlich aus unserer albernen Bella werden konnte.

Sie warteten, bis ich eingeschlafen war, dann erhoben sie sich, erschöpft wie Schwimmer, grau zwischen den leeren Bäumen. Das Haar in Büscheln, offene Wunden, wo die Ohren gewesen waren, Maden wanden sich in ihrem Fleisch. Die grotesken Überreste unvollendeten Lebens, die Verkörperung für immer unstillbarer Sehnsüchte. Sie schwebten, wurden schwerer und begannen zu gehen, hoben sich ins Menschsein, bis sie mehr Mensch als Geist waren und vor Anstrengung zu schwitzen begannen. Der Schweiß dieser Arbeit stand auf meiner Haut, bis ich von ihrem Tod durchnäßt erwachte. Tagträume, die sich wiederholten, bis mir übel wurde – eine kleine Geste, die sich endlos in meiner Erinnerung vollzog. Meine Mutter wird wegen der neuen Dekrete von einem Ladenbesitzer abgewiesen, in der Tür verliert sie ihren Schal, sie bückt sich, um ihn aufzuheben. In meinen Gedanken drängte sich ihr ganzes Leben in diesen einen Moment; sie bückt sich, immer und immer wieder, in ihrem schweren blauen Mantel. Mein Vater steht an der Tür und wartet, daß ich meine Schnürsenkel binde, schaut auf die Uhr. Mones und ich lassen am Fluß Steine über das Wasser hüpfen. Wir wischen mit dem langen Gras den Schmutz von den Schuhen. Bella, wie sie in den Seiten eines Buches blättert.

Ich versuchte, mich an einfache Details zu erinnern, an die Notenblätter neben Bellas Bett, an ihre Kleider. Daran, wie die Werkstatt meines Vaters aussah. Aber in den Alpträumen hielt das Bild nie lange genug still – ich konnte nichts richtig erkennen; alles zerfloß. Oder ich erinnerte mich an den Namen eines Schulkameraden, aber nicht an sein Gesicht. An ein Kleidungsstück, aber nicht an seine Farbe.

Wenn ich erwachte, quälte mich ein Gedanke: die

Möglichkeit, daß es für sie genauso schmerzlich war, erinnert zu werden, wie für mich, sie zu erinnern; daß ich meine Eltern und Bella mit meinem Rufen heimsuchte wie ein Gespenst, sie in ihren schwarzen Betten aufschreckte.

*

Ich lauschte Athos' Geschichten auf Englisch, auf Griechisch und dann wieder auf Englisch. Anfangs hörte ich sie nur aus der Ferne, ein unverständliches Gemurmel, während ich verängstigt oder niedergeschlagen die langen Nachmittage hindurch mit dem Gesicht nach unten auf dem Teppich lag. Aber bald erkannte ich die wiederkehrenden Wörter und fing das wiederkehrende Gefühl in Athos' Stimme ein, wenn er von seinem Bruder sprach. Ich rollte mich herum, damit ich sein Gesicht sehen konnte, und schließlich setzte ich mich auf, um zu lernen.

Athos erzählte mir von seinem Vater, einem Mann, der sich um keine Traditionen geschert hatte und seine Söhne eher europäisch als griechisch erzog. Die Familie seiner Mutter war in der großen griechischen Gemeinde von Odessa sehr angesehen gewesen, und seine Onkel hatten sich in den gesellschaftlichen Kreisen von Wien und Marseille bewegt. Odessa: nicht weit davon lag das Dorf, in dem mein Vater geboren wurde; Odessa, wo, noch während Athos mir diese Geschichten erzählte, dreißigtausend Juden mit Benzin übergossen und bei lebendigem Leib verbrannt wurden. Seine Familie hatte die kostbaren roten Farbstoffe für Schuhe und Tuch vom Berg Ossa nach Österreich gebracht und so ein Vermögen gemacht. Von seinem Vater hatte Athos gelernt, daß jeder Fluß die Zunge des Handels war, die zuerst geologische und dann wirtschaftliche Schwächen ertastete und sich in Kontinente hineinschlängelte. Das Mittelmeer selbst, sagte er, ist eine Verführung des Steins – das »inländische« Meer, der Schoß Europas. Athos' älterer Bruder Nikolaos starb mit achtzehn Jahren bei einem Verkehrsunfall in Le Havre. Kurz darauf erkrankte seine Mutter und starb. Athos' Vater war überzeugt, daß die Familie für seine Sünde bestraft wurde, die Wurzeln der Roussos mißachtet zu haben. Also kehrte er in sein Heimatdorf zurück, in dem auch sein Vater geboren war. Dort ließ er den Marktplatz pflastern und einen Brunnen bauen, den er Nikolaos widmete. Und das ist der Ort, wohin Athos mich brachte: die Insel Zakynthos, von Erdbeben zernarbt. Im Westen öd, fruchtbar im Osten. Mit Oliven-, Feigen-, Apfelsinen- und Zitronenhainen. Akanthus, Amarant, Zyklamen. All die Dinge, die ich nicht sah. Von meinen zwei kleinen Zimmern aus war die Insel so unzugänglich wie eine andere Dimension.

Zakynthos: von Homer, Strabo, Plinius liebevoll erwähnt. Vierzig Kilometer lang, neunzehn Kilometer breit, die höchsten Hügel fünfhundert Meter über dem Meer. Ein Hafen auf der Seehandelsroute zwischen Venedig und Konstantinopel. Geburtsinsel von nicht weniger als drei verehrten Dichtern – Foscolos, Kalvos und Solomos, der mit fünfundzwanzig Jahren dort die Nationalhymne schrieb. Eine Statue von Solomos wacht über dem Marktplatz. Nikos sah dem Dichter ein wenig ähnlich, und als Athos noch ein Kind war, glaubte er, die Statue wäre im Gedenken an seinen Bruder errichtet worden. Vielleicht war das der Anfang von Athos' Liebe zum Stein.

Als Athos und sein Vater nach dem Tode Nikos' und dem seiner Mutter nach Zakynthos zurückgekehrt waren, fuhren sie eines Nachts zum Kap Gerakas, um zuzusehen, wie die Wasserschildkröten am Strand ihre Eier legten. »Wir besuchten die Salzpfannen in Alykes, die Johannisbeerhänge im Schatten der Berge von Vrachionas. Ich war allein mit meinem Vater. Wir waren nicht zu trösten. Wir standen schweigend in der blauen Grotte und in den Pinienhainen.« Zwei Jahre lang, bis Athos sich nicht länger der Schule entziehen konnte, waren sie unzertrennlich.

»Wenn er mit den Schiffsbauern in der Bucht von Keri geschäftlich zu tun hatte, nahm mein Vater mich mit. Ich sah ihnen zu, wie sie die Fugen mit dem Pech aus den am schwarzen Strand brodelnden Erdpechquellen kalfaterten. Am Hafen trafen wir einen Mann, der meinen Vater kannte. Die Muskeln an seinen Armen wölbten sich bei jeder Bewegung, das strähnige Haar troff von Schweiß und überall auf der Haut und der Kleidung hatte er Flecken von Pech. Aber er sprach *katharevousa,* das Hochgriechisch, wie ein König. Später schalt mein Vater mich, weil ich ihn so unhöflich angestarrt hatte. Aber er hatte eine Stimme wie ein Bauchredner! Als ich das sagte, wurde mein Vater wirklich böse. Es war mir eine Lehre, die ich nie vergessen habe. Einmal, in Saloniki, ließ mich mein Vater, während er mit dem Hafenmeister zu tun hatte, in der Obhut eines *hamalis,* eines Schauermanns. Ich saß auf einem Poller und der *hamalis* erzählte mir seine phantastischen Geschichten. Er erzählte von einem Schiff, das ganz und gar untergegangen und dann wieder aufgetaucht war.

Er hatte es mit eigenen Augen gesehen. Das Schiff hatte Salz geladen, und als das Salz sich im Laderaum auflöste, kam das Schiff wieder hoch. Das war meine erste Begegnung mit der Magie des Salzes. Als mein Vater zurückkam, bot er dem *hamalis* etwas Geld an, weil er auf mich geachtet hatte. Der Mann lehnte ab. Mein Vater sagte mir: ›Der Mann ist ein Hebräer, und er trägt den Stolz seines Volkes in sich.‹ Später erfuhr ich, daß die meisten der Schauerleute auf den Kais von Saloniki Juden waren und daß das *jehudi mahallari,* das jüdische Viertel, direkt hinter dem Hafen lag.

Weißt du, was der *hamalis* mir noch erzählt hat, Jakob? ›Das große Mysterium des Holzes ist nicht, daß es brennt, sondern daß es schwimmt.‹«

*

Athos' Geschichten zogen mich allmählich aus meiner Vergangenheit. Nacht für Nacht tropften seine berauschenden Bilder in meine Phantasie und verdünnten die Erinnerung. Auch das Jiddische war eine Melodie, die allmählich vom Schweigen zerfressen wurde.

Athos zog Bücher von den Regalen und las mir vor. Ich vertiefte mich in die reichen Illustrationen. Seine Bibliothek war alt, und sie war reif, eine Bibliothek, in der Ernsthaftigkeit schließlich jugendlichen Launen gewichen war. Da gab es Bücher über die Navigationsfähigkeiten und Tarnungskünste von Tieren, über die Geschichte des Glaskristalls, über Menschenaffen und über japanische Rollenmalerei. Da gab es Bücher über Ikonen, über Insekten, über die griechische Unabhängigkeit. Über Botanik, Paläontologie, über Holz, das lange im Wasser gelegen hat.

Gedichtbände mit hypnotisierenden Vorsatzblättern aus Marmorpapier. Solomos, Seferis, Palamas, Keats. John Masefields *Salzwasserballaden,* ein Geschenk seines Vaters.

Er las mir aus einer Biographie über Clusius vor, einen flämischen Botaniker des sechzehnten Jahrhunderts, der sich auf der Jagd nach neuen Pflanzen zu einer Expedition nach Spanien und Portugal aufmachte, sich dort ein Bein brach, dann mit seinem Pferd einen Steilhang hinunterstürzte, sich den Arm brach und in einem stacheligen Gebüsch landete, dem er den Namen *Erinacea,* Igelginster, gab. Auf ähnliche Weise stolperte er über zweihundert weitere neue Arten. Athos las aus der Biographie des Botanikers John Sibthorpe vor, der im achtzehnten Jahrhundert lebte und nach Griechenland reiste, um alle sechshundert der von Dioskurides beschriebenen Pflanzen aufzuspüren. Bei seiner ersten Reise traf er auf Seuchen, Krieg und Aufstände. Bei seiner zweiten wurde er von einem italienischen Kollegen begleitet, Francesco Boroni (der durch den Boronistrauch unsterblich wurde). In Konstantinopel warf sie das Fieber nieder. Wiederhergestellt, botanisierten sie sich durch das Land bis zum Gipfel des Olymps hinauf und entgingen nur knapp der Gefangennahme durch Berberpiraten. Dann, in Athen, schlief Boroni an einem offenen Fenster sitzend ein, fiel hinaus und brach sich das Genick. Sibthorpe setzte ihre Arbeit alleine fort, bis er bei den Ruinen von Nikopolis erkrankte. Er schleppte sich noch nach Hause, aber in Oxford angekommen, starb auch er. Sein Werk wurde postum veröffentlicht, außer seinen Briefen, die man versehentlich für Müll hielt und verbrannte.

Vier Jahre lang war ich auf kleine Räume beschränkt. Athos jedoch gab mir ein anderes Reich, das ich bewohnen konnte, und es war so groß wie der Erdball und so weit wie die Zeit.

Durch Athos verbrachte ich Stunden in anderen Welten, aus denen ich triefend wiederauftauchte wie aus dem Meer. Durch Athos wurde unser kleines Haus ein Krähennest, ein hoher Ausguck am Ende der Welt. In der Höhlung meines Schädels wogten monströse Eisschollen hin und her, und zwischen ihnen steuerten mit Fell bespannte Kanus hindurch. Teerjacken hingen an Besanmasten und an Tauen aus Walroßleder. Wikinger ruderten Rußlands mächtige Flüsse hinauf. Gletscher zogen ihre gewaltigen Spuren über Hunderte von Kilometern. Ich besuchte Marco Polos »Stadt des Himmels« mit ihren zwölftausend Brücken und umsegelte mit ihm das Kap der Düfte. In Timbuktu tauschten wir Gold gegen Salz. Ich erfuhr von drei Milliarden Jahre alten Bakterien, ich hörte, daß man Torfmoos aus den Sümpfen zog, um es als Wundpflaster für verletzte Soldaten zu nutzen, da es keine Bakterien enthielt. Ich erfuhr, daß Theophrastus annahm, Fische, deren Fossilien man auf Berggipfeln gefunden hatte, wären durch unterirdische Flüsse dort hinaufgeschwommen. Ich hörte, daß man Elefantenfossilien in der Arktis gefunden hatte, fossilen Farn in der Antarktis, Rentierfossilien in Frankreich und Moschusochsen in New York.

Ich lauschte Athos' Geschichte von der Entstehung der Inseln, daß das Festland sich strecken kann, bis es an den schwächsten Stellen auseinanderreißt, und daß man diese Schwächen Verwerfungslinien nennt. Jede Insel stellte einen Sieg oder eine Niederlage dar: entweder hatte sie sich freigemacht oder sie hatte zu stark gezogen und war auf einmal allein. Später dann, als diese Inseln älter wurden, machten sie aus ihrem Unglück eine Tugend. Sie lernten, ihre Zerklüftungen anzunehmen, ihre mißgestalteten Küsten, schroff dort, wo sie abgebrochen waren. Sie gewannen an Grazie: ein wenig Gras, ein von Wellen geglätteter Strand.

Es fesselte mich, wie die Zeit sich aufbäumen konnte, wie sie in Verwerfungen und Falten sich selbst begegnete; ich starrte auf ein Bild in einem Buch, auf dem eine Sicherheitsnadel aus der Bronzezeit abgebildet war – eine einfache Form, die sich in Tausenden von Jahren nicht geändert hatte. Ich starrte auf Pflanzenfossilien, Haarsterne genannt, die aussahen wie der in Stein geätzte Nachthimmel. Athos sagte: »Manchmal kann ich dir nicht in die Augen sehen; du bist wie ein ausgebranntes Haus, von dem nur noch die Außenmauern stehen.« Ich starrte auf Abbildungen prähistorischer Schalen, Löffel, Kämme. Ein Jahr oder zwei zurückzugehen war unmöglich, absurd. Aber Millionen von Jahren – ja! das war … nichts.

Zögerte ich, wenn ich ein Zimmer betrat, verstand Athos nicht, daß ich Bella den Raum zuerst betreten ließ – um sie auch wirklich nicht zurückzulassen. Beim Essen hielt ich inne, um eine stille Beschwörung zu singen: Ein Bissen für mich, ein Bissen für dich und einen extra Bissen für Bella. »Jakob, wie langsam du ißt; du hast die Manieren eines Aristokraten.« Nachts lag ich wach und hörte sie neben mir im Dunkeln atmen oder singen, und ich war halb getröstet, halb voller Schrecken darüber, daß mein Ohr an der dünnen Wand zwischen den Lebenden und den Toten lag, daß die vibrierende Membran zwischen ihnen so zerbrechlich war. Ich spürte sie überall, bei Tageslicht, in Zimmern, die, das wußte ich, nicht leer waren. Ich spürte, wie sie meinen Rücken berührte, meine Schultern, meine Haare. Ich drehte mich um, wollte sehen, ob sie da war, wollte sehen, ob sie mich anschaute, wollte sehen, ob sie mich bewachte, obwohl sie es nicht verhindern konnte, wenn mir etwas zustoßen sollte. Neugierig und liebevoll sah sie von ihrer Seite der schleierzarten Wand zu mir herüber, sah mir zu.

Athos' Haus war abgelegen. Um zu ihm zu gelangen, mußte man einen steilen Hang hinaufsteigen. Schon von weitem konnten wir jeden sehen, der sich näherte. Aber wir waren auch sehr sichtbar. Zwei Stunden wanderte man bis in die Stadt. Athos ging mehrmals im Monat hinunter. Wenn er fort war, bewegte ich mich kaum, erstarrte in meinem Lauschen. Wenn jemand den Hang heraufstieg, versteckte ich mich in einer Seemannskiste, einer Truhe mit einem gewölbten Dekkel; und jedesmal kam weniger von mir wieder heraus. Wir bezogen unsere Vorräte und Nachrichten von einem Händler, dem alten Martin. Er hatte Athos' Vater gekannt und Athos seit seiner Kindheit. Der Sohn des alten Martin, Ioannis, hatte eine jüdische Frau. Eines Abends standen er und Allegra mit ihrem kleinen Sohn vor unserer Tür, sie trugen all ihre Habe. Wir versteckten Avramakis – kurz Maksch genannt – in einer Kommode. Während deutsche Soldaten die Beine unter den Tischen des Hotels Zakynthos ausstreckten.

Da Athos' Liebe der Paläobotanik galt, da seine Helden nicht nur Menschen waren, sondern auch Stein und Holz, lernte ich nicht nur die Geschichte der Menschheit kennen, sondern auch die Geschichte der Erde. Ich lernte, daß wir Steinen die Macht geben, menschliche Zeit zu enthalten. Die Steintafeln der Zehn Gebote. Grenzsteine, Tempelruinen. Grabsteine, Stelen, der Stein von Rosette, Stonehenge, der Parthenon. (Die von Häftlingen gebrochenen und geschleppten Blöcke aus den Kalksteinbrüchen von Golleschau. Die zerschlagenen Grabsteine jüdischer Friedhöfe, die in Polen als Straßenpflaster benutzt wurden; noch heute können gelangweilte Bürger, die an Bushaltestellen auf ihre Füße starren, die Inschriften lesen.)

Als junger Mann bestaunte Athos die Erfindung des Geigerzählers, und ich erinnere mich daran, wie er mir kurz nach Ende des Krieges die kosmischen Strahlen und Libbys neue Methode der Radiokohlenstoffdatierung erklärte. »Es ist der Moment des Todes, von dem unsere Messungen ausgehen.«

Athos' besondere Zuneigung galt dem Kalkstein, diesem zermalmten Riff der Erinnerung, diesem lebendigen Stein – zu mächtigen toten Berggipfeln getürmte organische Geschichte. Als Student schrieb er eine Arbeit über die Karstfelder von Jugoslawien. Kalkstein, der sich unter Druck langsam in Marmor verwandelt – wenn Athos den Prozeß beschrieb, hörte es sich an, als wäre es eine spirituelle Reise. Er schwärmte von den Causses in Frankreich und den englischen Penninen; von »Strata« Smith und Abraham Werner, die, sagte er, bei der Vermessung von Kanälen und Bergwerken »die Hautschichten der Zeit bloßlegten« wie Chirurgen.

Als Athos sieben Jahre alt war, brachte ihm sein Vater Fossilien aus Lyme Regis mit. Mit fünfundzwanzig verzauberte ihn Europas neues Idol, die aus Kalkstein gearbeitete Fruchtbarkeitsgöttin, die in ihrer Vollkommenheit der Erde entsprungen war: die Venus von Willendorf.

Aber es war Athos' Begeisterung für die Antarktis, die zu unserem Kompaß wurde. Sie war in ihm erwacht, als er in Cambridge studierte, und sie sollte den Verlauf unseres Lebens bestimmen.

Athos bewunderte den Wissenschaftler Edward Wilson, der zusammen mit Captain Scott am Südpol gewesen war. Unter anderem war Wilson, wie Athos, ein guter Aquarellist. Seine Farben – das tiefviolette Eis, der limettengrüne Mitternachtshimmel, weiße Stratuswolken über schwarzem Lavagestein – waren nicht nur schön, sondern auch naturwissenschaftlich exakt. Seine Bilder atmosphärischer Erscheinungen – von Nebensonnen, Nebenmonden, Mondhöfen – gaben den genauen Grad des Sonnenstandes wieder. Athos begeisterte sich daran, daß Wilson unter den gefährlichsten Umständen Aquarelle malte und dann abends im Zelt die Abenteuer von Sherlock Holmes oder Lyrik las. Ich fand es faszinierend, daß Wilson ab und an selbst ein Gedicht zu Papier brachte – etwas, was, wie Wilson bescheiden notierte, »vielleicht ein frühes Symptom der Polaranämie« sei.

Selbst immer hungrig, litten wir mit den ausgemergelten Entdeckern. In ihrem windumtosten Zelt aßen die erschöpften Männer halluzinatorische Speisen. Sie rochen Roastbeef in der frosterstarrten Finsternis und genossen jeden Bissen in ihrer Vorstellung, während sie ihre Trockenrationen hinunterwürgten. Nachts, wenn sie steif in ihren Schlafsäcken lagen, redeten sie über Schokolade. Silas Wright, der einzige Kanadier der Expedition, träumte von Äpfeln. Athos las mir Cherry Garrards Bericht ihrer Essensalpträume vor: nach tauben Kellnern brüllen; mit gefesselten Armen an gedeckten Tischen sitzen; der gerade aufgetragene Teller, der zu Boden fällt. Und endlich, da sie den ersten Bissen probieren wollen, stürzen sie in eine Gletscherspalte.

In ihrem Basislager am Kap Evans hielt während der langen Winternächte jeder Teilnehmer der Expedition einen Vortrag über sein Spezialgebiet: die polare Meeresfauna, Koronen, Parasiten ... Es herrschte eine ernste Leidenschaft nach Wissen; einmal tauschte ein Biologe ein Paar warmer Socken gegen zusätzliche Geologiestunden.

Gesteinsproben zu sammeln wurde bald zu einer Manie selbst unter den Nicht-Wissenschaftlern. Der kraftvolle Birdie Bowers verwandelte sich in einen wahren Felsspürhund, und jedesmal, wenn er eine Probe zur Analyse brachte, verkündete er dasselbe: »Hier habt ihr ein in Basalt eingeschlossenes Gabbronest mit Feldspat und grünem Granat.«

Wie die Vorträge am Kap Evans wurden mir diese Geschichten von Athos am Abend dargeboten, mit der Laterne zwischen uns auf dem Boden. Das Licht der Lampe erweckte die Lithographien von Karbonteichen und Polarwüsten zum Leben und warf schimmernde Reflexe auf die Glasschränke mit Mineralien und Holzproben und den Gefäßen mit Chemikalien. Die Einzelheiten wurden mir allmählich klar, wenn ich die Wörter gelernt hatte. Spätabends dann war der Boden voll von aufgeschlagenen Bänden mit Illustrationen und Diagrammen. Im Schein jener Lampe hätten wir jedem Jahrhundert angehören können.

»Stell dir vor«, sagte Athos mit leiser Stimme, und für mich war es, als spräche das halbdunkle Zimmer selbst, »du kommst am Pol an und entdeckst, daß Amundsen ihn vor dir erreicht hat. Der ganze Erdball lag unter ihren Füßen. Sie wußten nicht mehr, wie sie aussahen; sie hatten das weiße Fleisch unter den vielen Lagen Stoff und ihre gegerbten Gesichter schon lange nicht mehr gesehen. Der Anblick des eigenen nackten Körpers war so weit von ihnen entfernt wie England. Monatelang waren sie gegangen. Immer hungrig. Der Schnee hatte ihre Augen verbrannt, die Gesichter waren blau von Erfrierungen. Über endlose Weiten hinweg, die unsichtbare Risse bargen, die sie jederzeit ohne Vorwarnung lautlos verschlucken konnten. Bei vierzig Grad Kälte. Sie standen neben dem einzigen menschlichen Zeichen im Umkreis von tausend Kilometern – einem bloßen Stück Stoff, Amundsens Flagge – und wußten, daß sie jeden Schritt des Rückwegs vor sich hatten. Und doch gibt es ein Foto von Wilson, in ihrem Lager am unteren Ende der Welt, und die Kamera hat ihn mit zurückgeworfenem Kopf eingefangen. Lachend.«

Am Kopf des Beardmore-Gletschers, an einer der seltenen Stellen, wo der Fels offen zutage tritt, sammelte Wilson Fossilien vom Rand eines drei Millionen Jahre alten inländischen Meeres. Diese Steine trugen später zu dem Nachweis bei, daß die Antarktis sich in der Erdkrustenverschiebung von einem riesigen Kontinent gelöst hatte, von dem auch Australien, Indien, Afrika, Madagaskar und Südamerika weggebrochen und abgetrieben waren. Indien prallte auf Asien, der zusammengepreßte Aufwurf der Kollision wurde zum Himalaya. All dies bewerkstelligte die Erde mit erschütternder Geduld – ein paar Zentimeter im Jahr.

Die Männer, die sich selbst kaum auf den Beinen halten konnten, schleppten weiter die fünfunddreißig Pfund an Fossilien vom Beardmore-Gletscher mit sich. Unrettbar erschöpft, fuhr Wilson dennoch mit seinen Aufzeichnungen fort, beschrieb Eisgebilde, die in seinen heimwehkranken Augen Stechginster oder Seeigeln glichen. Die restlichen Männer der Expedition warteten im Basislager auf jene fünf, die den letzten Marsch zum Pol unternommen hatten. Als der Winter einsetzte, wußten sie, daß ihre Gefährten nicht zurückkehren würden. Im Frühling entdeckte ein Suchtrupp das Zelt. Als man die Leichen aus dem Schnee grub, hatte Scott den Arm um Wilson gelegt, die Tasche mit den Fossilien lag neben ihnen. Sie hatten sie bis zum Schluß mit sich getragen. Das begeisterte Athos, aber für mich war ein anderes Detail wichtiger. Wilson hatte sich für den letzten Marsch zum Pol einen Band von Tennysons Gedichten ausgeliehen, und selbst als jedes Gramm an seinen Schenkeln und Schultern riß, bestand er darauf, ihn weiter mit sich zu tragen, um ihn später seinem Besitzer zurückgeben zu können. Ich konnte mir ohne Mühe vorstellen, irgendeinen Gegenstand bis ans Ende der Welt zu tragen, wenn er mich nur glauben ließe, daß ich seinen geliebten Besitzer wiedersehen würde.

Nach dem Ersten Weltkrieg war Athos nach Cambridge zurückgekehrt, um das neue Scott Polar Research Institute zu besuchen. Was er von England erzählte, hatte nichts mit Burgen und Rittern zu tun;

er schilderte mir Fließgefüge, Tropfstein und andere wunderbare Höhlengebilde und Verwerfungen aus Zeit. Marmorne Vorhänge, die sich in versteinerten Brisen blähen, Blüten aus Gips, steinerne Weintrauben. Er hatte eine kleine Ansichtskarte des Scott-Instituts mitgebracht, die er mir zeigte. Und über seinem Schreibtisch hing ein Bild, das er über alles liebte: eine Reproduktion von Wilsons Nebenmond am McMurdo-Sund, das mir einen Schock versetzte, als ich es zum ersten Mal sah. Es war, als hätte Wilson meine Erinnerung an die Welt der Toten gemalt. Den Vordergrund bildete ein Kreis aus hochgestellten Skiern gleich einem spärlichen und gespenstischen Wald und darüber die atemberaubenden Haloerscheinungen des Nebenmondes selbst – kreisende Wirbel, die wie Rauch am Himmel hingen.

Viele Monate lang sah ich nur die Sterne. Meine einzige längere Begegnung mit der Außenwelt war spätabends; Athos ließ mich durch das Schlafzimmerfenster auf das Dach klettern. Auf dem Rücken liegend, grub ich ein Loch in den Nachthimmel. Ich atmete die See ein, bis mir schwindelte und ich über der Insel schwebte.

Allein, treibend im Raum, stellte ich mir die Sonnenaufgänge der Antarktis vor, wogende Muster himmlischer Kalligraphie, unser kleiner Ausschnitt des Himmels die Ecke eines illuminierten Manuskripts. Auf einer Baumwollmatte ausgestreckt, dachte ich an Wilson, wie er auf einer Eisscholle in der Dunkelheit des Polarwinters lag und den Kaiserpinguinen etwas vorsang. Zu den Sternen aufblickend, sah ich dicke, auf dem Meer wogende Inseln aus Eis, die Passagen eröffnen oder schließen, ein ferner Wind läßt die großen Schollen über Hunderte von Seemeilen hinweg treiben – was Athos' Belehrungen über »entfernte Ursachen« illustrierte. Ich sah von Mondlicht blaßgold gefärbte Eisfelder. Ich dachte an Scott und seine frierenden Männer, die in ihrem Zelt verhungerten, wissend, daß nur sechzehn Kilometer entfernt, für sie unerreichbar, ein Überfluß an Essen auf sie wartete. Ich stellte mir ihre letzten Stunden auf engstem Raum vor.

*

Die Deutschen hatten die Ernte geplündert. Olivenöl war so kostbar, als lebten wir am Südpol. Sogar auf dem üppigen Zakynthos sehnten wir uns nach Zitrusfrüchten. Behutsam schnitt Athos eine Zitrone in zwei Hälften, wir sogen den bitteren Saft bis auf die Schale heraus, aßen die Schale und rochen dann an unseren Händen. Weil ich noch jung war, trafen mich die Rationierung und die Einschränkungen härter als Athos. Nach einiger Zeit begann mein Zahnfleisch zu bluten. Die Zähne lockerten sich. Athos sah es und rang die Hände. Er weichte mein Brot in Milch oder Wasser, bis es schwammig wurde wie Brei. Mit fortschreitender Zeit hatte niemand mehr etwas, das er hätte verkaufen können. Wir pflanzten an, was wir konnten; Athos graste das Meer und die Hecken ab, aber es war nie genug.

Wir lebten von übersehenen Strand- und Platterbsen, den Lablabbohnen und den Schoten der Kapuzinerkresse. Während er das Essen zubereitete, beschrieb mir Athos seine Pflanzenjagd. Aus Kalksteinspalten riß er Kapern heraus und legte sie ein; die zähe Widerstandsfähigkeit der Pflanze war eine Inspiration; sie wuchs zwischen Felsen und hatte eine

Vorliebe für vulkanischen Boden. Athos schlug Rezepte bei Theophrastus und Dioskurides nach; Plinius' *Naturgeschichte* diente ihm als Kochbuch. Er grub gelbe Affodillen aus, und wir aßen geröstete Knollen à la Plinius. Er kochte den Strunk, die Samen und die Wurzeln der Affodillen, um den bitteren Geschmack herauszubringen, und mischte den zerstampften Brei mit einer Kartoffel, um Brot zu backen. Wir hätten sogar aus der Blüte noch einen Likör machen und schließlich nach dem Essen mit dem aus den Wurzeln gewonnenen Leim entweder unsere Schuhe besohlen oder ein Buch binden können. Athos vertiefte sich in Parkinsons *Pflanzentheater,* ein sehr nützliches Buch, das einem nicht nur verrät, was man zum Abendessen kochen kann, sondern auch, wie man seine Wunden behandelt, falls einem in der Küche ein Unfall zustößt. Und wenn das Essen in einer reinen Katastrophe endet, hält Parkinson sogar das beste Rezept zur Mumifizierung bereit. Athos mochte Parkinsons Buch, weil es erstmals 1640 erschienen war, »das Jahr«, wir er mir erklärte, »in dem in Venedig das erste Kaffeehaus eröffnet wurde«. Athos fand besonderen Gefallen daran, lange sich reimende lateinische Namen herunterzuleiern, während er eine zweifelhaft aussehende grünliche Suppe auftischte. Als ich den Löffel an den Mund hob, bemerkte er listig: »Übrigens, die Suppe enthält Kapern – äußerlich leicht zu verwechseln mit der Kreuzblätterigen Wolfsmilch, die hochgiftig ist.« Dann wartete er auf die Wirkung. Der Löffel zauderte vor meinem Mund, während er so ganz nebenbei sinnierte: »Unglückliche Verwechslungen sind ohne Zweifel vorgekommen …«

Die italienischen Soldaten, die auf Zakynthos patrouillierten, hatten nichts gegen die Juden der *zudeccha* – des Ghettos. Sie sahen keinen Grund, das dreihundert Jahre alte Viertel zu stören, eine friedliche Gemeinde, in der Juden aus Konstantinopel, Izmir, Kreta, Korfu und Italien zusammenlebten. Zumindest auf Zakynthos schienen den Macaronades, den italienischen Soldaten, die deutschen Kriegsziele ein Rätsel zu sein; sie lungerten untätig in der Nachmittagshitze herum und abends besangen sie den auf den Wellen zitternden Sonnenuntergang. Aber als die Italiener kapitulierten, begann sich das Leben auf der Insel drastisch zu ändern.

Die Nacht des 5. Juni 1944. Durch die raschelnde Dunkelheit der Felder dringen nächtliche Stimmen: eine Frau dreht sich ihrem schon schlafenden Mann zu und sagt ihm, daß zu Weihnachten ein neues Kind da sein wird; eine Mutter ruft über das Meer nach ihrem Sohn; betrunkene Versprechen und Drohungen deutscher Soldaten im *kafenio* der Stadt.

In der *zudeccha* werden der silberne, mit Scharnieren im Rücken versehene spanische Siddur, der Tallith und die Kerzenleuchter in der Erde unter dem Küchenboden vergraben; Briefe an abwesende Kinder, Fotografien werden vergraben. Obwohl die Männer und Frauen, die diese Wertgegenstände in die Grube legen, so etwas noch nie getan haben, bewegen sich ihre Hände mit jahrhundertealter Übung, ein Ritual, so vertraut wie der Sabbat. Sogar das Kind, das läuft, um sein Lieblingsspielzeug zu holen, den Hund mit den kleinen Holzrädern, um es in das Versteck im Küchenfußboden zu legen, scheint zu wissen, was es tut. Überall in Europa gibt es diese vergrabenen Schätze. Ein Fetzen Spitze, eine Schale. Ghetto-Tagebücher, die nie wiedergefunden wurden.

Nachdem sie die Bücher und Schalen, das Silber und die Fotos vergraben haben, verschwinden die Juden des Ghettos von Zakynthos.

Sie schlüpfen in die Berge, wo sie wie Korallen warten; halb Fleisch, halb Stein. Sie warten in Höhlen, in den Ställen und Schuppen der Gehöfte christlicher Freunde. In ihren beengten Verstecken erzählen die Eltern den Kindern, soviel sie können, ein eilig gepackter Koffer von Familiengeschichten, die Namen von Verwandten. Väter erteilen ihren fünfjährigen Söhnen Ratschläge über das Eheleben. Mütter geben Rezepte weiter, und nicht nur für *haroseth* auf dem Seder-Teller, auch für *mezedes,* für *cholent* und für *kidoni sto forno* – gebackene Quitten, für Mohnkuchen und *ladera*.

Den ganzen Tag, die Nacht, den Tag, auf dem Boden neben der Seekiste, warte ich auf ein Zeichen von Athos. Ich warte darauf, mich einzuschließen. In der heißen Stille kann ich weder lesen noch denken, nur lauschen. Ich lausche, bis ich eingeschlafen bin, bis ich lauschend erwache.

Es war in der Nacht, als die Familien der *zudeccha* sich versteckten, daß Ioannis, der Sohn des alten Martin, mit seiner Familie zu uns kam. In der darauffolgenden Nacht brachte Ioannis sie zu einem besseren Versteck auf der anderen Seite der Insel. Am Ende der Woche kam er wieder, mit Neuigkeiten. Er war tief getroffen. Sein schmales Gesicht wirkte noch schmaler, so als hätte man es durch ein Rohr gezogen. Wir saßen in Athos' Arbeitszimmer. Athos schenkte Ioannis das letzte Restchen Ouzo ein, dann füllte er das Glas mit Wasser auf.

»Die Gestapo hat Bürgermeister Karrer befohlen, Name und Beruf jedes einzelnen Juden aufzuschreiben. Karrer ging mit der Liste zu Erzbischof Chrysostomos. Der Erzbischof sagte: Verbrenn die Liste. Dann sandten sie den Leuten in der *zudeccha* eine Warnung. Fast alle konnten in der Nacht, als wir zu euch kamen, fliehen. Am nächsten Tag waren die Straßen leergefegt. Auf dem Weg zu meinem Vater ging ich durch das Ghetto. Bei Tageslicht schien es unmöglich, daß Hunderte von Menschen so schnell verschwinden konnten. Alles, was man hörte, war der Wind in den Bäumen.«

Ioannis stürzte das Glas mit zurückgelegtem Kopf hinunter.

»Athos, wußtest du, daß die Familie meiner Frau aus Korfu stammt? Sie wohnten in der Velissariou-Straße, die Velissariou-Straße, in der Nähe von Solomou …«

Athos und ich warteten. Die Läden waren gegen die Sonne halb verschlossen. Im Zimmer war es sehr heiß.

»Das Schiff war brechend voll. Ich habe es mit eigenen Augen gesehen. Das Schiff war so voll von Juden aus Korfu, daß die Soldaten bei seiner Ankunft im Hafen von Zakynthos keine einzige Seele mehr an Bord hätten pfropfen können. Die armen paar Leutchen, die sie zusammengetrieben hatten, warteten in der Mittagshitze. Frau Serenou, der alte Constantinos Caro! Auf der Platia Solomou, direkt unter der Nase der Jungfrau Maria, mit den Händen über den Köpfen, die Gewehre auf sie gerichtet. Aber dann fuhr das Schiff vorbei. Mein Vater und ich blieben am Rand des Platzes stehen, weil wir sehen wollten, was die Deutschen tun würden. Herr Caro fing an zu weinen. Er dachte, er wäre gerettet, verstehst du, wir alle dachten das, wir dachten nicht wirklich nach, und wir dachten auch nicht daran, daß wenn unsere Juden verschont blieben, dann doch nur, weil man die Juden aus Korfu an ihrer Stelle genommen hatte.«

Ioannis stand auf, setzte sich, stand wieder auf.

»Das Schiff fuhr an der Hafeneinfahrt vorbei. Erzbischof Chrysostomos sprach ein Gebet. Frau Serenou fing an zu rufen, sie ging einfach weg und rief dabei, daß sie in ihrem eigenen Haus sterben wolle, nicht hier auf der Platia vor all ihren Freunden, die zuschauten. Und sie erschossen sie. Genau dort. Vor unseren Augen. Vor Argyros' Laden, wo sie immer eingekauft hatte … manchmal brachte sie Avramakis ein kleines Spielzeug mit … sie wohnte auf der anderen Straßenseite …«

Athos legte sich die Hände über die Ohren.

»Die anderen wurden auf einen Lastwagen gestoßen, der den ganzen Nachmittag auf der sengenden Platia stand, und die ss, *lemonada* trinkend, drumherum. Wir überlegten, was wir tun konnten, irgend etwas. Dann fuhr der Laster plötzlich los, Richtung Keri.«

»Was hat man mit ihnen gemacht?«

»Das weiß niemand.«

»Und die Leute auf dem Schiff? Wohin hat man sie gebracht?«

»Mein Vater glaubt, zum Bahnhof nach Larissa.«

»Und Karrer?«

»Niemand weiß, wo er ist. Mein Vater hat gehört, daß er in derselben Nacht, in der wir zu euch gekommen sind, mit dem *kaiki* verschwinden konnte. Der Erzbischof blieb bei den Juden. Er wollte zu ihnen auf den Lastwagen, aber die Soldaten ließen ihn nicht. Den ganzen Tag über stand er neben dem Lastwagen und redete mit ihnen ...«

Er hielt inne.

»Vielleicht sollte Jakob nicht mehr hören.«

Athos sah mich unsicher an.

»Ioannis, er hat schon so viel gehört.«

Ich dachte, daß Ioannis anfangen würde zu weinen.

»Wenn du das Ghetto von Chania, Kretas zweitausend Jahre altes Ghetto suchst, such es hundert Meilen vor Polegandros, auf dem Meeresgrund ...«

Während er sprach, füllte sich der Raum mit Rufen. Das Wasser stieg um uns herum, Schüsse zerrissen die Oberfläche, Schüsse auf die, die nicht schnell genug ertranken. Dann schloß sich das friedliche Blau der Ägäis wieder.

Nach einer Weile ging Ioannis. Athos begleitete ihn einen Teil des Weges den Hügel hinunter, und ich sah ihnen nach. Als er zurückkam, setzte Athos sich an seinen Schreibtisch und schrieb auf, was Ioannis berichtet hatte.

*

Athos ließ mich nachts nicht mehr auf das Dach hinaus.

Er hatte so sorgfältig auf Ordnung geachtet. Regelmäßiges Essen, tägliche Unterrichtsstunden. Aber jetzt waren unsere Tage formlos. Er erzählte immer noch Geschichten, er versuchte, uns aufzuheitern, aber die Geschichten waren ziellos geworden. Wie er und Nikos chinesische Drachen studierten und einen selbstgemachten Drachen über dem Kap Spinari steigen ließen, während die anderen Kinder am Strand entlang aufgereiht standen und warteten, bis sie einmal den Zug des Bandes fühlen durften. Wie sie den Drachen in den Wellen verloren … Alle Geschichten hatten etwas vom Scheitern an sich und erinnerten uns an das Meer.

Das einzige, was Athos beruhigte, war das Zeichnen. Je größer seine Verzweiflung, desto besessener zeichnete er. Er holte eine zerfledderte Ausgabe von Blossfeldts *Elementaren Formen* vom Regal und machte Federzeichnungen der darin enthaltenen Pflanzenfotografien, die in ihren Vergrößerungen Blumenstiele in poliertes Zinn verwandelten, Blüten in fleischige Fischmäuler und Schoten in haarige Akkordeonfalten. Athos sammelte Mohnblumen, Lavendel, Basilikum, Ginster und breitete sie auf seinem Tisch aus. Dann gab er sie in genauen Aquarellen wieder. Er zitierte Wilson: »›Die Harmonien der Natur sind nur durch Präzision zu erfassen.‹« Während er malte, erklärte er mir: »Der Ginster wächst schon in der Bibel. Hagar ließ Ismael in einem Ginsterstrauch zurück, Elias lag auf Ginster, als er bat, sterben zu dürfen. Vielleicht war auch der brennende Busch Ginster; selbst wenn das Feuer ausgeht, brennen die inneren Zweige weiter.« Als er fertig war, suchte er das Eßbare für unsere Mahlzeit heraus. Wichtige Lektionen: schau immer genau hin; zeichne auf, was du siehst. Finde einen Weg, die Schönheit notwendig zu machen; finde einen Weg, das Notwendige schön zu machen.

Als der Sommer zu Ende ging, hatte sich Athos soweit gefaßt, daß er darauf bestand, unseren Unterricht fortzusetzen. Aber die Toten waren um uns, eine Morgenröte über dem blauen Wasser.

Nachts erstickte ich an Bellas rundem Gesicht, das Gesicht einer Puppe, unbeweglich, leblos, mit hinter ihr treibendem Haar. Diese Alpträume, in denen meine Eltern und meine Schwester zusammen mit den Juden aus Kreta ertranken, kehrten jahrelang immer wieder, auch lange noch, nachdem wir nach Toronto gegangen waren.

Auf Zakynthos und auch später in Kanada wußte ich oft Momente lang nicht, wo ich war. Ich stehe neben dem Kühlschrank in unserer Küche in Toronto, die Nachmittagssonne fällt schräg über den Küchenboden. Athos antwortet mir auf eine Frage, an die ich mich nicht erinnere. Vielleicht hat die Antwort auch nichts mit der Frage zu tun. »Wenn du dir weh tust, Jakob, muß auch ich mir weh tun. Du zeigst mir damit, daß meine Liebe zu dir nichts wert ist.«

Athos sagte: »Ich kann keinen Jungen aus einem brennenden Haus retten. Statt dessen muß er mich vor dem Versuch schützen; er muß herausspringen, auf die Erde.«

*

Während ich mich in dem strahlenden Licht von Athos' Insel versteckte, erstickten Tausende im Dunkeln. Während ich im Luxus eines Zimmers Unterschlupf fand, wurden Tausende in Backöfen,

Abflußkanäle und Mülltonnen gestopft. In den Kriechverschlägen doppelter Zimmerdecken, in Hühner- und Schweineställen. Ein Junge in meinem Alter versteckte sich in einer Kiste; nach zehn Monaten war er blind und stumm, Arme und Beine waren verkümmert. Eine Frau stand anderthalb Jahre lang in einem Schrank, ohne sich jemals setzen zu können; das gestaute Blut ließ ihre Venen platzen. Während ich mit Athos auf Zakynthos lebte, Griechisch und Englisch lernte, Geologie, Geographie und Poesie, füllten Juden alle Winkel und Spalten Europas aus, jeden zugänglichen Raum. Sie vergruben sich in fremden Gräbern. Jeder Raum, der ihren Körper aufnahm, war ihnen recht, denn ihnen wurde in der Welt gar kein Platz mehr zugestanden. Ich wußte nicht, daß man, während ich auf Zakynthos war, einen Juden für einen Viertelliter Weinbrand, etwa vier Pfund Zucker, für ein paar Zigaretten kaufen konnte. Ich wußte nicht, daß man sie in Athen auf dem »Platz der Freiheit« zusammentrieb. Daß die Schwestern eines Konvents in Wilna Männer als Frauen verkleideten, um die Widerstandsbewegung mit Munition zu versorgen. In Warschau versteckte eine Krankenschwester, wann immer sie die Tore des Ghettos passierte, ein Kind unter ihrem Rock, bis sie eines Abends – ein weiches Zwielicht legte sich auf die typhusverseuchten, verlausten Straßen – erwischt wurde. Das Kind warfen sie in die Luft und erschossen es, als wäre es eine Blechbüchse, der Schwester gab man die »Nazi-Pille«: eine Kugel in den Mund. Während mich Athos über Hang- und Fallwinde belehrte, über arktischen Rauch und das Brockengespenst, wußte ich nicht, daß man Juden auf öffentlichen Plätzen an den Daumen aufhängte. Ich wußte nicht, daß man sie in offenen Gräben verbrannte, weil die Öfen nicht ausreichten, und daß die Flammen mit menschlichem Fett angefacht wurden. Während ich den Geschichten von Forschern an den weißen Flecken der Erde (schneebedeckt, salzgesättigt) lauschte und in einem weißen Bett schlief, entwirrten Männer die Glieder von Freunden in Massengräbern, von Nachbarn, von Frauen und Töchtern, und das Fleisch zerfiel ihnen unter den Händen.

*

Im September 1944 verließen die Deutschen Zakynthos. Aus der Stadt zog Musik über die Hügel hinweg, dünn wie ein fernes Radio. Ein Mann ritt mit schrillen Rufen über die Insel, eine griechische Flagge schlug über seinem Kopf im Wind. Ich ging an dem Tag nicht nach draußen, aber ich lief die Treppe hinunter und sah in den Garten hinaus.

Am nächsten Morgen bat mich Athos, mich mit ihm vor die Tür zu setzen. Er trug zwei Stühle nach draußen. Sonnenlicht schrie von allen Seiten. Meine Pupillen schrillten im Schädel. Ich saß, den Rücken an das Haus gelehnt, da und schaute an mir hinunter. Meine Beine gehörten mir nicht; dünn wie Kordeln, am Knie geknotet, mit einfallender Haut, wo Muskeln gewesen waren, verletzlich in dem starken Licht. Die Hitze war drückend. Nach einer Weile führte Athos mich benommen ins Haus zurück.

Ich kam langsam wieder zu Kräften, jeden Tag stieg ich den Hang ein Stück weiter hinunter. Schließlich machte ich mit Athos die Wanderung in die Stadt. Sie leuchtete, als hätte man ein Ei an ihren scharfen venezianischen Mauerkronen aufgeschlagen und es glänzend über den blaßgelben und weißen Kalkputz laufen lassen. Athos hatte es so oft beschrieben: die Hecken aus Quitten und Granatäpfeln, den Pfad der Zypressen. Die engen Gassen mit der Wäsche, die an den schmiedeeisernen Balkonen zum Trocknen hing, den Blick auf den Berg Skopos mit dem Konvent Panagia Skopotissa. Solomos' Statue auf dem Platz, Nikos' Brunnen.

Athos zeigte mich dem alten Martin. Es gab jetzt so wenig zu verkaufen, daß sein winziger Laden fast leer war. Ich erinnere mich, daß ich neben einem Bord stand, auf dem ein paar verstreute Kirschen lagen, wie Rubine auf Elfenbeinpapier. Während der Besatzung der Italiener und der Deutschen hatte der alte Martin versucht, seine Kundschaft so gut er konnte zu versorgen. Das war sein Widerstand. Heimlich trieb er Tauschhandel mit Schiffskapitänen, um an eine Delikatesse zu kommen, von der er wußte, daß ein Kunde sie sehr entbehrte. Mit großer List hatte er einen kleinen Vorrat an Spirituosen angelegt. Er wußte genau, was noch in den Speisekammern der Gemeinde lag, arbeitete mit der Sorgfalt eines Einkäufers für ein vornehmes Hotel. Martin wußte, wer Lebensmittel für versteckte Juden kaufte, nachdem das Ghetto verlassen worden war, und er versuchte, für Familien mit kleinen Kindern etwas Obst und Öl beiseite zu legen. Der Schutzheilige der Kolonialwaren. Das Haar des alten Martin war kurz und stand ihm in allen Richtungen vom Kopf. Wenn Athos' Haar Silbererz glich, so war das von Martin gezackt und weiß wie Quarz. Seine knotigen arthritischen Hände zitterten, wenn er bedächtig nach einer

Feige oder Zitrone griff, immer eine zur Zeit in der Hand haltend. In diesen Tagen der Knappheit wirkte seine bebende Behutsamkeit angemessen, eine Anerkennung des Wertes einer einzigen Pflaume.

Athos und ich gingen durch die Stadt. Wir ruhten uns auf der Platia aus, dort, wo die letzten Juden der *zudeccha* auf den Tod gewartet hatten. Eine Frau wischte die Treppen des Hotels Zakynthos. Im Hafen schlugen Leinen an die Masten.

Vier Jahre lang hatte ich mir vorgestellt, daß Athos und ich geheime Sprachen miteinander teilten. Jetzt hörte ich Griechisch überall. Als ich auf der Straße die Schilder des *farmakio* oder des *kafenio* las, hatte ich das Gefühl, dem Alltäglichen schutzlos ausgeliefert zu sein. Ich sehnte mich danach, in unser kleines Haus zurückzukehren.

In Indien gibt es Schmetterlinge, deren Flügel in der Ruhestellung genau wie trockene Blätter aussehen. In Südafrika gibt es eine Pflanze, die nicht von den Steinen, zwischen denen sie wächst, zu unterscheiden ist. Es gibt Raupen, die wie Zweige, und Nachtfalter, die wie Baumrinde aussehen. Um unsichtbar zu bleiben, verändert die Scholle ihre Farbe, sobald sie durch sonnenbeschienenes Wasser schwimmt. Welche Farbe hat ein Geist?

Überleben hieß dem Schicksal entkommen. Aber wenn du deinem Schicksal entkommst, in wessen Leben trittst du dann?

*

Im Sohar steht: »Alles Sichtbare wird unsichtbar wiedergeboren werden.«

Die Gegenwart ist, ähnlich einer Landschaft, nur ein kleiner Teil einer geheimnisvollen Erzählung. Einer Erzählung von langsamer Ansammlung und plötzlicher Katastrophe. Jedes gerettete Leben ist gleichbedeutend mit genetischen Merkmalen, die in einer anderen Generation wiedererwachen. »Entfernte Ursachen.«

Athos bestätigte, daß es eine unsichtbare Welt gab, die genauso wirklich war, wie das, was klar zutage lag. Ausgewachsene Wälder, still und schweigend, ganze Städte unter einem Himmel aus Schlamm. Das Reich der Moorleichen, erhalten als steife Statuen. Der Ort, wo all jene, die das knöcherne Losungswort kannten und in die Erde eingingen, darauf warteten, wieder aufzusteigen. Sie warteten unter der Erde und unter dem Wasser, in eisernen Truhen und hinter Backsteinen, in Koffern und Umzugskisten …

Wenn Athos an seinem Schreibtisch saß, Holzproben in Polyäthylenglykol einlegte, fehlende Fasern mit wächserner Füllmasse ausbesserte, konnte ich sehen – wenn ich ihm während der Arbeit ins Gesicht schaute –, daß er eigentlich durch verschwundene, unglaublich hohe Karbonwälder schlenderte, deren Baumrinde kunstvoll wie Brokat war: Muster schöner als jeder Stoff. Hundert Schritt über seinem Kopf rauschte der Wald in einem prähistorischen Herbst.

Athos war Experte für begrabene und verlassene Orte. Seine Kosmologie wurde zu der meinen. Ich wuchs ganz natürlich in sie hinein. Auf die Weise glichen unsere Aufgaben sich an.

Athos und ich begannen unsere Erdgeheimnisse zu teilen. Er beschrieb mir die Moorleichen. Über

Hunderte von Jahren eingetaucht, war ihre Haut zu dunklem Leder gegerbt, umbrafarbene Säfte tief in den Linien von Händen und Füßen. Im Herbst, wenn der Geruch von Schnee in den dunklen Wolken lag, wurden sie als Opfergaben ins Moor hinausgeführt. Dort wurden sie an Birkenholz und Steine gebunden, um sie schwer zu machen, und ertranken im säurehaltigen Morast. Dann blieb die Zeit stehen. Und das, erklärte mir Athos, ist der Grund, warum die Moorleichen so heiter wirken. Nach Jahrhunderten des Schlafs kommen sie vollkommen unversehrt wieder ans Licht; so überdauern sie ihre Mörder – deren Körper längst zu Staub zerfallen sind.

Ich erzählte ihm von den polnischen Synagogen, deren Heiligtümer wie Höhlen unterhalb der Erde lagen. Der Staat verbot Synagogen, die so hoch wie Kirchen waren, aber die Juden weigerten sich, ihre Verehrung durch Baunormen einschränken zu lassen. Die Kuppeldächer wurden weiterhin gebaut; die Gemeinde betete einfach tiefer unter der Erde.

Ich erzählte ihm von den großen hölzernen Pferden, die einst eine Synagoge in der Nähe meines Elternhauses schmückten und die nun entweiht und vergraben waren. Eines Tages vielleicht würden sie in einer Herde auferstehen und auf einer polnischen Weide grasen, als wäre nichts geschehen.

Meine Phantasie kreiste um die Kraft der Umkehrung. Später in Kanada, als ich Fotografien von den Bergen persönlicher Habe in den Lagern sah, stellte ich mir vor, daß man die Menschen ins Leben zurückrufen könnte, wenn man den Besitzer jedes Paars Schuhe benannte. Ein Klonen aus vertrautem Besitz, eine mystische Beschwörung.

Athos erzählte mir von Biskupin und daß es von einem Lehrer entdeckt worden war, der dort seinen Abendspaziergang machte. Die Gasawka führte wenig Wasser, und die mächtigen hölzernen Pfeiler brachen wie riesenhafte Binsen durch die Oberfläche des Sees. Mehr als zweitausend Jahre zuvor war Biskupin eine reiche Gemeinde gewesen, außerordentlich gut organisiert. Sie bauten Getreide an und züchteten Vieh. Der Wohlstand wurde unter alle Bewohner verteilt. Die bequemen Häuser waren in schnurgeraden Reihen angeordnet, die befestigte Insel ähnelte einem modernen Neubaugebiet mit Eigenheimen. Jedes der Giebelhäuser bekam viel Licht und war doch gegen die Nachbarn abgeschlossen. Die Häuser hatten eine Veranda, eine Küche mit dem Herd, oben Schlafkammern. Biskupins Handwerker trieben Handel mit Ägypten und der Schwarzmeerküste. Aber dann muß es einen Klimawechsel gegeben haben. Ackerland wurde zu Heide und Heide zu Moor.

Der Wasserspiegel stieg unerbittlich, und schließlich wurde den Bewohnern klar, daß sie Biskupin verlassen mußten. Die Stadt blieb bis 1933, als der Wasserspiegel der Gasawka fiel, versunken. Athos schloß sich den Ausgrabungen 1937 an. Seine Aufgabe war es, das Problem zu lösen, wie man die wasserdurchweichten Holzbauten konservieren konnte. Bald nachdem Athos beschlossen hatte, mich mit sich nach Hause zu nehmen, wurde Biskupin von Truppen besetzt. Sie verbrannten Aufzeichnungen und Relikte. Sie zerstörten die antiken Befestigungen und Häuser, die Jahrtausenden getrotzt hatten. Dann erschossen sie fünf von Athos' Arbeitskollegen im umliegenden Wald. Die anderen wurden nach Dachau gebracht.

Und das ist einer der Gründe, warum Athos glaubte, daß nicht nur er mich, sondern auch ich ihn gerettet hatte.

*

Die unsichtbaren Pfade in Athos' Geschichten sind Flüsse, die den Unregelmäßigkeiten des Landes folgen wie Tränen den Unvollkommenheiten der Haut. Wind und Strömungen, die Meeresgeschöpfe aufstören, organisch leuchtende Gärten, die Vögeln den Weg zur Küste weisen. Die Küstenseeschwalbe nutzt die westlichen Winde und die Passatwinde und fliegt jedes Jahr von der Arktis zur Antarktis und wieder zurück. In ihrem Gehirn trägt sie die sich drehenden Gestirne, die Prägung von Sehnsucht und Ferne. Die feste Route der Büffel über die Prärie war so ausgetreten, daß die Eisenbahn ihre Gleise in ihr legte.

Die von Schienen durchschnittene Geographie. Die schwarze Naht jenes wehklagenden Zuges vom Leben in den Tod, die über die Erde gezogenen Linien aus Stahl durchdringen Städte und Städtchen, die heute durch Mord berüchtigt sind: von Berlin nach Breslau; von Rom nach Florenz, Padua und Wien; von Wilna nach Grodno und Łódź; von Athen nach Saloniki und Zagreb. Obwohl sie nichts sehen konnten, obwohl ihre Sinne durch den Gestank, durch Gebete und Schreie, durch Schrecken und Erinnerungen verwirrt waren, fanden diese Reisenden heim. Durch die Flüsse, durch die Luft.

Als man die Gefangenen zwang, die Massengräber auszuheben, traten die Toten durch ihre Poren in sie ein und wanderten über den Blutkreislauf in ihre Hirne und ihre Herzen. Und über ihr Blut in die nächste Generation. Ihre Arme steckten bis zu den Ellbogen im Tod, doch nicht nur im Tod – in Musik, in der Erinnerung, wie ein Gatte oder Sohn sich über sein Essen beugte, dem Ausdruck im Gesicht der eigenen Frau, wenn sie ihr Kind im Bad betrachtete; in Glaubensbekenntnissen, in mathematischen Formeln, Träumen. Während sie eines anderen Mannes und noch eines weiteren blutdurchtränktes Haar zwischen den Fingern spürten, baten die Grabenden um Vergebung. Und jene verlorenen Leben traten in Molekülen in ihre Hände ein.

Wie kann ein Mensch die Erinnerungen auch nur eines anderen Menschen auf sich nehmen, geschweige denn die von fünf oder zehn oder tausend oder zehntausend; wie kann jede von ihnen geheiligt werden? Er hört auf zu denken. Er konzentriert sich auf die Peitsche, er spürt ein Gesicht unter der Hand, er greift Haare wie in leidenschaftlicher Umarmung, die dichte Fülle zwischen den Fingern, zieht er, die Hände voller Namen. Seine Hände bewegen sich ganz von selbst.

Im Steinbruch von Golleschau wurden die Steinträger gezwungen, riesige Kalksteinblöcke endlos hin- und herzuschleppen, von einem Haufen zu einem anderen und wieder zurück. Während dieser Folter trugen sie ihr Leben in den Händen. Die irrsinnige Aufgabe war nur insofern nicht vergeblich, als der Glaube nicht vergeblich ist.

Ein Lagerinsasse schaute zu den Sternen hinauf und erinnerte sich plötzlich daran, daß sie ihm einst schön erschienen waren. Diese Erinnerung der Schönheit wurde von einem bizarren Gefühl der Dankbarkeit begleitet. Als ich das zum ersten Mal las, konnte ich es mir nicht vorstellen. Aber später glaubte ich, es zu verstehen. Manchmal erfährt der Körper eine Offenbarung, weil er jede andere Möglichkeit aufgegeben hat.

*

Es ist keine Metapher, den Einfluß der Toten in der Welt zu spüren. Genausowenig wie die Radiokarbon-Uhr zu hören, den Geigerzähler, der den schwachen Atem eines fünfzigtausend Jahre alten Steins verstärkt. (Wie das schwache Stoßen an die Gebärmutterwand.) Es ist keine Metapher, die erstaunliche Beständigkeit magnetisierter Mineralien zu beobachten, die sogar nach Hunderten von Millionen Jahren noch zum magnetischen Pol weisen, Mineralien, die nie das Magma vergessen haben, dessen Erkalten sie für immer sehnsüchtig machte. Wir sehnen uns nach einem Ort; aber der Ort selbst sehnt sich auch. Die menschliche Erinnerung arbeitet mit dem Code von Luftströmungen und Flußablagerungen. Ascheschichten warten darauf, ans Licht gebracht zu werden, Leben warten auf Wiederherstellung.

Wie viele Jahrhunderte braucht der Geist, um den Körper zu vergessen? Wie lange werden wir unsere Phantomhaut spüren, die sich über Felslandschaften legt, unseren Puls in magnetischen Strömen? Wie viele Jahre vergehen, bis der Unterschied zwischen Mord und Tod verwittert?

Trauer braucht Zeit. Wenn ein Steinsplitter seine Existenz, seinen Atem, so lange ausstrahlt, wie beharrlich wird die Seele sein. Wenn Schallwellen unendlich weit in das All hinausgehen, wo sind ihre Schreie jetzt? Irgendwo in einer Galaxie stelle ich sie mir vor, wie sie ewig den Psalmen entgegentreiben.

*

Allein auf dem Dach in jenen Nächten, war es nicht überraschend, daß ich unter all den Gestalten in Athos' Geschichten von Geologen und Forschern, Kartographen und Navigatoren Mitleid mit den Sternen selbst empfand. Über Jahrtausende verzehren sie sich nach uns, obwohl wir blind sind gegen ihre Signale, bis es zu spät ist – und das Sternenlicht nur noch der weiße Atem eines alten Schreis. Millionen von Jahren senden sie ihre weißen Botschaften – nur um sie dann von den Wellen zerknüllen zu lassen.

»Ich habe Athos an der Universität kennengelernt«, sagte Kostas Mitsialis. »Wir teilten uns ein Büro. Wann immer ich hereinkam, ob früh oder spät, war er schon da und las am Fenster. All die Bücher und Artikel, die sich auf dem Fensterbrett türmten! Englische Lyrik. Wie man Blattskelette konserviert. Die Bedeutung von Pfahlschnitzereien. Er hatte eine wunderschöne Uhr von seinem Vater. Sie hatte eine Gravur auf dem Gehäuse und dem Zifferblatt, ein Seeungeheuer mit einem Schwanz, der sich um die Elf legte. Athos, hast du die noch?«

Athos lächelte, öffnete sein Jackett und ließ die Uhr an ihrer Kette baumeln.

»Ich erzählte Daphne von ihm, dem scheuen Burschen, der mir in meinem eigenen Büro die Privatsphäre klaute! Das wollte sie mit eigenen Augen sehen. Eines Nachmittags kam sie mich abholen und zog mich zur Begrüßung an den Ohren, so wie sie es jetzt noch gerne tut. Daphne war damals erst zwanzig und immer guter Laune. ›Komm doch zum Abendessen‹ sagte sie zu Athos. Athos sagte: ›Magst du Musik?‹

Damals, in der Zeit zwischen den Kriegen, wurde überall in den Tavernen Tango gespielt, aber wir konnten mit spanischer Musik nichts anfangen. Wir hatten unsere eigene: den langsamen Hasapiko und die Lieder, die man zur Bouzouki singt, die von den Seeleuten aus dem Hafen und den *hamalides* und den Pflaumensaft-Verkäufern stammten.«

»Und aus den Drogenhöhlen«, zwinkerte Athos.

»Er nahm uns zu einer kleinen Kneipe in der Nähe der Adrianou-Straße mit. Dort hörten wir Vito zum ersten Mal. Seine Stimme war ein Fluß. Sie war *glikos* – schwarz und süß. Athos, weißt du noch? Vito war außerdem der Koch. Wenn er das Essen gemacht hatte, kam er aus der Küche, wischte sich den Rosmarin und das Öl an der Schürze ab, und dann stellte er sich zwischen die Tische und sang einen Rembetiko, den er aus dem Stegreif erfand. Ein Rembetiko, Jakob, erzählt immer eine Geschichte voller Liebesschmerz und Eros.«

»Und Armut und Haschisch«, sagte Athos.

»Nachdem Vito gesungen hatte, spielte er auf seiner Santouri, und die Musik erzählte die Geschichte irgendwie noch einmal. An einem Abend sang er nicht zuerst, sondern spielte etwas so Geheimnisvolles ... eine Geschichte, die ich irgendwie kannte, an die ich mich zu erinnern schien. Sie gab mir ein uraltes, ein ahnungsvolles Gefühl ein, wie ein Obstgarten, wenn die Sonne durch die Wolken bricht und dann wieder verschwindet ... und später an dem Abend beschlossen Daphne und ich zu heiraten.«

»Und wenn ihr das Lied nicht gehört hättet?« fragte ich.

Sie lachten.

»Dann wäre es der Mondschein oder das Kino oder ein Gedicht gewesen«, sagte Kostas.

Athos fuhr mir durchs Haar. »Jakob schreibt Gedichte«, sagte er.

»Dann hast du die Macht, Menschen zu verheiraten«, sagte Daphne.

»Wie ein Rabbi oder ein Priester?« fragte ich.

Wieder lachten sie.

»Nein«, sagte Athos. »Wie ein Koch in einem Café.«

In Athen wohnten wir bei Daphne und Kostas – Professor Mitsialis und seiner Frau –, alten Freunden von Athos, die an den Hängen von Lykavittos ein kleines Haus hatten, dessen Eingangsstufen zu Geröll zerfallen waren. Daphne hatte einen Topf mit Blumen in die Steinreste gestellt. Hinter dem Haus war ein Gemüse- und Kräutergarten. Am Kolonaki-Platz vorbei, zwischen Kiphissia und Tatoi, vorbei an den ausländischen Botschaften, an Palmen und Zypressen, vorbei an Parks und hohen weißen Apartmenthäusern. Vorbei an der Statue des Revolutionärs Mavrocordatos, vor der 1942 ein Athener kniend Solomos' Nationalhymne sang und erschossen wurde.

Fast zwei Wochen hatten Athos und ich gebraucht, um die wunde Landschaft von Zakynthos nach Athen zu durchqueren. Straßen waren unpassierbar, Brücken zerstört, Dörfer in Trümmern. Felder und Obstgärten waren verwüstet worden. Wer kein Stückchen Land besaß und kein Geld für den Schwarzmarkt, war am Verhungern. Es sollte noch Jahre so weitergehen. Und natürlich kehrte in Griechenland bei Kriegsende kein Frieden ein. Ungefähr sechs Monate nachdem in Athen die Kämpfe zwischen Kommunisten und Briten aufgehört hatten und eine Übergangsregierung noch im Amt war, schlossen Athos und ich das Haus auf Zakynthos ab und fuhren hinüber nach Kyllini aufs Festland.

In Athen wollte Athos mit Nachforschungen über Bella beginnen und über die einzige andere

Verwandte, von der ich wußte, eine Tante aus Warschau, die ich nie gesehen hatte, Ida, die Schwester meiner Mutter. Wir beide verstanden, daß Athos suchen mußte, damit ich aufgeben konnte. Ich fand seine Zuversicht unerträglich.

Auf dem Schiff zog Athos Brot und ein kleines Glas Honig aus seiner Tasche, aber ich konnte nichts essen. Ich blickte auf das Wasser des Porthmos von Zakynthos und dachte, daß nichts je wieder vertraut sein würde.

Wenn es ging, ließen wir uns von Karren mitnehmen oder fuhren auf den Ladeflächen von rumpelnden Lastwagen mit, die Staub hinter sich herzogen, als sie die Haarnadelkurven hinaufkletterten und sich dann wieder hinunterschlängelten. Lange Strekken bewältigten wir *me ta podia* – zu Fuß. In Griechenland gibt es zwei Wanderregeln, die mir Athos beibrachte, während wir Kyllini hinter uns ließen und einen Hügel hinaufstiegen. Folge niemals einer Ziege, sie wird dich an den Rand eines Abgrunds führen. Folge immer einem Maulesel, und bei Einbruch der Dunkelheit wirst du ein Dorf erreicht haben. Oft machten wir halt, um auszuruhen – in jenen Tagen mehr aus Rücksicht auf mich als auf Athos. Wenn wir beide erschöpft waren, setzten wir uns mit unseren Rucksäcken an den Straßenrand und hofften, daß jemand vorbeikommen und uns bis ins nächste Dorf mitnehmen würde. Ich schaute Athos an, in seinem abgeschabten Tweedjackett und seinem staubigen Filzhut, und sah, wie sehr er in den wenigen Jahren, die ich ihn kannte, gealtert war. Was mich anging, so war das Kind, das Athos' Haus betreten hatte, verschwunden, ich war dreizehn

Jahre alt. Oft legte Athos, während wir gingen, mir den Arm um die Schultern. Seine Berührung war etwas Natürliches, aber alles andere war wie ein Traum. Und es war diese Berührung, die mich davor bewahrte, zu sehr in mir selbst zu versinken. Auf der Wanderung von Zakynthos nach Athen, auf den schlechten Straßen und in den trockenen Hügeln, wurde mir klar, was ich empfand: nicht, daß ich Athos alles schuldete, sondern daß ich ihn liebte.

Die Landschaft des Peloponnes war so oft verletzt worden und wieder geheilt, daß Schmerz die sonnenbeschienene Erde verdunkelte. Aller Schmerz ist alt. Kriege, Besatzungen, Erdbeben; Feuer und Dürre. Ich stand in den Tälern und stellte mir die Trauer der Hügel vor. Meine eigene Trauer, so empfand ich es, war da vor mir ausgedrückt. Fast fünfzig Jahre sollte es dauern, bis ich in einem anderen Land diese intensive Verbundenheit mit einer Landschaft empfinden würde.

In Kyllini sahen wir, daß die Deutschen die mächtige mittelalterliche Burg gesprengt hatten. Wir kamen an Schulen unter freiem Himmel vorbei, in Lumpen gekleideten Kindern, die Felsplatten als Tische benutzten. Eine Schmach lag über dem Land, das Elend von Frauen, die ihre Toten nicht einmal hatten begraben können, da sie verbrannt oder ertränkt oder einfach weggeworfen worden waren.

Wir stiegen ins Tal nach Kalavrita am Fuße des Berges Velia hinab. Seit wir in Kyllini das Schiff verlassen hatten, erzählte uns jeder, den wir gesprochen hatten, von dem Massaker. In Kalavrita hatten die Deutschen im Dezember 1943 jeden Mann, der älter als fünfzehn Jahre war, ermordet – vierzehnhundert Männer –, dann hatten sie die kleine Stadt in Brand gesetzt. Die Deutschen behaupteten, die Leute im Dorf hätten *andartes* versteckt – griechische Widerstandskämpfer. Im Tal – verkohlte Ruinen, geschwärzter Stein, eine schreckliche Stille. Ein so verlassener Ort, daß er nicht einmal von Geistern heimgesucht wurde.

In Korinthos kletterten wir auf einen Lastwagen, der schon brechend voll mit anderen Reisenden war. Schließlich, an einem heißen Nachmittag Ende Juli, erreichten wir Athen.

Staubig und müde saßen wir in Daphnes und Kostas' Wohnzimmer. Daphnes Gemälde der Stadt hingen an den Wänden – ganz aus Licht und Kanten, ein leuchtender Kubismus, der in Griechenland dem Realismus nahekam. Ein kleiner Glastisch. Seidenkissen. Ich hatte Angst, daß meine schmutzigen Kleider, wenn ich aufstünde, einen Abdruck auf dem hellen Sofa hinterlassen würden. Ein kleiner Teller mit eingewickelten Süßigkeiten auf dem Tisch lenkte mich ab, verursachte ein schmerzliches Prikkeln, so als wenn ein Teil von dir einschläft und auf einmal wieder durchblutet wird. Ich verstand nicht, daß ich mir etwas davon nehmen durfte. Meine Ellbogen rieben an meinen Ärmeln, meine Beine an den kurzen Hosen. In einem großen silbergerahmten Spiegel sah ich meinen Kopf rund über dem dünnen Stiel meines Halses schweben.

Kostas führte mich in sein Zimmer, und er und Athos suchten ein paar Kleidungsstücke für mich zusammen. Sie brachten mich zu einem Friseur, wo ich meinen ersten richtigen Haarschnitt erhielt.

Daphne zog mich an sich, ihre Hände auf meinen Schultern. Sie war nicht sehr viel größer als ich und fast genauso dünn. Wenn ich zurückdenke, war sie eigentlich trotz ihres Alters mädchenhaft. Sie hatte ein Kleid mit einem Vogelmuster an. Ihr Haar trug sie in einem Knoten auf dem Kopf, eine kleine graue Wolke. Sie gab mir einen *stifado* aus Bohnen und Knoblauch zu essen. Draußen aß ich mit Kostas *karpouzi,* und er brachte mir bei, wie man die Melonenkerne bis zum Ende des Gartens spuckte.

Ihre Liebenswürdigkeit war mir rätselhaft und willkommen zugleich, wie die Stadt selbst – mit ihren fremden Bäumen, ihren blendenden weißen Mauern.

Am Morgen nach unserer Ankunft begannen Daphne, Kostas und Athos zu reden. Ausgehungert stürzten sie sich ins Gespräch – und wischten ihre Teller aus, als würden sie auf dem Boden eine Wahrheit aufgemalt finden. Sie redeten, als müßte alles an einem einzigen Tag gesagt werden. Sie redeten, als wären sie bei einem *schiwe,* einem Beerdigungsmahl, bei dem alles Reden den fehlenden Stuhl nicht ersetzen kann. Manchmal stand Daphne auf, um ihnen nachzuschenken, um Brot und kleine Schalen mit Fisch zu holen, Paprikaschoten, Zwiebeln, Oliven. Ich konnte nicht alles verstehen: die *andartes*, EAM, ELAS, Kommunisten, Venizelisten und Anti-Venizelisten … Aber es gab auch vieles, was ich verstand – Hunger, Erschießungen, Leichen auf den Straßen, wie plötzlich alles Vertraute unsagbar wird. Ich hörte so angestrengt zu, daß mich, wie Kostas sagte, die Geschichte erschöpfte, und als wir gegen vier

Uhr in den Garten hinausgingen, schlief ich ein, mit der Brise und der Sonne in meinem frischgeschnittenen Haar. Als ich aufwachte, herrschte schon Zwielicht. Sie saßen in stiller Melancholie zurückgelehnt auf ihren Stühlen, als hätte die lange griechische Abenddämmerung endlich jede Erinnerung aus ihren Herzen gezogen.

Kostas schüttelte den Kopf.

»Es ist wie Theotokas sagt: ›Die Zeit wurde mit einem Messer zerschnitten.‹ Die Panzer kamen die Vasilissis Sofias herunter. Selbst wenn nur ein Deutscher durch eine griechische Straße geht, ist es wie eine Eisenstange, so kalt, daß sie dir die Hand verbrennt. Es war nicht einmal Mittag. Wir hörten es im Radio. Den ganzen Morgen zogen die schwarzen Wagen wie eine Schießpulverspur durch die Stadt.«

»Wir zogen die Vorhänge zu, und Kostas und ich saßen im Dunkeln am Tisch. Wir hörten Sirenen, Flakfeuer, doch die Kirchenglocken läuteten weiter zur Frühmesse.«

... Als sie meinen Vater stießen, saß er noch auf seinem Stuhl. Ich konnte es später an der Art, wie er gestürzt war, erkennen.

»Unser Nachbar, Alekos, kam zur Hintertür, um uns zu sagen, jemand habe gesehen, daß auf der Amalias Straße Hakenkreuzfahnen von den Balkonen hingen. Er sagte, sie wehten über dem Palast und über der Kapelle auf der Lykavittos-Straße. Erst als wir die Fahnen am Abend mit eigenen Augen sahen und die Fahne über der Akropolis, fingen wir an zu weinen.«

... an der Art, wie er gestürzt war.

»Anfangs gingen wir weiter in die Taverne, nur

um Gesellschaft zu haben und Nachrichten zu hören. Zu essen oder trinken gab es nichts. Anfangs tat der Kellner noch so, holte die Karte … es wurde zu einem Ritual, einem Witz. Damals erzählten sich die Leute noch Witze, nicht, Daphne? Manchmal sogar den aus unserer Studentenzeit, als wir so arm waren und jemand dem Kellner zurief: ›Ein gekochtes Ei, bitte. Wir sind neun!‹«

… Als ich in der Erde stand, mit juckendem Kopf, träumte ich, meine Mutter würde mir die Läuse vom Kopf schrubben. Ich stellte mir vor, wie Mones und ich Steine auf dem Fluß hüpfen ließen. Einmal hatte sich Mones den Finger in einer Tür eingeklemmt, und der Nagel löste sich ab, aber die Steine konnte er immer noch öfter hüpfen lassen als ich.

»Daphnes Bruder hat gehört, daß Korizis, als man ihn fand, in der einen Hand eine Pistole hielt und in der anderen eine Ikone.«

»Nach den Italienern und vor den Deutschen waren überall Briten und Australier. Sie nahmen Sonnenbäder mit freiem Oberkörper.«

»Sie saßen bei Zonar herum und sangen Lieder aus *The Wizard of Oz*. Sie fingen beim geringsten Anlaß an zu singen. Das Floca und das Maxim waren mit einem Mal wie Operettenkulissen … Ich ging zum King George Hotel, um nach Pfeifentabak zu schauen. Ich dachte, da würden sie vielleicht noch welchen haben, aber sie hatten keinen. Oder um vielleicht den *Kathimerini* oder die *Proia* zu kriegen, irgendeine Zeitung eben. In der Hotelhalle bot mir ein britischer Soldat eine Zigarette an, und wir debattierten lange über die Unterschiede zwischen griechischem, englischem und französischem Tabak. Am nächsten Tag öffnete Daphne die Tür, als jemand klopfte, und da stand er und brachte uns Fleisch in Konservendosen.«

»Das war das einzige Mal, daß eins von Kostas' Lastern was eingebracht hat«, rief Daphne aus der Küche, wo sie mir ein Glas Milch einschenkte.

... Frau Alperstein, Mones' Mutter, stellte Perükken her. Sie rieb sich die Hände immer mit Creme ein, um sie für ihre Arbeit geschmeidig zu halten. Wenn wir Hausarbeiten machten, stellte sie uns ein Glas Milch hin, und das Glas roch immer nach Creme, die Milch schmeckte dann schön. Wenn mein Vater von der Arbeit nach Hause kam, waren seine Hände schwarz, genauso, als trüge er Handschuhe, und er schrubbte sie sich, bis sie beinahe rosa waren, obwohl man das Schuhleder immer noch riechen konnte – er war der beste Schuhmacher der Stadt –, und die Schuhwichse konnte man auch noch riechen. Sie kam in Dosen und war weich wie schwarze Butter.

»Wir mußten einen deutschen Offizier aufnehmen. Er bestahl uns. Jeden Tag sah ich, wie er etwas nahm – Messer und Gabeln, Nadel und Faden. Er brachte Butter mit nach Hause, Kartoffeln und Fleisch – für sich. Er sah mir zu, wenn ich es für ihn zubereitete, und ich mußte ihm auftragen, während Kostas und ich nur Karotten aßen, ohne Öl, nur in Wasser gekocht, sogar ohne Salz. Manchmal mußte ich vor Kostas' Augen etwas von seiner Mahlzeit essen, aber Kostas bekam nichts ...«

Kostas streichelte sich mit Daphnes Hand über die Wange.

»Mein Liebes. Er dachte, es würde mich verrückt machen, in Wahrheit war ich froh, daß wenigstens du einmal genug zu essen hattest.«

»Abends nach der Sperrstunde lagen Kostas und ich wach und hörten die Posten die Kolonaki-Straße rauf- und runtermarschieren; so als ob die ganze Stadt ein Gefängnis wäre.«

»Athos, du erinnerst dich, wie sehr sie vor dem Krieg an unserem Chrom interessiert waren. Tja, als sie für nichts mehr bezahlen mußten, holten sie sich, was sie wollten aus den Bergwerken: Pyrit, Erz, Nikkel, Bauxit, Mangan, Gold. Leder, Baumwolle, Tabak. Korn, Vieh, Oliven, Öl ...«

»Ja, und die Deutschen standen auf dem Syntagma Platz herum, kauten Oliven und spuckten die Kerne aus, damit sie die kleinen Kinder beobachten konnten, wie sie liefen, um die Kerne vom Boden aufzusammeln und das letzte Restchen von ihnen abzulutschen.«

»Sie fuhren mit ihren Lastwagen zur Akropolis hinauf und machten voneinander Touristenfotos vor dem Parthenon.«

»Athos, sie machten aus Athen eine Stadt von Bettlern. 1941, als so viel Schnee fiel, hatte niemand Kohlen oder Holz. Die Leute wickelten sich in Dekken ein und stellten sich auf den Omonia-Platz und warteten da auf Hilfe. Frauen mit Babys ...«

»Einmal, als die Deutschen in Larissa einen Zug beladen hatten, beschloß ein Patriot, die Ladung zu kapern. Der Zug explodierte in dem Moment, als er den Bahnhof verließ. Orangen und Zitronen flogen durch die Luft und regneten auf die Straße nieder. Ein glorreicher süßer Geruch vermischt mit dem

Geruch von Pulver. Balkone glitzerten, Zitronensaft triefte im Sonnenlicht von den Wänden! Noch Tage danach fanden Leute Orangen in der Höhlung einer Statue, in der Tasche eines zum Trocknen aufgehängten Hemdes. Jemand fand ein Dutzend Zitronen unter einem Auto –«

»Wie Eier unter einer Henne.«

... Ich sah, wie mein Vater und Frau Alperstein sich die Hände schüttelten, und fragte mich, ob sie die Gerüche getauscht hätten und ob jetzt alle Schuhe nach Blumen und alle Perücken nach Schuhen riechen würden.

»Unser Nachbar Alekos half einem Mann, der mitten auf der Kolonaki-Straße lag, mit einem Schälchen Milch wieder auf die Beine. Selber hatte Alekos nicht einmal mehr ein Stückchen Brot. Aber dann, später, brachen Leute auf der Straße zusammen und standen nicht wieder auf, sie verhungerten einfach.«

»Kostas und ich hörten von ganzen Familien, die wegen einer Kiste Rosinen, wegen eines Sacks Mehl umgebracht wurden.«

»Wir hörten von einem Mann, der eines Abends auf dem Omonia-Platz stand. Ein anderer Mann lief auf ihn zu, ein Päckchen in der Hand. ›Schnell, schnell‹, sagte er. ›Ich habe frisches Lammfleisch, ich muß es aber sofort verkaufen, ich brauch Geld für den Zug, um zu meiner Frau heimzufahren.‹ Die Vorstellung frischen Lammfleisches ... frisches Lammfleisch! ... war zuviel für den Mann an der Ecke, der an seine eigene Frau dachte und an ihr Hochzeitsessen und an all die Dinge, die vor dem Krieg selbstverständlich gewesen waren. Die schmackhaften Gerichte, an die er sich erinnerte, vertrieben alle anderen Gedanken, und er griff in die Tasche. Er bezahlte eine hohe Summe, alles, was er hatte. Lammfleisch war es wert! Und der Mann eilte in Richtung Bahnhof davon. Der Mann von der Ecke rannte in die entgegengesetzte Richtung, direkt nach Hause. ›Ich habe eine Überraschung!‹ rief er und gab das Päckchen seiner Frau. ›Mach es in der Küche auf.‹ Aufgeregt standen sie um das Bündel Zeitungspapier, und seine Frau schnitt die Kordel durch. Drinnen lag ein toter Hund.«

»Athos, für Kostas und mich bist du wie ein Bruder. Du kennst uns schon viele Jahre. Wer hätte geglaubt, daß wir jemals solche Geschichten erzählen würden?«

»Solange die Briten hier waren, konnten wir noch manches kriegen. Ein wenig Margarine, ein bißchen Kaffee, Zucker, manchmal ein wenig Rindfleisch! … Aber als die Deutschen kamen, nahmen sie sogar Kühe, die bald kalben sollten, und schlachteten beide, Mutter und Kind. Die Mutter aßen sie auf, das Kind warfen sie weg …«

Daphne berührte Kostas' Arm, damit er nicht weiter erzählte, den Kopf in meine Richtung neigend.

»Kostas, es ist zu schrecklich.«

»Daphne und ich jubelten, riefen *Englezakia!*, als die englischen Bomben in unseren Straßen einschlugen, sogar als der Rauch den Himmel über Piräus schwarz färbte und Sirenen heulten und das Haus erzitterte.«

»Sogar ich lernte zu unterscheiden, welche Flugzeuge ihre und welche englische waren. Stukas kreischen. Sie sind silbern und stürzen herab wie Schwalben –«

»Und lassen ihre Bomben wie Scheiße fallen.«

»Kostas«, schalt Daphne, »nicht vor Jakob.«

»Er schläft.«

»Nein, ich schlafe nicht!«

»Da Daphne nicht will, daß ich Kraftausdrücke benutze, Jakob, obwohl du schon so viel gesehen hast, daß es nur richtig wäre, wenn du auch weißt, wie man solche Sachen sagt, erzähle ich dir statt dessen, daß der Krieg sogar aus einem einfachen Mann einen Dichter machen kann. Ich werde dir sagen, was ich an dem Tag, als sie die Stadt mit ihren Hakenkreuzen mißhandelten, dachte: Bei Sonnenaufgang ist der Parthenon Fleisch. Im Mondschein ist er Knochen.«

»Jakob und ich haben zusammen Palamas gelesen.«

»Dann, Jakob, *pedi mou,* weißt du auch, daß Palamas unser meistgeliebter Dichter ist. Als Palamas mitten im Krieg starb, folgten wir einem anderen Dichter, Sikelianos, in seinem langen schwarzen Cape durch Athen. Tausende von uns, die ganze Stadt, begleiteten Palamas' Leichnam von der Kirche bis zum Grab. Auf dem Friedhof rief Sikelianos uns zu, wir müßten ›das Land mit dem Schrei nach Freiheit erschüttern, es erschüttern von einem Ende zum anderen‹; und wir sangen die Nationalhymne, umgeben von Soldaten! Danach sagte Daphne zu mir –«

»Niemand außer Palamas konnte uns so aufrütteln und vereinen. Sogar noch aus dem Grab.«

»Am ersten Wochenende der Besatzung machten die Deutschen eine Parade durch die Stadt. Panzer, Standarten, Infanteriekolonnen so lang wie ein Häuserblock. Den Griechen wurde befohlen, in den Häusern zu bleiben. Es war verboten, zuzuschauen. Die wenigen, die etwas sehen konnten, lugten durch die Fensterläden, während die irrsinnige Parade durch leere Straßen marschierte.«

»An Straßenecken oder in Restaurants zogen Schwarzmarkthändler wie Zauberer rohen Fisch aus Aktenmappen, Eier aus den Hosentaschen, Aprikosen aus den Hüten und schüttelten Kartoffeln aus dem Ärmel.«

… Wenn es zu schwierig wurde, Steine zu finden, die zum Werfen flach genug waren, setzten wir uns an den Uferrand. Mones hatte einen Riegel Schokolade dabei. Seine Mutter hatte ihn uns gegeben, als wir ins Kino gingen, um den amerikanischen Cowboy Butski Jonas mit seinem weißen Pferd zu sehen. Wir hatten ihn aufgehoben, weil wir schon unseren nächsten Ausflug zum Fluß planten. In der Verpackung war immer ein Kärtchen, auf dem ein berühmter Ort abgebildet war. Wir hatten schon verschiedene Paläste, den Eiffelturm und einige berühmte Gärten. An dem Tag bekamen wir die Alhambra. Wir falteten das Bild und rissen es in der Mitte durch und schworen uns ewige Treue, wie wir es immer taten, und Mones behielt eine Hälfte und ich die andere, so daß wir sie, wenn wir gemeinsam eine Firma gründeten, zusammenfügen und an die Wand hängen konnten, seine Hälfte der Welt und meine Hälfte, alles genau in der Mitte geteilt.

»In der Nacht, bevor die Deutschen Athen verließen, am Donnerstag, dem 11. Oktober, hörten Daphne und ich ein merkwürdiges Geräusch, nicht ganz wie eine Brise, sehr leise. Ich ging hinaus. In der Luft war ein Zittern wie von tausend Flügeln. Die Straße war verlassen. Dann sah ich nach oben. Über meinem Kopf, von allen Dächern und Balkonen, lehnten Menschen und riefen einander leise die Botschaft zu, über die ganze Stadt hinweg. Die Stadt, die nur einen Moment zuvor einem Gefängnis geglichen hatte, war jetzt wie ein Schlafzimmer voller Geflüster, und dann in der Dunkelheit das Klirren der Gläser, gefüllt mit allem, was wir nur finden konnten, und *jiamas, jiamas*-Rufe, auf dein Wohl, die wie Windstöße in die Nacht aufstiegen.«

»Später dann, aber vor den *dekemvriana,* den Dezemberkämpfen, hörten wir mehr von dem, was woanders geschehen war …«

»Daphnes Schwester aus Hania schickte uns einen Brief: In der Mitte eines frisch gepflügten Ackers, nichts sonst weit und breit, hat jemand ein Schild aufgestellt: ›Hier war Kandanos.‹ – ›Hier war Skines.‹ Das ist alles, was von den Dörfern übriggeblieben ist!«

»Jakob und ich haben auch Schilder gesehen, die anzeigen, wo früher Dörfer standen. Auf dem ganzen Peloponnes.«

»Man sagt, daß über tausend Dörfer verschwunden sind.«

»Jakob und ich waren in Kalavrita. Schickt die Touristen zu den ausgebrannten *choria.* Das sind jetzt unsere historischen Stätten. Die Touristen sollen mal die Ruinen der Gegenwart besuchen.«

»Hier haben die Menschen Schlange gestanden, um ihre Toten begraben zu können. Die Straßenkehrer sammelten Leichen ein. Alle hatten Angst vor der Malaria. Wir hörten die Kinder das deutsche

Soldatenlied singen: ›Wenn abends zirpt die Grille, nehmt die gelbe Pille …‹«

»Die Tore zu eng für die Züge der Leichen.«

»Athos, du warst Jakob ein guter Lehrer. *Pedi mou,* weißt du noch, woher die Zeile stammt?«

»Ovid?«

»Sehr gut. Weißt du auch, wie es weitergeht? Warte, ich seh nach.«

Kostas schlug ein Buch auf und las laut daraus vor:

»Nicht nach den Bräuchen trägt man die von dem Sterben
entrafften
Leiber hinaus, die Tore zu eng für die Züge der Leichen!
Unbestattet liegen sie da …
… Niemand, der weine, ist da;
Der Tränen Spende entbehrend, irren der Frauen
und Männer, der Greise und Jünglinge Seelen.
Und es gebricht den Hügeln an Raum, an Bäumen
den Feuern.«

Darauf folgte ein langes Schweigen. Athos schlug die Beine übereinander und stieß gegen den Tisch. Das Geschirr klirrte. Kostas fuhr sich mit den Fingern durch sein langes weißes Haar. Er beugte sich über den niedrigen Tisch zu Athos hinüber.

»An dem Tag, als der letzte Deutsche die Stadt verließ, waren die Straßen verstopft, der Syntagma-Platz war überfüllt, die Glocken läuteten. Dann, mitten in die ganze Fröhlichkeit hinein, fingen die Kommunisten an, Sprüche zu skandieren. Ich schwöre dir, Athos, die Menge verstummte. Alle waren auf der Stelle ernüchtert. Am nächsten Tag sagte Theotokas: ›Ein Streichholz, und Athen fängt Feuer wie ein Tank Benzin. ‹«

»Die amerikanischen Jungs brachten Essen und Kleidung, aber die Kommunisten stahlen die Kisten aus den Lagerhäusern in Piräus. Von beiden Seiten hat es soviel Unrecht gegeben. Wer nur für eine Minute Macht hat, begeht ein Verbrechen.«

»Sie jagten Menschen, die sie bourgeois nannten, holten Leute aus den Betten und erschossen sie. Demokraten nahmen sie die Schuhe ab und trieben sie barfüßig vor sich her in die Berge, bis sie starben. An*dartes* und *Englezakia* hatten nur eine Woche zuvor Seite an Seite in den Bergen gekämpft. Jetzt lieferten sie sich in der ganzen Stadt Feuergefechte. Wie konnte das sein, unser tapferes *andartiko,* die Brücken in die Luft sprengten, die für den Widerstand Waffen über die Berge schmuggelten, die an einem Ort verschwanden und an einem anderen wieder auftauchten, hundert Kilometer entfernt –«

»Wie Nadel und Faden durch einen Stoff gezogen.«

»Auf Zakynthos hat ein Kommunist seinen eigenen Bruder, einen alten Mann, ans Messer geliefert, weil er einmal vor zehn Jahren sein Glas auf das Wohl des Königs erhoben hatte! Die Kommunisten sind unsere Söhne, sie kennen jedermanns Angelegenheiten, genau wie sie die Pfade durch die Täler kennen, die Bergkämme, jedes Gehölz und jede Schlucht.«

»Die Gewalt ist wie die Malaria.«

»Sie ist ein Virus.«

»Den wir uns von den Deutschen geholt haben.«

… Als Mones und ich uns auf den Nachhauseweg machten, war es neblig geworden, es nieselte, und unsere Wollsocken waren durchnäßt, und unsere Füße waren kalt wie die Fische im Neman. Unsere Stiefel waren schwer vom Matsch. Ein jedes Haus war durch eine Rauchspur mit dem Himmel verbunden. Für immer würden wir beste Freunde sein. Wir würden zusammen einen Buchladen aufmachen und Mones' Mutter würde auf das Geschäft aufpassen, wenn wir ins Kino gingen. Wasserleitungen würden wir in unseren Häusern haben und in jedem Zimmer elektrisches Licht. Meine Hände waren kalt, und mein Rücken war kalt – weil es regnete und weil es noch weit war, und außerdem schwitzte ich unter meinem Mantel. Gebrochene Zäune, morastige Straßen mit tiefen Wagenspuren. Unsere Strümpfe über den Stiefeln wurden hart wie Gipsverbände. Aber wir hatten es nicht eilig, nach Hause zu kommen. Lange standen wir an Mones' Gartentür. Fromm würden wir sein, wie unsere Väter. Wir würden die Gotkin-Schwestern heiraten und uns ein Sommerhaus in Lasosna teilen. Wir würden in den kleinen Buchten rudern und unseren Frauen das Schwimmen beibringen …

»Daphnes Cousins Thanos und Giorgios wurden zusammen mit hundert anderen, mit allen, von denen sie annahmen, daß sie vor dem Krieg wohlhabend gewesen waren, von den Kommunisten auf dem Kolonaki Platz zusammengetrieben.«

… An Mones' Gartentür schüttelten wir uns die Hände wie Männer. Unter seiner Mütze klebten Mones' Haare fest am Kopf. Wir waren vollkommen durchnäßt, hätten aber immer weitergeredet, wäre es nicht Abendbrotzeit gewesen. Wir werden zusammen nach Krynki und Białystok und sogar nach Warschau fahren! Unsere ersten Söhne werden im gleichen Jahr zur Welt kommen! Wir werden dieses Versprechen nie vergessen ...

»Daphne ging los, um etwas Zucker zu besorgen – für meinen Geburtstag. Statt dessen fand sie Alekos und drei andere, sie hingen an den Akazienbäumen in der Kyriakou-Straße ...«

*

An dem ersten Morgen in Daphnes und Kostas' Haus war es mir peinlich, mit Fremden zu frühstükken. Alle kamen vollständig angekleidet zu Tisch. An den folgenden Tagen erschien Kostas allerdings immer weniger bekleidet, zuerst ohne Krawatte, dann mit Hausschuhen und schließlich im Morgenmantel, der einen Gürtel mit Troddeln an den Enden hatte. Athos und Kostas saßen jeder mit einer Hälfte der Zeitung am Tisch und lasen sich gegenseitig laut daraus vor. Daphne machte Rührei mit Schnittlauch und Thymian. Sie war glücklich, für zwei Männer und einen Jungen kochen zu können, obwohl die Knappheit Erfindungsgeist forderte. Athos lobte Daphnes Kochkunst bei jeder Mahlzeit. Ihre Zuneigung rief Gefühle in mir wach, eine Hand, die mir im Vorübergehen übers Haar strich, Daphne, die mich spontan umarmte und an sich drückte. Daphne zeigte mir, welchen Unterschied es machte, wenn sie Pflaumen in eine grüne oder eine gelbe Schale legte, bevor sie sie auf den Tisch stellte. Sie führte mich in ihr Malzimmer und machte mit feinen Bleistiftstrichen eine Skizze von meinem Gesicht. Am Nachmittag, während sich Athos um unsere Überfahrt nach Kanada kümmerte, half ich Daphne, ihre Pinsel zu säubern oder das Abendessen zuzubereiten, oder Kostas übte mit mir Englisch im warmen Garten, wo wir dann manchmal beide einnickten.

Ich lauschte dem Hin und Her von Athos' und Kostas' Gesprächen über Politik. Sie versuchten immer, mich einzubeziehen, indem sie zuerst meine Meinung einholten und dann über meine Ideen ernsthaft diskutierten, bis ich mich wie ein Eingeweihter fühlte, ihnen ebenbürtig.

Wenn ich meine Alpträume hatte, kamen sie zu mir und setzten sich alle drei an mein Bett, und Daphne kratzte mir sanft den Rücken. Sie redeten miteinander, bis ich, geborgen in ihrem leisen Stimmengewirr, wieder einschlief. Dann zogen sie weiter in die Küche. Am Morgen sah ich die Teller ihres mitternächtlichen Beisammenseins noch auf dem Tisch stehen.

Einmal schickte mich Daphne, während sie Essen machte, nach draußen, um ein paar Kräuter zu holen. Ich hatte Angst, alleine hinauszugehen, auch wenn es nur in den Garten war. Als ich an der Tür stehenblieb, bemerkte Kostas mein Zögern und legte die Zeitung hin. »Ich brauch Bewegung, Jakob. Sehen wir doch mal, wie die Abendluft ist.« Und wir gingen zusammen hinaus.

Am letzten Abend vor unserer Abreise nach Kanada saß ich auf dem Bett und schaute zu, wie Daphne für mich packte. Kostas sprang immer wieder auf, um etwas zu holen, was sie noch in meinen Koffer legen sollte, ein Buch oder ein weiteres Paar von seinen Strümpfen. Daphne drückte jedes Ding sorgfältig an seinen Platz. Keiner von den beiden war je in Kanada gewesen. Sie überlegten, wie das Klima wohl sei, wie die Menschen, und jede Überlegung endete damit, daß sie einen weiteren ausgefallenen Gegenstand hinzufügten – einen Kompaß, eine Krawattennadel.

Ich erinnere mich an Daphne, wie sie sich an diesem letzten Abend an der Tür umdrehte, nachdem sie mir gute Nacht gesagt hatte, und wieder zu mir herüberkam, um mich noch einmal ganz fest an sich zu drücken. Ich erinnere mich an ihre kühlen Hände auf meinem Rücken unter dem Baumwollpyjama, an ihr sanftes Kratzen, auf und ab, an das meiner Mutter, an das von Bella, wie sie mich in den Schlaf wiegten.

*

Bevor wir Zakynthos verließen, hatte Athos gesagt: »Wir müssen etwas Zeremonielles tun. Für deine Eltern, für die Juden von Kreta, für alle, die niemanden haben, der sich an ihre Namen erinnert.«

Wir warfen Kamillen- und Mohnblüten in das kobaltblaue Meer. Athos goß Süßwasser in die Wellen, »auf daß die Toten trinken mögen«.

Athos las aus Seferis vor: »›Hier vollenden die Werke der See die Werke der Liebe. Du, der du eines Tages hier leben wirst … sollte das Blut deine Erinnerung verfinstern, vergiß uns nicht.‹«

Ich dachte: Es ist die Sehnsucht, die das Meer bewegt.

Auf Zakynthos schimmert die Stille manchmal mit einem Oberton von Bienensummen. Ihre Körper schaukeln in der Luft, bestäubt vom goldenen

Gewicht. Das Feld war überladen von Gänseblümchen, Geißblatt und Ginster. Athos sagte: »Griechische Klage verbrennt die Zunge. Griechische Tränen sind Tinte für die Toten, ihr Leben niederzuschreiben.«

Er breitete ein gestreiftes Tuch auf dem Gras aus, und wir setzten uns, um am Meer *koliva,* Brot und Honig zu essen – »auf daß die Toten keinen Hunger leiden mögen«.

Athos sagte: »Vergiß nicht, deine guten Taten helfen der Vervollkommnung der Toten. Tu Gutes in ihrem Namen. Ihre Knochen werden das Gewicht der Wellen bis in alle Ewigkeit tragen; wie die Knochen meiner Landsleute das Gewicht der Erde. Wir werden sie nicht gemäß dem Brauch wieder ausgraben können; ihre Knochen werden nicht bei den Knochen ihrer Vorfahren in dem Beinhaus ihrer Dörfer liegen. Die Generationen werden nicht verbunden sein; sie werden sich im Meer auflösen oder in der Erde, ohne Trost …«

In meinem Kopf hörte ich ihre Schreie und stellte mir in den Wellen ihre glänzende, beinahe menschliche Haut vor, ihre vom Salzwasser durchtränkten Haare. Und wie in meinen Alpträumen legte ich meine Eltern unter die Wellen, wo es klar und blau war.

Athos zündete eine Lampe an – einen mit Olivenöl gefüllten Krug – und benutzte ein fest gedrehtes Bündel getrockneter Quitte als Docht.

Athos sagte; »Die Hirten werden nicht wissen, wie sie sie beklagen sollen; von fern liegenden Feldern, zwischen dem Blöken von Schafen und Ziegen, wird man keine Gebete hören. Darum laß uns die *koliva* weiterreichen und die Kerze anzünden und singen: ›Der Tod verzehrte meine Augen‹ … Wenn unsere Dienste – *kathikonda* – sie befreien können – *anakoufisi* –, dann werden die Toten uns auf Vogelschwingen eine Botschaft senden.«

Tatsächlich war die Luft voll von Störchen und Schwalben und Wildtauben. Rosmarin und Basilikum schwangen wie Weihrauchfässer in der Nachmittagshitze hin und her.

Athos sagte: »Jakob, versuch in Erde begraben zu werden, die sich an dich erinnert.«

Wenn wir oben auf dem hohen Hang über der Stadt Zakynthos stehen, stelle ich mir vor, wie Treibholz unten an den steinigen Strand geschwemmt wird, nur daß es kein Holz ist, sondern ihre langen Knochen, ihre geschwungenen Knochen, die die Flut angeschwemmt hat. Im groben Sand glänzen die polierten Bruchstücke. Die Vögel kommen nicht, nichts ist für sie übriggeblieben. Nur die Schädel bleiben im Meer. Sie sind zu schwer und lassen sich auf dem Grund nieder; auf dem Meeresboden liegt eine Stadt aus weißen Kuppeln. Sie leuchten in der Tiefe. In die Knochen eingebrannt, säumen letzte Gedanken die Schädel. Still schlüpfen die Fische durch die Augen, durch die Münder, heimwärts.

*

Noch Jahre nach dem Krieg war mir auch die kleinste Entscheidung eine Qual. Ich prüfte jeden meiner Schritte, auch vor dem allergeringsten Gang. Wenn ich jetzt statt später zum Laden gehe, was wird passieren? Ich überlegte alles bis ins kleinste. »Jakob, jedesmal, wenn ich auf dich warte, könnte ich den halben Homer aufsagen …«

Nichts kommt plötzlich. Auch die Explosion nicht – sie wird vorbereitet, zeitlich festgelegt, vorsichtig verkabelt – und auch die zerborstene Tür nicht. Genau wie die Erde ihre plötzlichen Beben unsichtbar vorbereitet, so ist Geschichte der allmähliche Moment.

In der Woche, bevor Athos und ich nach Kanada aufbrachen, machte ich mit Kostas einen langen Spaziergang, die Vasilissis-Sofias-Straße entlang, die Amalia-Straße hinunter bis zur Plaka. Er trug einen Stock, den er selten gebrauchte; manchmal schob er seinen Arm, der so dünn und zerbrechlich wie ein Weidenast war, unter meinen. Er zeigte mir die Pädagogische Akademie, in der Daphne früher Englisch unterrichtet hatte. Er zeigte mir die Universität. Im Innenhof eines alten Hotels tranken wir zusammen einen *gazoza*.

»Hat Athos dir erzählt, daß er schon mal verheiratet war? Nein, ich sehe deinem Gesicht an, daß er's dir nicht gesagt hat. Nicht mal mit uns spricht er über Helen. Manche Steine sind so schwer, daß man sie nur schweigend tragen kann. Sie starb während des Ersten Weltkrieges.«

Ich schämte mich, ich hatte das Gefühl, daß ich vor Athos versagt hatte, daß ich ihm irgendwie nicht würdig erschienen war, dieses Geheimnis zu kennen.

»Athos hat uns oft verlassen; er hat viele Jahre außerhalb von Griechenland gelebt. Aber jetzt ist es anders. Er will fort. Griechenland wird nie mehr so sein wie früher. Vielleicht wird es besser sein. Aber es ist richtig, daß er dich wegbringt. Jakob, Athos ist mein bester Freund. Wir kennen uns vierzig Jahre – du kannst noch nicht verstehen, was das bedeutet. Was ich dir sagen will, ist dies: Manchmal wird Athos sehr traurig, weißt du, er kann über Monate hinweg traurig sein, und es werden vielleicht Zeiten kommen, wo er dich brauchen wird. Dann mußt du dich um ihn kümmern.«

Meine Augen wurden heiß.

»*Pedi mou*, hab keine Angst. Athos ist wie sein geliebter Kalkstein. Das Meer spült Höhlen aus ihm heraus und gräbt Löcher in ihn hinein, aber er überlebt.«

Auf dem Heimweg kamen wir an Häuserwänden vorbei, auf die mit schwarzer Farbe ein großes V gemalt war – *Venceremo*, wir werden siegen. Oder M – *Mussolini Merda*. Kostas erklärte mir, warum niemand diese Zeichen abscheuern wollte. Während der Besatzung erforderten Graffiti Mut und Schnelligkeit. Die Leute, die man dabei erwischte, wurden von den Deutschen an Ort und Stelle erschossen. Ein einziger Buchstabe ließ einen aufleben, so als hätte man den Unterdrückern ins Auge gespuckt. Ein einziger Buchstabe war eine Sache von Leben und Tod.

Wir kamen an einer Kirche vorbei, und Kostas erzählte mir, daß es genau dort, wo wir standen, einen Aufstand gegeben hatte, als man die Messe zum ersten Mal in der griechischen Umgangssprache las. »Dachten sie, daß Gott nur *katharevousa* versteht?« – »Ja, *pedi mou*, genau!« Und als die Orestie zum ersten Mal in der Umgangssprache aufgeführt wurde, kam es Kostas zufolge im Publikum zu Wortgefechten, bei denen es Todesopfer gab.

Auf Zakynthos gab es eine Statue von Solomos. In Athen gab es Palamas und die Graffitimaler, deren Heldentum die Sprache war. Ich kannte bereits die Macht der Sprache zu zerstören, auszulassen, auszulöschen. Aber die Poesie, die wiederherstellende Macht der Sprache: das war es, was beide, Athos und Kostas, mir beizubringen versuchten.

*

Athos hatte in England, Frankreich, Österreich, Jugoslawien und Polen gearbeitet; er ging, wohin ihn interessante Aufgaben riefen. Beruflich galt er als Eklektiker, aber auch als Experte für die Konservierung von Holz, das lange im Wasser gelegen hatte. Doch der Grund, warum wir nach Kanada eingeladen wurden, war das Salz.

Ich fand heraus, daß Athos' Interesse an Scotts Expeditionen in der Antarktis nicht ganz ohne persönlichen Hintergrund war. Tatsächlich hatte Athos selbst kurz in Erwägung gezogen, sich um die Teilnahme an der Expedition zu bewerben. Er war zu der Zeit in Cambridge, und wie viele mediterrane Menschen hegte er eine Leidenschaft für alles Polare. Aber Athos war jung verheiratet und hatte Scotts Rekrutierungsbüro in London nie aufgesucht; er hat das auch nie bereut, da er und Helen, wie sich zeigen sollte, nur fünf gemeinsame Jahre hatten, bevor Helen starb. Zwei Geologen nahmen an der Expedition teil, Frank Debenham und Griffith Taylor. Athos hatte Debenham und Taylor in Cambridge nicht kennengelernt. Aber er traf Debenham später, während des Ersten Weltkrieges. Debenham war in Saloniki stationiert und besuchte einen Vortrag, den Athos hielt. Es ging um Salz. Debenham war weitgereist, er hatte vieles gesehen, war mit den verschiedensten Menschen auf gefährlichen Expeditionen gewesen. Und jetzt saß er unter einem Deckenventilator in einem winzigen Vortragsraum und war fasziniert von Athos' Schilderung dieser sehnsüchtigen Ionenverbindung. Salzkammern ruhten wie dichter Nebel in schwarzer Erde. Bergleute, Liebende, das Meer schmeckten seit undenklichen Zeiten nach Salz. Die hohen Salzberge von Thaikan, die gebackenen Salzkuchen von Kain-du, die als Geld verwendet wurden.

Debenham hatte zwischen den Kriegen das Scott Polar Institute mitbegründet. Er und Athos schrieben einander gelegentlich, und es war Debenham, der Athos erzählte, daß Griffith Taylor an der Universität von Toronto eine neue Geographieabteilung aufbauen würde.

Griffith Taylor wußte ein wenig von Toronto, da Silas Wright, ein anderes Mitglied von Scotts Mannschaft, dort geboren und aufgewachsen war. Taylor und Wright hatten sich von Cambridge aus zu Fuß auf den Weg in Scotts Rekrutierungsbüro in der Nähe der St. Paul's Cathedral gemacht; ein Studentenulk, der Scott beweisen sollte, daß sie harte Männer waren. Sie hatten hartgekochte Eier und Schokoladenriegel dabei, um auf dem Zwölfstundenmarsch bei Kräften zu bleiben. Wright, der an Kanufahrten und Fußwanderungen in der Wildnis von Nordontario und British Columbia gewöhnt war, wollte auf der Seereise unbedingt nachweisen, daß ein Wissenschaftler genausoviel Kraft besitzen konnte wie ein Matrose, und auf der Fahrt Richtung Süden reffte und hißte er mit der Schiffsbesatzung um die Wette. Sobald er von den Strapazen der Antarktis zurückgekehrt war, nahm er Debenham auf eine Campingfahrt in den Nordwesten Kanadas mit.

Noch in der Wildnis von British Antarctica pochte Wright auf seine kanadischen Wurzeln, woraufhin man sich weidlich über ihn lustig machte. Taylor nannte ihn »den Amerikaner«, um ihn zu reizen, und wurde prompt dafür bestraft. Taylor hielt in seinem Tagebuch fest: »Wright fiel über mich her, und es gelang ihm, meine Jackentasche einzureißen.«

Taylors antarktisches Tagebuch ist übersät mit Ausrufezeichen, so, als sei er in einem Zustand ständiger Überraschung gewesen über das, was er sah, und als könnte die ganze gefrorene Erfahrung eine einzige Halluzination sein. Er schreibt von den Tageswanderungen, die er zusammen mit Wright unternahm, unter anderem von dem Marsch zum Kap Royds, wo sie Shackletons verlassene Hütte fanden. Sie öffneten die Tür und traten in einen makellos sauberen Raum. Ein zwei Jahre altes Mittagessen wartete auf sie, der Tisch war reich gedeckt mit Keksen und Marmelade, Rosinenbrötchen, Ingwerbrot und Kondensmilch, welche die Kälte konserviert hatte. Taylor und Wright betraten den gespenstischen Raum, setzten sich und aßen, als hätte ihnen der längst verschwundene Gastgeber eine Einladung geschickt, zu der sie zwei Jahre später gerade rechtzeitig eingetroffen waren.

Daß er Wright nie kennengelernt hatte, gehörte

zu den Dingen, die Athos sein Leben lang bedauerte. Nur eine Woche vor unserer Ankunft in Toronto hatte dieser Taylor besucht. Die zwei Antarktisreisenden gingen in die kanadische Nationalausstellung, wo sie Schneekuchen aßen, auf einer kleinen Eisenbahn herumfuhren und die Pferdeschau besuchten. Dies waren dieselben Männer, die als erste gemeinsam das Trockene Tal der Antarktis durchquert hatten, eine geheimnisvolle Gegend, in der seit zwei Millionen Jahren nicht ein Tropfen Feuchtigkeit gefallen war. Nun war Wright wieder in seiner Heimatstadt und führte Taylor auf dem Jahrmarkt herum, den er schon als Kind besucht hatte.

Taylor wollte in seiner neuen Fakultät vor allem Cambridge-Absolventen beschäftigen. Von Athos hatte er durch Debenham gehört. Taylor und Athos hatten 1938 ein kurzes Treffen in Athen arrangiert, als Taylor auf dem Weg nach Cambridge war, wo er einen Vortrag mit dem Titel »Kulturelle Wechselbeziehungen« halten sollte. Zur Vorbereitung hatte er Griechenland bereist. Auf ihrem Spaziergang durch die Stadt stellten sie fest, daß sie die gleichen Ideen über Geographie und Pazifismus teilten, den Glauben, die Wissenschaft müsse friedensstiftend wirken, das, was Taylor später seinen »Geopazifismus« nennen sollte. Insbesondere sprachen sie über den Antisemitismus und den »Nordischen Fetischismus« der Nazis und darüber, wie man die Geographie einsetzen konnte, um den historischen Fälschungen der Politik entgegenzuwirken. Sie sahen sich bald als zwei Männer, die dieselben leidenschaftlichen Überzeugungen teilten.

Taylor fragte Athos, ob er nicht in Toronto unterrichten wolle, und Athos sagte zu. Er konnte aber, wie sich zeigen sollte, das Angebot aufgrund des Krieges nicht so früh wie erhofft annehmen. Wir lebten erst ein paar Jahre in Toronto, als man bei Taylor Krebs feststellte. Kurz darauf ließ er sich emeritieren und zog sich in seine Heimat Australien zurück.

Weil Wright zusammen mit Taylor und Debenham in die Antarktis gefahren war; weil Debenham in Saloniki stationiert gewesen war; weil Athos über Salz gesprochen hatte – fanden wir uns auf einem Schiff nach Kanada wieder.

Athos liebte die zerklüfteten Berge seiner Heimat mit ihren Hainen und Schafherden. In seiner Brieftasche trug er ein Foto mit dem Blick von der Anhöhe unseres Hauses auf Zakynthos bei sich.

»Die Liebe läßt dich einen Ort mit anderen Augen sehen, genau wie du einen Gegenstand anders in den Händen hältst, der jemandem gehört, den du liebst. Wenn du eine Landschaft gut kennst, wirst du alle anderen Landschaften mit anderen Augen betrachten. Und wenn du einen Ort lieben gelernt hast, wird es dir leichter fallen, auch andere zu lieben.«

Bevor wir Zakynthos verließen, hatten wir Athos' Bibliothek zusammengepackt und die Kisten an Daphne und Kostas nach Athen geschickt. Athos kennzeichnete die einzelnen Kartons, damit Kostas erkennen konnte, welche er nach Kanada weiterschicken und welche er ins alte Haus der Roussos auf die Insel Hydra bringen lassen sollte. Hydra liegt viel näher bei Athen als Zakynthos, weniger als eine Tagesreise mit dem Schiff von Piräus. Athos wußte nicht, wie viele Jahre wir fort sein würden; die Bücher dorthin zu schaffen, war eine Vorsichtsmaßnahme gegen ein immer mögliches Erdbeben auf Zakynthos.

In den vergangenen hundert Jahren hatten schon drei Beben die Insel erschüttert, das letzte kurz vor der Jahrhundertwende. 1953, ein paar Jahre nachdem wir nach Kanada gezogen waren, stemmte die Erde Zakynthos wie mit einem Wagenheber hoch und warf die ganze Stadt um. Praktisch alle Gebäude auf der Insel wurden zerstört, auch Athos' kleines Haus. Der alte Martin schickte uns ein Foto, das Ioannis in der *zudeccha* aufgenommen hatte und das eine einsame Palme inmitten der Trümmer zeigt, ein makabrer Hinweis darauf, an welcher Stelle der zerstörten Straße er stand, als er die Aufnahme machte. Schließlich wurde die Stadt Zakynthos wieder aufgebaut und die venezianische Architektur am Hafen genau rekonstruiert. Aber Athos entschloß sich, Nikos' Brunnen nicht wiederaufzubauen und die Steine seines Hauses dort liegenzulassen, wo sie gefallen waren.

»Die meisten der Inselbewohner konnten sich retten«, sagte Athos, »weil sie der Vorahnung ihrer Tiere vertrauten. Jahrhunderte von Erdbeben haben die Zakynther gelehrt, auf die Warnungen zu achten; über Generationen hat man eine Liste von Zeichen zusammengestellt. Einen halben Tag, bevor die Erde bebt, laufen Katzen und Hunde auf die Straße und fangen wie verrückt an zu heulen. Nichts ist mehr zu hören außer ihrem Gejaule. Ziegen schlagen in Panik in ihren Ställen aus, Würmer winden sich aus dem Boden, sogar die Maulwürfe haben Angst, unter der Erde zu bleiben. Gänse und Hühner fliegen in die Bäume, Schweine beißen sich gegenseitig die Schwänze ab, Kühe versuchen, sich von ihren Stricken loszureißen und wegzulaufen. Fische springen aus dem Wasser. Ratten taumeln wie betrunken umher …«

Athos glaubte, mir dadurch die Rettung der Leute von Zakynthos plausibel machen zu können. Aber es bestärkte mich nur in meinem Glauben – daß eine unsichtbare Hand Zakynthos schützte. »Nein«, sagte Athos. »Nein. Bei der Flucht der Menschen der *zudeccha* war Glück im Spiel, aber zuerst mußte Bürgermeister Karrer sich dem Erzbischof anvertrauen. Es war Glück, daß die Inselbewohner zum Festland übersetzten und sich in Sicherheit brachten, aber zuerst mußten sie auf die Zeichen achten … Es war Glück, daß wir uns trafen, Jakob, aber zuerst mußtest du fortlaufen.«

Athos und ich machten die kurze Seefahrt nach Hydra, damit Athos Frau Karouzou besuchen konnte, die im Dorf ein kleines Hotel mit einer Taverne unterhielt. Wie schon ihre Mutter vor ihr, sah sie, wenn es leer stand, auch im Haus der Roussos nach dem Rechten, oft über Jahre hinweg. Athos erklärte mir, daß das auf den Inseln nichts Ungewöhnliches war. Manchmal wartete ein Haus Jahrzehnte auf die Rückkehr eines Sohnes. Da es auf Hydra keine Autos gab, wurden Athos' Kisten mit Eseln den Hügel hinaufgeschafft, vorbei an den alten Villen reicher Reeder, deren Familienflotten die britische Blokkade während der napoleonischen Kriege durchbrochen und bis nach Amerika Handel getrieben hatten.

Das Haus auf Hydra hängt – wie das Haus auf Zakynthos – wie ein Balkon über dem Meer. »Auf dieser Terrasse«, sagte Athos, »wirst du stets eine Brise spüren, egal wie heiß der Tag auch sein mag. Als Nikos ein Junge war, faltete er ein Papierflugzeug und ließ es über dem Abhang fliegen. Es landete im Hut eines Mannes, der in einem Café am Hafen Ouzo trank. Auf das Stück Papier hatte mein Bruder die Nachricht geschrieben, man solle ihn aus den Händen eines Kidnappers befreien. Er beschrieb, wo er gefangengehalten wurde. Die Polizei kam zu unserem Haus, und Nikos kreischte halb aus Vergnügen, halb aus Angst, als mein Vater ihn den Hang hinunter verfolgte. So daß alle, die zuschauten, wirklich glaubten, mein Bruder würde von einem Verbrecher verfolgt!«

Athos zeigte mir Fotos von seinen Eltern und seinem Bruder. Wir saßen unter den Zitronenbäumen in Frau Karouzous Tavernenhof, wo die Blätter die Mauer mit Schatten sprenkelten. Später, auf der Fähre zurück nach Athen, schlief ich ein, das sonnenverbrannte Gesicht an Athos' Schulter gelehnt.

Ein paar Tage, nachdem wir von Hydra zurückgekehrt waren, begleiteten uns Daphne und Kostas zum Abschied nach Piräus. *Kalo taxidi, kalo taxidi* – gute Reise. Athos überreichte Kostas eine noch verschlossene Dose britischen Tabaks, von der Kostas behauptete, es müsse die letzte Dose in ganz Griechenland sein, und ich schenkte ihm ein kümmerliches Gedicht über den Vorabend der Befreiung von Athen, an dem ich lange gesessen hatte. Es hieß »Die flüsternde Stadt«.

Am Kai gab uns Daphne einen Korb mit Essen;

die harten *boutimata,* an denen man sich die Zähne ausbeißt, wenn man sie nicht in Milch oder Kaffee tunkt, Oliven und *domates* aus ihrem Garten, die wir zum Brot essen sollten, kleine bröselige, mit einem Faden zusammengehaltene Bündchen Oregano und Basilikum. Eine kostbare Flasche *popolaro*. Kostas schenkte Athos eine Ausgabe von Sikelianos' Kriegszeit-Gedichten, *Akritika,* und mir schenkte er seine geliebte Ausgabe einer taschengroßen gebundenen Auswahl griechischer Gedichte und pflanzte in mir Wortzeilen, die für den Rest meines Lebens weiterwachsen sollten.

Daphne drückte mir zum Abschied das Gesicht, und ich fühlte, wie meine Mutter mir mit mehligen Händen einen Bart auf das Kinn klopfte.

Daphne steckte mir eine Orange in die Manteltasche, und ich erinnerte mich an Mones, der die kostbare Schale des Geruchs wegen in seiner Tasche aufbewahrte und einen halben Tag später auf dem Schulhof den Mund öffnete, und da, auf seiner Zunge, lag ein Orangenkern wie eine Perle.

»In *xenitia* – im Exil«, sagte Athos an unserem letzten Abend mit Daphne und Kostas in ihrem Garten, »in einer fremden Landschaft entdeckt ein Mensch die alten Lieder wieder. Er ruft nach dem Wasser aus seinem eigenen Brunnen, nach Äpfeln aus seinem eigenen Garten, nach den Muskatellertrauben seines eigenen Weinstocks.«

»Was ist der Mensch«, sagte Athos, »der keine Landschaft hat? Nichts als Spiegel und Gezeiten.«

*

Athos und ich standen zusammen an Deck und schauten über das Wasser auf die helle Stadt. Aus dieser Entfernung war nicht zu erahnen, welche Unruhen Griechenland zerrissen hatten und noch jahrelang zerreißen würden. Es war Abend. Zuerst einzeln, dann in Paaren, dann wie Salz ... die Sterne. Wir zogen die Pullover über, die Daphne uns eingepackt hatte, und blieben draußen im kalten Wind. Ich konnte die Wolle von Athos' Ärmel auf meiner Schulter riechen. So wie Flammen zuerst rot, dann blau brennen, klärte sich das Wasser zu Silberblau. Dann begann das Meer dunkel zu werden, und Athen, das in der Ferne schimmerte, schien am Horizont zu schwimmen wie ein helleuchtendes Schiff.

Es ist das Mysterium des Holzes, flüsterte Bella.

Zwischenstation

Wie Athen ist Toronto eine Hafenstadt. Es ist eine Stadt verwahrloster Lagerhallen und Kais, mit Speichern und Lagerplätzen, Kohlenhöfen und einer Zuckerraffinerie; mit Schnapsbrennereien und ihrem süßlichen Malzgeruch, der an schwülen Sommerabenden über dem See aufsteigt.

Es ist eine Stadt, in der fast jeder von anderswo gekommen ist – ein Markt, eine Karawanserei – und seine unterschiedlichen Arten des Sterbens und Heiratens, seine Küche und seine Lieder mitgebracht hat. Eine Stadt aufgegebener Welten; die alten Sprachen sind eine Art des Abschieds.

Es ist eine Stadt der Schluchten. Reste der Wildnis sind zurückgeblieben. Durch diese großen versunkenen Gärten kann man die Stadt unterhalb der Straßen durchqueren und zu den da oben schwebenden Vierteln hinaufschauen, den in Baumwipfel gebauten Häusern.

Es ist eine Stadt von Tälern, über die sich Brücken spannen. Eine Eisenbahn fährt durch Hinterhöfe. Eine Stadt mit versteckten Gassen, mit wellblechgedeckten Garagen und eingedrückten Holzzäunen, wo Kinder sich Abkürzungen gesucht haben. Im April werden die dicht von Bäumen gesäumten Straßen mit Flügelfrüchten überschwemmt, einer grünen Flut. Vergessene Flüsse, aufgegebene Steinbrüche, die Überreste einer befestigten Irokesensiedlung. Öffentliche Parks im Dunst subtropischer Erinnerung, eine in das Becken eines prähistorischen Sees gebaute Stadt.

Aus der großen Kalksteinhalle der Union Station mit ihren vielen Gleisen und Tunneln strömten Zugreisende von den transatlantischen Kais in Montreal auf die Straßen von Toronto. Es war ein regnerischer Abend Anfang September.

An den Ausgängen des Bahnhofs hatte sich eine kleine Menschentraube gebildet, aber um diesen einen geschäftigen Punkt herum war die weite Stadt leer und verlassen wie die endlose Dunkelheit jenseits des engen Lichtkreises einer Straßenlaterne. Die Reisenden verschwanden in Taxis, und innerhalb von Minuten war auch der große Platz vor dem Bahnhof leer.

Athos und ich fuhren in Richtung Norden durch eine, wie es schien, evakuierte Stadt, eine gespenstische Metropole im Regen. Vorbei an weinenden Steinbauten: dem Postamt, Banken, dem mächtigen Royal York Hotel, dem Rathaus. Vielleicht hat sich mein Vater so ähnlich gefühlt, als er als Junge zum ersten Mal mit seinem Vater nach Warschau kam. Trambahnen auf der trostlosen Straße, das immer gleiche graue Nieseln, Blätter, die glänzten wie Glas. Athos und ich näherten uns dem Stadtzentrum; Hochhaustürme, Lichter, breite Straßen, große Wagen und die aufdringliche Intimität der Werbung, die durch die Nähe so vieler beieinander lebender Menschen entsteht: Zahnpasta, Haarwasser, Make-up, Frauen in Posen, die mich verlegen machten.

Das Taxi brachte uns in die St. Clair Avenue West, zu einer teilmöblierten Wohnung, die uns jemand von der Universität untervermietet hatte. Wir schauten uns die Zimmer an, drehten die Wasserhähne auf, öffneten Schränke. Athos redete ein paar

Minuten lang nur über den großartigen Einfall des Fliegenfensters. »Strom, fließendes Wasser. Nach Zakynthos«, sagte Athos, »wird es uns vorkommen, als wohnten wir im Hotel.«

Wir packten nicht aus und gingen hinüber auf die andere Straßenseite in ein Restaurant, das laut Aushang »die ganze Nacht« geöffnet hatte. Ich bestellte meine erste kanadische Mahlzeit: Toast mit Butter und Gemüsesuppe. Athos aß sein erstes Stück Kürbiskuchen. Er, der immer nur Pfeife rauchte, kaufte kanadische Zigaretten – Macdonald's, die mit dem schottischen Mädchen auf der Packung – und einen Toronto *Telegram*. Eine Kellnerin mit dem Namensschild Aimée fragte Athos, ob er einen Kaffee haben wollte. Er sagte ja, und ich wartete ungeduldig darauf, daß er kam, da ich mich über ihren Ausdruck »einer Tasse ohne Boden« gewundert hatte. Es bedeutete aber nur, daß immer nachgeschenkt wurde. Athos verzog das Gesicht, weil der Kaffee so dünn war. Lampen hingen tief über jedem Tisch. Von unserer Nische am Fenster sahen wir, daß unser Apartmenthaus Heathside Gardens hieß. Trotz des angenehmen Geschirrgeklappers und der plaudernden Kellnerinnen in ihren frischgestärkten weißen Schürzen war das Restaurant traurig. Es war das erste Mal, daß ich Leute in der Öffentlichkeit alleine essen sah – ein Anblick, der mich verstörte und an den ich mich erst nach einiger Zeit gewöhnen konnte.

Athos war aufgekratzt, aber erschöpft. Früh am nächsten Morgen sollte er sich mit Taylor an der Universität treffen. Wir gingen zu Heathside Gardens zurück. Es gab nur ein Bett; ich schlief auf dem

Sofa. Wir deckten uns mit unseren Mänteln zu. Die Straßenlaternen drangen durch die dünnen Vorhänge. Im Halbdunkel der Stadt, den Kopf voller Englisch, starrte ich in das Zimmer und konnte nicht einschlafen, auch nicht, nachdem das Rumpeln und Kreischen der Straßenbahnen längst aufgehört hatte.

Einige Zeit später hörte ich Athos, wie er über knarrende Dielen durch den Flur in die Küche ging. Er versuchte leise zu sein, um mich nicht aufzuwekken. Er schaute kurz zu mir herein. »Schlaf weiter, Jakob, alles in Ordnung. Ich bin gleich mit dem Frühstück wieder da.« Ich konnte kaum den Kopf heben oder den Mund öffnen, um auf Wiedersehen zu sagen. Wo andere vielleicht aufgesprungen wären, um ihre neue Welt zu erkunden, empfand ich eine lähmende Verzweiflung. Ich schaute an die Decke und zählte die *kounoupia,* die toten Moskitos, in der Lampenfassung, bis ich schließlich einschlief und von dem Macdonald-Zigarettenmädchen, von elektrischen Rasierern und Pepsodent-Zahnpasta träumte.

An der Universität waren die Seminare mit aus dem Krieg heimgekehrten Männern überfüllt, und die kleine Geographieabteilung war bis an ihre Grenzen ausgelastet. Athos bereitete seine Vorlesungen vor, las und forschte und schaffte es, obwohl er kaum schlief, jeden Morgen aus dem Haus zu kommen. Oft sah ich ihm nach, wenn er mit aus der Aktentasche hervorquellenden Papieren, die Brille noch in die Stirn geschoben, in die Straßenbahn einstieg. Während er den ganzen Tag über im McMaster-Gebäude auf der Bloor Street unterrichtete, besuchte ich den Englisch- und Griechischunterricht an der Athena-Schule. Das Einkaufen und Putzen übernahm ich gerne. Ich war froh, daß ich einmal für Athos sorgen konnte, daß er sich auf mich verließ. Das Kochen besorgte Athos meistens noch selber, das war für ihn ein Vergnügen, es entspannte ihn. Und jeden Sonntag machten wir lange Spaziergänge, egal wie das Wetter war.

An unserem Küchentisch in der St. Clair Avenue führte mich Athos in die Feinheiten der englischen Sprache ein. Englisch war Nahrung. Ich stopfte es mir in den Mund, hungerte danach. Wärme breitete sich in mir aus, aber auch Panik, denn mit jedem Bissen wurde die Vergangenheit mehr und mehr zum Schweigen gebracht. Athos wartete geduldig, während ich kaute und schluckte.

Durch die Tageszeitungen und Zeitschriften erfuhren wir allmählich, was sich im Krieg ereignet hatte. Meine Alpträume weckten Athos in unserer kleinen Wohnung. Nach einer schlimmen Nacht hielt er mich bei den Schultern. »Jakob, ich wünschte, ich könnte dir, während du schläfst, deine Erinnerungen stehlen – deine Träume abschöpfen.«

Ein Kind weiß nicht viel über das Gesicht eines Menschen, aber es fühlt, was die meisten von uns ein Leben lang glauben, daß es ein gutes von einem bösen Gesicht unterscheiden kann. Die Soldaten, die ihrer Pflicht nachkamen, als sie Müttern die abgetrennten Köpfe ihrer Töchter zurückgaben – mit den Zöpfen und Haarklemmen noch an ihrem Platz –, hatten nichts Böses in ihren Zügen. Keine

Verzerrung entstellte ihre Gesichter, als sie taten, was sie taten. Wo war ihr Haß, ihr Ekel, wenn sich nicht einmal ihre Augen nach innen verdrehten und sich auf die unwiderlegbare Tatsache richteten, daß sie keine Menschen mehr waren? Wenn das Gesicht nichts aussagte, dann vielleicht, weil da kein Bewußtsein mehr war, das man hätte wachrütteln können. Aber diese Erklärung war offensichtlich falsch, denn es gab andere, die sehr bewußt waren, die lachten, während sie mit Stöcken Augen ausstachen, während sie die Schädel kleiner Kinder an dem guten Mauerwerk guter Häuser zerschmetterten. Eine lange Zeit glaubte ich, daß man im Gesicht eines Menschen nichts lesen kann. Als mich Athos bei den Schultern hielt, als er sagte: »Sieh mich an, sieh mich an«, um mich von seiner Güte zu überzeugen, konnte er nicht wissen, wie sehr er mich ängstigte, wie bedeutungslos die Worte waren. Wenn die Wahrheit nicht im Gesicht ist, wo ist sie dann? In den Händen! In den Händen.

Ich versuchte, die Bilder zu begraben, sie mit griechischen und englischen Wörtern zuzudecken, mit Athos' Geschichten, mit all den geologischen Epochen. Mit den Spaziergängen, die Athos und ich jeden Sonntag die Schluchten hinunter unternahmen. Jahre später sollte ich es mit einer anderen Tatsachenlawine versuchen: mit Fahrplänen, Lagerarchiven, Statistiken, Hinrichtungsmethoden. Aber nachts erhoben sich meine Mutter, mein Vater, Bella und Mones einfach, schüttelten die Erde aus ihren Kleidern und warteten.

Athos brachte mir bei, mit Fisch und Gemüse vollgestopfte *stifados* zu kochen, *jemista* – gefüllte Paprika, und sogar *boutimata* – Plätzchen mit Sirup und Zimt, die er dann mitten in der Nacht an seinem Schreibtisch aß, während er seinen Kurs, »Die Geschichte des geographischen Denkens«, vorbereitete.

Um unseren ersten Schnee in Toronto zu feiern, beschloß Athos, daß wir ein Festmahl haben sollten. Er schickte mich auf die verwandelte Straße hinaus, um Fisch zu kaufen. Während dieser ersten Monate wagte ich mich, wenn ich allein auf die Straße ging, nie weiter als zu den paar Geschäften in der Nähe unserer Wohnung. An diesem Tag sah die Straße so außergewöhnlich aus, daß ich mich entschloß, ein wenig weiter zu gehen. Ich trat in ein neues Geschäft, streifte die Stiefel auf der Matte ab und wartete. Ein Mann kam von hinten aus dem Laden und sah auf mich herab, seine großen Hände baumelten über den Ladentisch. Seine Schürze war verschmiert. In einem schweren Akzent blaffte er mich an: »Was möchtest du?« Ich erstarrte vor seiner lauten Stimme. Er bellte erneut: »Was willst du?«

»Frischen Fisch«, flüsterte ich.

»Ja! Wir haben Blut.« Er erhob die Stimme. »Willst du frisches Blut?«

Ich stürzte aus der Tür.

Athos schnitt Pilze neben dem Spülbecken. »Was für Fisch hast du bekommen? *Barbounia? Glossa?* Ich wünschte, Daphne wär hier und würde ihr *kalamarakia* machen!« Ich stand in der Tür. Nach einem kurzen Augenblick schaute er auf und sah mein Gesicht. »Jakob, was ist passiert?«

Ich erzählte es ihm. Athos wischte sich die Hände

ab, schüttelte sich die Hausschuhe von den Füßen und sagte finster: »Komm.«

Ich wartete vor dem Geschäft. Von drinnen hörte ich laute Stimmen. Lachen. Athos kam mit einem erleichterten Grinsen heraus. »Es ist alles in Ordnung. Er hat ›Butt‹ gesagt, nicht ›Blut‹.« Athos fing an zu lachen. Er stand auf der Straße und lachte. Ich starrte ihn wütend an, meine Wangen begannen zu glühen. »Es tut mir leid, Jakob, ich kann nichts dafür … ich hab so lange nicht gelacht … Komm, komm mit rein …«

Ich würde diesen Laden nie wieder betreten.

Ich wußte, daß ich mich albern verhielt, schon während ich mich von ihm abwandte und alleine in die Wohnung zurückkehrte.

Sprache. Die taube Zunge, ein Waisenkind, hängt sich an jeden Laut: sie bleibt kleben, Zunge an kaltem Metall. Dann, endlich, viele Jahre später, reißt sie sich unter Schmerzen los.

Eine dicke schwarze Linie umrandet alle Dinge, die von ihren Namen getrennt sind. Mein lahmender Wortschatz bestand aus dem Gängigen – Brot, Käse, Tisch, Mantel, Fleisch – und einem exotischeren Bereich. Von Athos hatte ich die Wörter für Gesteinsschichten, Unendlichkeit und Evolution gelernt – aber nicht die für Bankkonto oder Hausbesitzer. Wenn über Vulkane, Gletscher oder Wolken gesprochen wurde, konnte ich auf Griechisch und auch auf Englisch mithalten, aber was mit »Cocktail« oder »Kleenex« gemeint war, wußte ich nicht.

Es dauerte nicht lange, bis ich von Griffith Taylor selber Geschichten aus der Antarktis hörte. In ihrer Villa in Forest Hill gaben die Taylors oft Gesellschaften, und an unserem ersten Weihnachtsfest in Toronto wurde die ganze Geographiefakultät eingeladen. Ich frage mich, was für ein Bild sich Athos' Kollegen von uns machten. Ich weiß nicht, wieviel sie von unserer Geschichte wußten. Mit fast vierzehn Jahren war ich fast so groß wie Athos, und die Wangenknochen, Lippen und dunklen Augenbrauen schienen mir aus dem Gesicht zu springen. In dieser Zeit machte Athos körperlich den Eindruck eines Abenteurers im Ruhestand, eines Mannes, der die Abende vielleicht damit verbrachte, seine Funde zu katalogisieren. Mrs. Taylor nannte uns »Die Junggesellen«.

Wir wurden zu Gartenfesten eingeladen, zu Silvesterpartys, zu Semesterabschlußfeiern. Jedes Fest endete damit, daß Griffith Taylor »Waltzing Mathilda« sang. Etwas Romantisches umgab die Taylors – nicht nur das Haus und die Bediensteten, das Kerzenlicht und die mit Delikatessen überladene Anrichte. Ich glaube, daß die Taylors sehr verliebt ineinander waren. An diesem ersten Weihnachtsfest schenkten sie mir einen Wollschal. Als wir gingen, schüttelte Mrs. Taylor uns die Hände und lächelte uns warmherzig an. Später bezichtigten Athos und ich einander, rot geworden zu sein.

Athos und ich gaben selbst ein paar nicht sehr formelle Partys. Wir waren Heimatlose und sammelten andere Heimatlose um uns.

In der Innenstadt hatte Athos eine griechische Bäckerei entdeckt, und ihm war aufgefallen, daß der

Bäcker, Constantine aus Poros, während er Laibe von *olikis* und *oktasporo* verkaufte, Goethes *Faust* auf Griechisch las. Constantine hatte früher in Athen Literatur gelehrt. Bald schaute er immer mal wieder bei uns vorbei, zwei, drei Abende im Monat, und brachte uns jedesmal einen Kuchen oder *baklava* oder eine Tüte süßer Brötchen mit. Joseph, der einmal gekommen war, um unseren Herd zu reparieren, und der in seiner Freizeit Porträts malte, hatte sich angewöhnt, uns samstagnachmittags nach seinem letzten Auftrag zu besuchen. Gregor, der vor dem Krieg Rechtsanwalt in der Bukowina gewesen war und jetzt Möbel verkaufte, fragte uns manchmal, ob wir mit ihm ins Konzert gehen wollten. Gregor war in eine Violinistin verliebt, und wir saßen immer an der Seite des Saals, von der er sie am besten beobachten konnte.

Von unseren Gästen wurde ich in die Geheimnisse verschiedener Handwerkskünste eingeweiht. Flecken entfernen, Haushaltsgeräte reparieren, Porträtmalen (die Augen müssen dir überallhin folgen). Wie man eine Sicherung auswechselt oder einen tropfenden Hahn repariert, wie man einen Hefekuchen backt. Was man bei seiner ersten Verabredung tun muß (hol sie von zu Hause ab, gib dem Vater die Hand, bring sie nie zu spät nach Hause). Athos schien sich zu freuen, daß ich solche praktischen Dinge lernte, während er sich weiterhin um meine Seele kümmerte.

Meistens aber blieben wir unter uns. Wir hatten nur wenig Kontakt zur *kinotita* – der griechischen Gemeinde –, abgesehen von Constantines Familie, die aus Gastwirten bestand, deren Imbißstuben und

Restaurants wir regelmäßig besuchten, vor allem das Spotlight, das Majestic, das elegante Diana Sweets und das Bassel's mit seinen roten und schwarzen Lederbänken und dem gedämpften Licht. Athos arbeitete hart, als wüßte er, daß ihm nicht mehr viel Zeit blieb. Er schrieb an einem Buch. Was mich anging, schloß ich erst nach der Universität wirkliche Freundschaften. Ich schaute meine Kommilitonen kaum an. Dafür lernte ich im Laufe der Jahre die Stadt kennen.

Donald Tupper, der im Fachbereich Geographie Bodenbeschaffenheit lehrte und dafür bekannt war, während seiner eigenen Vorlesungen einzuschlafen, machte mit seinen Studenten Exkursionen, um sie auf geographische Besonderheiten hinzuweisen. Athos und ich schlossen uns diesen Expeditionen oft an, bis Tupper sich eines Tages, als er uns eine Endmoräne zeigen wollte, mit seinem Wagen überschlug und in einem Graben landete. Glücklicherweise hatte ich meinen eigenen privaten Führer und Gefährten, der mich nicht nur durch geologische Zeitabschnitte geleitete, sondern auch durch die Jugend und in das Erwachsensein.

Mit ein paar Worten (einer Beschwörung auf Griechisch oder Englisch) und einer schwungvollen Handbewegung teilte Athos einen Hügel entzwei, bohrte ein Loch in den Bürgersteig, rodete einen Wald. Er zeigte mir Toronto im Querschnitt; er brach Klippen auf wie frisches Brot und enthüllte die zerklüftete geologische Vergangenheit. Mitten auf belebten Straßen blieb Athos stehen und machte mich auf Fossilien in den Kalksteinsimsen des Park Plaza Hotels oder in den Mauern eines Wasserwerks aufmerksam. »Ah, Kalkstein – alle fünfundzwanzigtausend Jahre wächst er köstliche dreißig Zentimeter!« Und schon waren die Straßen von einem subtropischen Salzmeer überschwemmt. Ich stellte mir mit Schätzen überladene Vorgärten vor: Haarsterne, Armfüßer, Trilobiten.

Wie Vögel im Sturzflug stießen Athos und ich einhundertundfünfzig Millionen Jahre tief in die dunkle, vergängliche Stille der Schluchten. Hinter der Anzeigetafel neben Tamblyn's Drugstore ließen wir uns in die feuchte kreisrunde Höhlung eines mesozoischen Sumpfes hinab, in dem haushohe mächtige Farngewächse in dichtem Sporendunst wogten. Unter einem Parkplatz, hinter einer Schule stürzten wir uns aus dem Lärm und den Abgasen des Straßenverkehrs in die versunkenen, von grünem Sonnen lichterfüllten Räume der Stadt. Dann, wie *andartes,* kamen wir an einem anderen, weit entfernten Teil der Stadt wieder hoch – unter der Brücke in der Nähe von Stan's Varieté oder hinter dem Honey Dew Restaurant.

Im Bahnhofsgebäude zeigte mir Athos einen charakteristisch gesprenkelten Zumbrostein und erklärte mir, worin er sich von dem Tobermory- oder Kingston- oder Credit Valley-Stein unterschied. Er zeigte mir den einzigen glänzend schwarzen Labradoriten, den es in Toronto gab; blau blitzte er im Sonnenlicht auf der Eglinton Avenue.

Einer unserer ersten Ausflüge war eine Wanderung zum Grenadier-Teich, um zu sehen, wo Silas Wright seine ersten Experimente mit Eis gemacht hatte. Dann machten wir uns auf den Weg, um Silas Wrights altes Haus im Crescent Drive zu finden. Ich hatte die Geschichte schon oft gehört. Es war Wright gewesen, der Scotts Zelt als erster sichtete, der verhängnisvolle Sturm hatte es bis auf ein paar Zentimeter, die noch von der Spitze zu sehen waren, völlig verweht. Wright zeigte mit seinem Skistock in die makellose Ferne und sprach die berühmten Worte: »Es ist das Zelt.« Es war mir eine große Befriedigung, an einem windigen Novembermorgen neben Athos auf der Straße zu stehen und in perfektem kanadischen Englisch zu verkünden: »Es ist das Haus.«

Es war ein kalter Frühlingsabend – unser erster Frühling in Toronto. Es fing an zu regnen; ein krachendes Aprilgewitter, bei dem der Himmel ein dunkles Grün annimmt und die Welt ein faulig schimmerndes Leuchten bekommt. Athos und ich schlüpften unter die schweren Träger der Governors Road Brücke. Wir waren nicht allein. Ein paar kleine Jungen, die Gläser mit trübem Teichwasser bei sich hatten, und ein älterer Junge mit einem Hund hatten sich dort ebenfalls untergestellt. Keiner sprach, während wir dastanden und ein wenig verlegen dem Überfluten der Gullys lauschten, dem Rauschen in den metallenen Abflußrinnen der Brücke, dem mächtigen, knochenbrechenden Donner. Dann zerriß ein Kreischen die Luft, dann noch einmal, wie der Schrei riesenhafter Eichelhäher, und wir sahen, wie die beiden Jungen in ihre Hände bliesen, straff gespannte Gräser zwischen den Daumen.

Der ältere Junge fiel mit ein, und ihre primitiven Graspfeifen erzeugten ein unter der Brücke widerhallendes fiependes Gejaule. Dann ließ der plötzliche Regen nach, und einer nach dem anderen unserer Begleiter verstummte und trat wie in Trance in den tropfenden Dunst hinaus. Kein Wort war gefallen.

Um meinen Wortschatz zu erweitern, dachten Athos und ich uns auf unseren sonntäglichen Spaziergängen Geschichten aus. Wir erfanden eine Krimireihe mit zwei Detektiven, Peter Moos und Peter Moor. In einer Episode verfolgten sie einen Bösewicht, der »mein und Stein nicht unterscheiden konnte« (das war meine kunstfertigste unfreiwillige Wortverdrehung); er raubte Museen aus und ließ als sein Kennzeichen einen Backstein im leeren Raum zurück. Athos dachte sich eine komplizierte Geschichte mit einer Diebesbande aus, die Schokolade aus einem Schloß raubte, nur um den Titel »Das Geheimnis von Schloß und Riegel« benutzen zu können.

Wortspiele waren in gewisser Weise Tiefenproben einer Sprache: Sie drangen in das Herz des Verständnisses ein, waren Angelpunkt in der Beherrschung eines neuen Vokabulars. Jedes meiner schrecklichen Wortspiele stellte eine beachtenswerte Leistung dar; ich wiederholte sie beim Abendessen, damit Athos mich lobte. (Was sagte der Astrologe, als er eine neue Galaxie entdeckte? Sie ist aus Nacht und Nebel!)

Nach den Wortspielen versuchte ich es mit Poesie, ich hoffte, daß sich unter meinem forschenden Blick das Rätsel der englischen Sprache in Sonetten lösen ließe. »Vielleicht ist ein Sonett«, mutmaßte Athos, »den linguistischen Untersuchungen der Kabbalisten gar nicht unähnlich.« Ich schrieb bekannte

Gedichte ab und ließ zwischen zwei Versen immer eine Zeile frei, in die ich meine eigene Version oder eine Antwort schrieb. Ich schrieb über Pflanzen, Felsen, Vögel. Ich schrieb Zeilen ohne Verben. Ich schrieb ganz in Slang. Bis ein Wort plötzlich zu sich selbst zu kommen schien und mit lebendiger Klarheit vor mir stand; der Unterschied zwischen einem griechischen Hund und einem kanadischen Hund, zwischen polnischem Schnee und kanadischem Schnee. Zwischen harzigen griechischen Kiefern und polnischen Kiefern. Zwischen Meeren, dem frischen Atlantik und dem alten mythischen Zauber des Mittelmeers.

Und später, als ich begann, die Erlebnisse meiner Kindheit in einer Sprache niederzuschreiben, die dem Geschehen fremd war, wurde das zu einer Offenbarung. Englisch konnte mich schützen; ein Alphabet ohne Erinnerung.

Als hätte eine geschichtliche Sorgfalt es so bestimmt, grenzte das griechische Viertel an das jüdische. Als ich den jüdischen Markt das erste Mal entdeckte, durchfuhr mich ein schneidender Schmerz. Aus dem Mund des Käsehändlers, aus dem des Bäckers kam – ganz beiläufig – die glühende Stimme meiner Kindheit. Konsonanten und Vokale: Furcht und Liebe ineinander verschlungen.

Ich lauschte, dünn und häßlich in meiner Erregung. Ich beobachtete alte Männer, die ihre numerierten Arme in Fässer mit Lake tauchten, die Fischköpfe abschnitten. Wie unwirklich mußte es ihnen erscheinen, von soviel Essen umgeben zu sein.

Hühner starrten aus Holzkäfigen heraus, mit überheblichem Unverständnis in den Gesichtern, als wären sie die einzigen, die Englisch verstünden, und als könnten sie deshalb aus dem Gebrabbel um sie herum nicht schlau werden.

*

Athos' Blick zurück gab mir eine zurückgewandte Hoffnung. Erlösung durch Umwälzung; was sich einmal verwandelt hatte, konnte wieder verwandelt werden. Ich las über Torontos ausgetrocknete, umgeleitete Flüsse – jetzt nicht viel mehr als Rinnsale –, die früher ertragreiche Nebenflüsse gewesen waren, in denen man bei Fackelschein fischte. Lachse wurden mit Spießen durchbohrt und aus den schnell fließenden Adern gehoben; Netze wurden in lebende Ströme aus Silber getaucht. Athos umriß anhand von Karten die majestätischen Pfade der Eiszeiten, die das Land durchmaßen und wieder aus ihm heraustraten, die die Erde verschoben und aufrissen. »Die Schleppen ihrer gefrorenen Gewänder hinterließen ein Kielwasser aus glazialem Schutt!« Als es die Stadt noch nicht gab, rief Athos – der Schauspieler, der Marktschreier –, wuchs hier ein Mischwald aus Laub- und Nadelbäumen, gewaltige uralte Bestände, in denen riesenhafte Biber, groß wie Bären, lebten. Beim Abendessen probierten wir einheimische Speisen aus, die uns exotisch erschienen – Erdnußbutter etwa –, und lasen uns gegenseitig von unserer neuen Stadt vor. Wir lasen, daß man aus Stein gearbeitete Speerspitzen, Äxte und Messer in dem Acker eines Bauern am Stadtrand gefunden hatte; Athos erklärte mir, daß die laurentinischen Ureinwohner Zeitgenossen des Volkes von Biskupin waren. Wir erfuhren von einer Indianersiedlung, die unter einer Schule lag. Wir verstanden die Bestürzung und tiefe Verstimmtheit von Mrs. Simcoe nur zu gut, der vornehmen Pioniersgattin des Vizegouverneurs, die es im achtzehnten Jahrhundert in die Wildnis von Nordkanada verschlagen hatte. Bald verkörperte sie für uns – unfairerweise – schlechthin jede Art von Griesgrämigkeit. Wann immer wir nicht mehr weiter wußten, verwirrt durch die wortlosen Zeichen, die der Kern jeder Kultur sind, witzelten wir: »Was würde Mrs. Simcoe dazu sagen?«

An späten Sonntagnachmittagen entstiegen wir, über und über von prähistorischem Schlick bedeckt, dem Grund des Sees und kamen unterhalb einer Anzeigetafel auf der St. Clair Avenue wieder ans Tageslicht; die Straßenbahngleise glänzten stumpf in der schwachen Wintersonne und blitzten nur direkt unter einer Straßenlaterne hell auf, der Abendhimmel war lila vor Kälte oder zyanblau, die dunkler werdenden Umrisse der Häuser erhoben sich gegen das auslaufende Bromid der Dämmerung. Schlammig und hier und da von Kletten des Stechapfels besetzt (blinde Passagiere an Hosenbeinen und Ärmeln), machten wir uns zu einem warmen Abendessen auf den Nachhauseweg. Diese wöchentlichen Erkundungen in den Schluchten waren für uns Fluchten in ideale Landschaften; Seen und Wälder der Vorzeit, die schon so lange verschwunden waren, daß man sie uns nie mehr wegnehmen konnte. Auf diesen Spaziergängen konnte ich für kurze Zeit das Gefühl meiner Fremdartigkeit abschütteln, weil in der Welt, wie Athos sie sah, jeder Mensch ein Neuankömmling war.

Athos und ich standen beide in brieflichem Kontakt mit Daphne und Kostas. Ich schickte ihnen englische Gedichte von mir und erzählte Daphne, wie gut ich in der Schule vorankam und wie gut wir aßen, und legte Kuchenrezepte von Constantine bei. Kostas' Briefe an Athos drehten sich vor allem um Politik. Athos saß am Tisch und schüttelte den Kopf. »Wie kann er so schreckliche Nachrichten in einer so schönen Handschrift schreiben?« Kostas' Schrift war fließend und fein wie ein geflochtener Strom.

Wie Kostas vorhergesagt hatte, verfiel Athos in Depressionen – als käme er buchstäblich in den tiefeingegrabenen Spurrinnen einer Straße zu Fall. Er stolperte, rappelte sich wieder hoch, lief weiter. Dunkelheit verfolgte ihn. Er vergrub sich in seinem Zimmer, um an seinem Buch, *Falsches Zeugnis,* zu arbeiten, das er, wie er ahnte, nie zu Ende bringen würde – eine unbezahlt hinterlassene Schuld bei seinen Kollegen in Biskupin. Er kam zum Essen nicht aus seinem Zimmer. Um ihn herauszulocken, kaufte ich Kuchen bei Constantine. Wenn Constantine mich anstelle von Athos sah, wußte er, daß es Athos schlecht ging. »Es ist die Krankheit seiner Arbeit«, sagte er. »Altes Brot macht Bauchschmerzen. Bestell Athos, Constantine hat gesagt, wenn er weiterhin in der Geschichte herumrühren will, soll er nicht vergessen, den Deckel langsam zu heben, um zuerst den Dampf aus dem Topf zu lassen.«

Oft kam ich um zwei oder drei Uhr morgens in die Küche und fand ihn dort, eingenickt in seinem schweren Morgenmantel oder im Sommer in Hemd und weiten Boxer-Shorts, mit der Brille auf der Stirn und einem ihm aus der Hand rutschenden Stift.

Und in die Gewohnheiten von jemandem zurückfallend, der schon viele Mahlzeiten alleine gegessen hatte, lag ein aufgeschlagenes Buch vor ihm auf dem Tisch – mit einem leeren Teller oder einer Gabel quer über den Seiten.

Falsches Zeugnis quälte Athos. Das Buch war sein Gewissen; es bestand aus Aufzeichnungen darüber, wie die Nazis die Archäologie mißbrauchten, um die Vergangenheit zu fälschen. Im Jahre 1939 war Biskupin bereits eine berühmte Fundstelle und trug schon den Spitznamen »polnisches Pompeji«. Aber Biskupin war der Beweis einer Hochkultur, die nicht germanisch war; Himmler ordnete seine Vernichtung an. Es reichte nicht aus, die Zukunft zu besitzen. Die Aufgabe von Himmlers »Ahnenerbe« war es, die Geschichte zu erobern. Die Politik territorialer Expansion – der »Lebensraum« – verschlang sowohl Zeit als auch Raum.

An einem drückendheißen Sommermorgen brachen Athos und ich, so leicht wie nur möglich bekleidet, in weißen, geradezu feierlich wirkenden Baumwollhemden, zu unserem Sonntagsspaziergang auf. Unser Ziel war Baby Point, wo früher einmal eine befestigte Irokesensiedlung gewesen war. Obwohl wir uns früh auf den Weg machten, war die Luft bereits schwül und voller Insektensurren.

»Ich habe diese Woche herausgefunden, daß ein Mann, mit dem ich in Wien studiert habe, beim ›Ahnenerbe‹ war.«

Athos' Hemd klebte an seinem Rücken. Sein Gesicht war rot. Die Bäume bewegten sich in der schweren Brise hin und her, die Blätter sahen wie nasse, in den diesigen Himmel geworfene Ölfarbe aus.

»Sobald Himmler sein Gehalt zahlte, fand er plötzlich in jeder Handvoll Dreck Hakenkreuze. Dieser Mann, der einer der Besten in den Kursen über Vorgeschichte gewesen war, präsentierte Himmler die ›Venus von Willendorf‹ als Beweis dafür, daß die ›Hottentotten‹ von frühen Ariern besiegt worden waren! Er verfälschte Ausgrabungen, um zu beweisen, daß die griechische Zivilisation ihren Ursprung im … neolithischen Deutschland hatte! Nur damit das Reich sich darin gerechtfertigt sah, unsere Tempel für ihre glorreiche Hauptstadt nachzuahmen!«

»*Koumbare*, es ist heiß.«

»Was sie alles zerstört haben: die Relikte, die Archive. Diese Männer arbeiten immer noch in ihrem Beruf, obwohl sie von Himmler angeheuert wurden. Diese Männer lehren immer noch!«

»*Koumbare*, es ist heute so heiß …«

»Tut mir leid, Jakob, du hast recht.«

Zum Mittagessen kehrten wir im Royal Diner ein, das Constantines Bruder gehörte, und erreichten Baby Point am frühen Nachmittag. Der Himmel hatte sich bezogen, und der Geruch von Regen erfüllte die heiße Luft. Wir standen auf dem Gehweg und stellten uns das Irokesenlager vor. Wir malten uns einen Irokesenangriff auf die wohlhabende Nachbarschaft aus, brennende Pfeile flogen über die Gartenmöbel auf der Terrasse hinweg, durch die Panoramafenster in Wohnzimmer hinein und landeten auf Kaffeetischen, die sofort Feuer fingen. Ich stand auf dem dunkler werdenden Gehweg und verwandelte die Gerüche von Autowachs und gemähtem Rasen in getrocknetes Leder und gesalzenen

Fisch. Athos, versunken in die Vergangenheit, schilderte den Mord an dem Pelzhändler Etienne Brûlé. Autodafé.

In der Nachmittagshitze hing der Geruch von brennendem Fleisch. Ich sah den Rauch in Spiralen in den dunklen Himmel aufsteigen. Aus dem Hinterhalt überfallen – von plötzlich aufbrechender Erinnerung. Ein bitterer Bodensatz stob mir wie Asche ins Gesicht.

»Jakob, Jakob. Laß uns ein Taxi nach Hause nehmen.«

Als wir die Wohnung erreichten, fiel der Regen in Strömen, Staubgeruch stieg von den dampfenden Bürgersteigen auf. Ich steckte den Kopf aus dem Autofenster und sog ihn gierig ein. Der Brandgeruch war fort.

Koumbare, wir sind Blitzableiter der Zeit.

In dieser Nacht träumte ich von Bellas Haar. Glänzend wie schwarzer Lack unter dem Lampenschein, fest geflochten wie ein Seil.

Als sie am Tisch saßen, taten meine Eltern und Bella, als wären sie ruhig, sie, die so oft behauptet hatten, keinerlei Mut zu besitzen. Sie blieben sitzen, so wie sie es besprochen hatten, wenn es dazu kommen sollte. Die Soldaten stießen meinen Vater mit seinem Stuhl um. Und als sie Bellas Schönheit sahen, ihre entsetzte Starrheit – was war mit ihren Haaren? Hoben sie die Fülle von ihren Schultern, schätzten sie ihren Wert; berührten sie ihre vollkommenen Augenbrauen, ihre makellose Haut? Wie betrachteten sie Bellas Haar, als sie es abschnitten – fühlten sie sich gedemütigt, als sie seine Pracht befühlten, als sie es zum Trocknen auf die Leine hängten?

*

Einer der letzten Spaziergänge, die Athos und ich gemeinsam unternahmen, führte durch die Auen des Don River, vorbei an einer Ziegelei und an den Felsen des Steilhangs, in denen Meeresfossilien eingeschlossen waren. Wir wollten uns ein wenig in die Gartenterrassen von Chorley Park setzen, mit dem Haus des Gouverneurs, das spektakulär direkt an den Steilhang gesetzt war, vor uns. Die ganze Anlage war unglaublich groß, wie ein Schloß aus dem Loiretal, gebaut aus feinstem Credit Valley-Kalkstein.

Tourellen und Ziergiebel, hohe Kamine und Gesimse: wie es da am Rande der Wildnis thronte, faßte es die Widersprüche der Neuen Welt in sich zusammen. Als Athos und ich das gewaltige Anwesen entdeckten, diente es nicht mehr als Residenz des Vizegouverneurs. Aus den Reihen der den Gewerkschaften nahestehenden Politiker hatte es Beschwerden über die Unterhaltskosten gegeben. Als sich kurz darauf ein paar Stadträte darüber stritten, ob es ihm erlaubt sein sollte, auch nur eine kaputte Glühbirne auszuwechseln, verließ der verbitterte Vizegouverneur Chorley Park. Das große Haus wurde dann zum Dienst als Militärkrankenhaus und als Obdach für ungarische Flüchtlinge gepreßt. Wir hatten die Gärten schon öfter besucht. Athos sagte, Chorley Park erinnere ihn an ein Alpensanatorium.

Auf dem Weg sprachen wir über Religion.

»Aber Athos, ob man gläubig ist oder nicht, hat nichts damit zu tun, ob man Jude ist. Laß es mich so ausdrücken: Der Wahrheit ist egal, was wir von ihr halten.«

Wir stiegen das Tal hinauf. Die Hänge brannten von Sumach und Riedgras, sie waren wolkig von zerfaserten Disteln und Wolfsmilch. Dunkle Schweißflecken bildeten sich auf Athos' Hemd.

»Vielleicht sollten wir uns einen Moment ausruhen.«

»Wir sind ja schon fast oben. Jakob, als Nikos starb, fragte ich meinen Vater, ob er an Gott glaubte. Er sagte: Woher wissen wir, daß es einen Gott gibt? Weil er immer wieder verschwindet.«

Ich hörte das Keuchen seines Atems, und in mir breitete sich Trauer aus.

»*Koumbare* …«

»Mir geht's gut. Danke, Mrs. Simcoe.«

Wir bückten uns, um durch die über den Pfad hängenden Büsche an der Kuppe des Hügels zu kommen. Wir traten aus dem Gestrüpp der Schlucht in den Garten und hoben die Köpfe ins Leere. Chorley Park, erbaut, Generationen zu überleben, war verschwunden, als hätte ein Radiergummi die Stelle gelöscht, wo es sich gegen den Himmel erhob.

Athos war fassungslos; schwer stützte er sich auf seinen Spazierstock.

»Wie konnten sie es abreißen, eines der schönsten Gebäude der Stadt? Jakob, bist du sicher, daß wir hier richtig sind?«

»Ja, *koumbare*, wir sind hier richtig … Woher ich das weiß? Weil es verschwunden ist.«

Athos begann, irgendwo tief in seinem Körper zu ermüden. Er beunruhigte mich; ich bemutterte ihn. Er wischte meine Sorge beiseite: »Mir geht's gut, Mrs. Simcoe!« Obwohl er immer noch bis spät in die Abendstunden hinein arbeitete, begann er zu merkwürdigen Tageszeiten einzunicken. Aber er wollte nicht kürzertreten. »Jakob, es gibt ein altes griechisches Sprichwort: ›Zünde deine Kerze an, bevor die Nacht dich überrascht.‹« Er bestand darauf, seine Unbezwingbarkeit zu beweisen, indem er Einkäufe mit der Straßenbahn nach Hause schleppte. Er hätte nie etwas zurückgelassen, sei es auch noch so schwer, genausowenig, wie er Gesteinsproben an einer Fundstelle zurückgelassen hätte.

Wir waren eine Ranke und ein Zaun. Aber wer war die Ranke? Wir hätten das beide unterschiedlich beantwortet.

*

Schließlich schrieb ich mich an der Universität ein, nahm Kurse in Literatur, Geschichte und Geographie und verdiente ein bißchen Geld als Laborassistent in der Geographieabteilung. Kostas bat einen Freund in London, mir die Werke von Dichtern zu schicken, die in Griechenland verboten waren. Das war der Beginn meiner Übersetzertätigkeit. Und seither hat das Übersetzen, auf die eine oder andere Weise, meinen Lebensunterhalt bestritten. Für diese Eingebung werde ich Kostas immer dankbar sein. »Ein Gedicht in einer Übersetzung zu lesen«, schrieb Bialek, »ist, als küßte man eine Frau durch einen Schleier«; und griechische Gedichte in einer Mischung aus *katharevousa* und Umgangssprache zu lesen, ist, als küßte man zwei Frauen. Das Übersetzen ist eine Art Transsubstantiation; ein Gedicht wird zu einem anderen. Man kann sich für eine Art des Übersetzens entscheiden, so wie man sich entscheidet, wie man leben will: die freie Adaption, die das Detail dem Sinn opfert, die sklavische Worttreue, die den Sinn der Genauigkeit opfert. Der Dichter bewegt sich vom Leben in die Sprache, der Übersetzer bewegt sich von der Sprache ins Leben; beide versuchen, wie der Einwanderer, das Unsichtbare zu erkennen, das, was zwischen den Zeilen steht, die geheimen Zusammenhänge.

Eines Abends ging ich die Grace Street hinauf – ein Sommertunnel aus langen Schatten, die Brise vom See ein kühler Finger, der sich sanft unter mein feuchtes Hemd schob, der Lärm des Marktes lag Blöcke hinter mir. In der plötzlichen Kühle und der plötzlichen Ruhe hängte sich der Faden einer Erinnerung an einen Gedanken. Ein zufällig gehörtes Wort heftete sich an eine Melodie; ein Lied meiner Mutter, das immer vom Geräusch der durch Bellas Haar gezogenen Bürste begleitet wurde, während der Arm meiner Mutter zum Takt nach unten strich. Die Worte stolperten mir aus dem Mund, ein Flüstern, dann lauter, bis ich alles, was mir ins Gedächtnis kam, vor mich hin murmelte. »›Was nützt mir die Mazurka, ins Herz müßt' ihr mir schaun; was nützt mir das Mädchen aus Vurka, die Liebe bleibt nur ein Traum …‹« – »›Die schwarzen Kirschen werden gepflückt, die grünen bleiben am Baum …‹« Alles sang ich durch, bis zu den Anfangsversen von »Komm zu mir, Philosoph« und »Wie trinkt der Zar seinen Tee?«.

Ich schaute mich um. Die Häuser waren dunkel, die Straße leer. Ich war in Sicherheit. Ich erhob die Stimme. »Du dummer Mensch, sei doch kein Tor, schenk dem Verstand doch mal dein Ohr! Der Rauch ist höher als das Haus, die Katz ist schneller als die Maus …«

Die Grace Street hoch, die Henderson entlang, die Manning hoch bis zur Harbord Street jaulte ich vor mich hin; meine geistige Gestalt, endlich in vertrauten Kleidern, warf voller Ausgelassenheit die Arme zu den Sternen hoch.

Aber die Straße war nicht leer, wie ich geglaubt hatte. Erschrocken sah ich, daß die Schwärze von Dutzenden von Gesichtern durchbrochen war. Ein Wald aus Augen, aus italienischen und portugiesischen und griechischen Ohren; ganze Familien, die still in Liegestühlen und auf Eingangsstufen saßen. Auf dunklen Veranden, ein riesiges unsichtbares Publikum, das draußen Kühlung von der Hitze ihrer kleinen Häuser suchte, bei ausgeschaltetem Licht, um die Insekten fernzuhalten.

Mir blieb nichts anderes, als mein fremdes Lied wieder anzustimmen und mich verstanden zu fühlen.

*

Nachts, wenn ich im Bett lag und nicht einschlafen konnte, verwies mich mein Körper schmerzlich auf seine große Unwissenheit.

Ich stellte mir vor, das Mädchen zu küssen, das ich in der Bücherei gesehen hatte, die, die so dünn war und immer auf ihren hohen Absätzen umknickte … Sie liegt neben mir. Wir halten einander im Arm, aber dann möchte sie wissen, warum ich mit Athos zusammenlebe, warum ich all die Artikel über den Krieg gesammelt habe, die in Stapeln auf dem Teppich liegen, warum ich die halbe Nacht aufbleibe und jedes Gesicht auf den Fotografien genau studiere. Warum ich immer so alleine bin, warum ich nicht tanzen kann.

Wenn Athos nach dem Abendessen in sein Arbeitszimmer ging, zog ich in die Nacht hinaus. Aber wir traten beide in dieselben Konvulsionen der Zeit ein; die Ereignisse, die wir, ohne es zu wissen, durchlebten, als wir auf Zakynthos waren. Ich stand auf den Stufen der alten Befestigungsmauer an der Davenport Road und sah auf die erleuchtete Stadt, die sich vor mir wie ein Schaltkreis ausbreitete. Ich ging an den Strickwaren- und Bleistiftfabriken vorbei, dem Elektrizitätswerk, den Lagerhäusern der Schriftsetzereien, den Holzhandlungen, den Reinigungen und Autowerkstätten. Vorbei an Plakaten, die Jerry Lewis im Imperial und Red Skelton im Shea's ankündigten. Ich folgte den Eisenbahngleisen zu den Kohlehöfen auf der Mount Pleasant Road oder lief hinunter zu den rostigen Schiffen, die vor den Getreidesilos der Victory-Mills warteten.

Ich nahm die kalte Schönheit von Lakeshore Cement in mich auf, mit seinen kleinen Gärten, die merkwürdigerweise jemand am Fuße jedes riesigen Silos angelegt hatte. Oder die zarten Metalltreppen, ein Band aus Spitze, das sich in einer Spirale um den Leib der Öltanks legte. Nachts zeigten ein paar Lichter Back- und Steuerbord dieser gigantischen Industriegebilde an, und ich füllte sie mit Einsamkeit. Ich lauschte diesen dunklen Formen, als wären sie schwarze Stellen einer Musik – ein Musiker, der die Pausen eines Musikstücks lernt. Ich spürte, das war meine Wahrheit. Daß mein Leben in keiner Sprache aufgehoben werden konnte, sondern nur in der Stille; es war der Moment, als ich in unser Zimmer blickte und nur wahrnahm, was sichtbar und nicht das, was verschwunden war. Der Moment, in dem ich nicht sah, daß Bella nicht mehr da war. Aber ich wußte noch nicht, wie ich mit der Methode der Stille suchen sollte. Also lebte ich immer einen Atemzug von allen anderen getrennt, einer, der beim Maschineschreiben die Hände immer ein wenig falsch über der Tastatur hält, so daß die Wörter, die dabei herauskommen, bedeutungslos sind, entstellt. Bella und ich Zentimeter voneinander entfernt, zwischen uns die Wand. Ich dachte daran, auf diese Art Gedichte zu schreiben, in einem Code, jeder Buchstabe verdreht, so daß Verlust die Sprache zerstören und selbst Sprache werden würde.

Wenn man diesen winzigen Abstand, dieses geschädigte Chromosom in Worte fassen, in einem Bild isolieren könnte, dann wäre es vielleicht möglich, die Ordnung durch Benennung wiederherzustellen. Sonst war die Geschichte nur wie ein Haufen wirren Drahts. Also kehrte ich in Gedichten nach Biskupin zurück, in das Haus auf Zakynthos, in den Wald, zu dem Fluß, zu der zerborstenen Tür, zu den Minuten hinter der Wand.

Englisch war ein Sonar, ein Mikroskop, durch das ich lauschte und beobachtete, darauf wartend, schwer faßbare, unter Tatsachen begrabene Bedeutungen festzuhalten. Ich wollte, daß eine Zeile in einem Gedicht wie das dumpfe Heulen im Orchester der Derwische sei, deren Wehklage ein Anrufen Gottes ist. Aber alles, was ich hervorbrachte, war unbeholfenes Gekreische. Nicht einmal das reine Kreischen eines Grashalms im Regen.

*

Durch Athos' Verbindung mit der Universität gewann ich einen bleibenden Freund, einen Studenten namens Maurice Salman, der bei ihm sein Examen ablegte. Maurice war mehr noch als wir ein Fremder in der Stadt, da er gerade erst aus Montreal hergezogen war, als wir ihn kennenlernten, Athos lud ihn zum Dinner ein. Maurice war damals sehr dünn, aber auch sein Haar war dünn, und er trug eine Baskenmütze, die er sich immer aus der Stirn schob. Wir begannen zusammen Spaziergänge zu machen, ein Konzert oder eine Kunstgalerie zu besuchen. Manchmal gingen er, Athos und ich ins Kino, wo wir gegensätzliche Leidenschaften entwickelten; Athos für Deborah Kerr (vor allem in dem Film *König Salomons Minen*), Maurice für Jean Arthur und ich für Barbara Stanwyck. Maurice und ich hinkten bereits damals der Zeit hoffnungslos hinterher, und das sollte auch so bleiben. Wir hätten von Audrey Hepburn träumen sollen. Auf dem Heimweg gingen wir in ein Restaurant oder Maurice kam mit zu uns nach Hause in unsere Junggesellenküche, wo wir über die Vorzüge unserer Auserwählten stritten. Kerr, sagte Athos, sei ganz klar eine Frau, mit der man sich beim Frühstück über Pascals Wette unterhalten konnte, ob nun in einem feinen Hotel oder im Busch. Maurice fand, Jean Arthur sei eine Frau, mit der man unter Garantie zelten gehen oder die Nacht durchtanzen konnte und die dann immer noch wüßte, wo man die Autoschlüssel oder die Kinder gelassen hatte. Ich liebte Barbara Stanwyck, weil sie immer in der Klemme saß und ihren Gefühlen treu war, und vor allem, weil in dem Film *Feuerball* Slangausdrücke wie Lieder aus ihrem Mund flogen. »Hör auf rumzusülzen, laß die Kupplung kommen.« – »Schieb ab, ich rück nichts rüber!« »Ich mach hier doch nicht die Bungalowmieze!« Sie lebte in einer Welt von reichlich Ärger und harten Typen. Sie war Sahne, eine scharfe Braut, für die man eine Menge Moos, Kies und Moneten brauchte und eine mit blauen Lappen gefütterte Brieftasche. Ich war total verrückt nach ihr. In diesen Gesprächen redete keiner von uns von entblößten Schultern oder den Brüsten unter dem Satin; nicht einmal Beine wurden erwähnt.

Aber wir verbrachten nicht viele Abende zusammen, denn kurz nachdem wir Maurice kennengelernt hatten, starb Athos.

»Athos, wie groß ist das Herz?« fragte ich ihn einmal, als ich noch ein Kind war. Er antwortete: »Stell dir die Größe und Schwere einer Handvoll Erde vor.«

An seinem letzten Abend war Athos von einem Vortrag, den er über die Konservierung von ägyptischem Holz gehalten hatte, nach Hause gekommen. Es war ungefähr halb elf. Normalerweise erzählte er von irgend etwas, das ihm an dem Abend aufgefallen war, manchmal wiederholte er die wesentlichen Punkte seines Vortrags, aber da ich den für ihn an diesem Tag abgetippt hatte, war das nicht nötig, und er war müde. Ich wärmte ihm ein wenig Wein, dann ging ich schlafen.

Am Morgen fand ich ihn an seinem Schreibtisch. Er sah aus wie häufig, wenn er über der Arbeit eingeschlafen war. Ich umarmte ihn mit meiner ganzen Kraft, immer und immer wieder, aber er kam nicht zurück. Es ist unmöglich, die Leere in jeder Zelle zu erreichen. Sein Tod war still; Regen auf dem Meer.

*

Ich kenne nur Fragmente von dem, was Athos' Tod enthielt: Nicht weniger als alle Elemente und deren Kräfte, zehntausend Namen von Dingen, die Demut von Flechten. Die Instinkte des Vogelzugs: Sterne, Magnetismus, Einfallswinkel des Lichts. Die Energie der Zeit, die die Masse verändert. Das Element, das ihn am meisten an seine Heimat erinnerte – Salz: Oliven, Käse, Weinblätter, Meeresschaum, Schweiß. Fünfzig Jahre Vertrautheit mit Kostas und Daphne, seine Erinnerung an ihre Körper mit zwanzig; sein eigener Körper, als Kind, mit fünfzehn, mit fünfundzwanzig und fünfzig, die Ichs, die bleiben, während wir altern, genau wie die Wörter auf einer Seite stehenbleiben, obwohl die Dunkelheit sie löscht. Zwei Kriege, die beides sind, der verfaulte Teil der Frucht, den man nicht herausschneiden kann, und die Frucht selbst; daß es nichts gibt, was ein Mensch einem anderen nicht antäte, nichts, was ein Mensch nicht für einen anderen täte. Aber wer war die Frau, die sich als erste für ihn in einem Nachtgarten entblößte? Erinnerte er sich an Helens Hände, die seine hielten, oder waren sie in seinem Haar, oder waren ihre Arme ausgestreckt, als sein Kopf zwischen ihren Schenkeln lag? Dachten sie an Kinder, welche Worte bedauerte er? Wer war die erste Frau, deren Haare er wusch, welches Lied hätte seine eigene, von Liebe singende Stimme sein können, als er es zum ersten Mal hörte?

Wenn ein Mensch stirbt, verbinden sich seine Geheimnisse wie Kristalle, wie Eis am Fenster. Sein letzter Atemzug läßt die Scheibe beschlagen.

Ich saß an Athos' Schreibtisch. In einer kleinen Wohnung in einer fremden Stadt in einem Land, das ich noch nicht liebte.

*

In Toronto hatte Athos sein Arbeitszimmer von Zakynthos wiedererschaffen. Es war eine chaotische Ausgrabungsstätte, an der man die unterschiedlichsten Gegenstände finden konnte. Auf Athos' Schreibtisch lagen in der Nacht, in der er starb: ein hölzerner Stabilbaukasten, die gleichen Sätze von Metallrädchen und Scharnieren, die er als Junge gehabt hatte. Eine Mikrofotografie der zarten Lamellen von Biskupins wasserdurchweichtem Eichenholz. Ein Foto von Kispiox-Totems, das an eine Analyse über die Erd- und Wetterbedingungen der Gegend geheftet war. Ein Briefbeschwerer aus Glas, in den ein Stückchen Lepidodendron eingeschlossen war. Ein Miniaturkanu aus Birkenrinde. Ein Artikel über die Vestfoldberge in der Antarktis als Fundstelle von in der Kälte getrockneten Holzartefakten. Notizen für eine bevorstehende Konferenz über wasserdurchweichtes Holz in Ottawa. Eine Federzeichnung der Baumfossilien in Joggins, Nova Scotia. Kazantzakis' Übersetzung von Darwins *Entstehung der Arten* und Dantes *Komödie*. Eine Tasse mit Kaffeesatz, dessen Spur den Winkel nachzeichnete, in dem er sie an die Lippen geführt hatte.

In seinem Schreibtisch fand ich ein Päckchen

Briefe … Die Intimität, die der Tod einem aufzwingt. Ich erkannte Athos' elegante griechische Schrift. Die Briefe waren an Helen gerichtet, geschrieben, als sie und Athos beide in Wien studierten, in dem Jahr, bevor er nach Cambridge ging. Ich betastete die Umschläge, glättete das dünne Papier. Die Stille der leeren Wohnung drückte mich mit dem Gewicht des Selbstmitleids nieder.

»Wenn du allein bist – auf See, in der Dunkelheit des Polarkreises –, kann dich eine Abwesenheit am Leben halten. Die Person, die du liebst, erhält dir den Verstand. Aber wenn sie nur am anderen Ende der Stadt ist, das ist eine Abwesenheit, die dich zerfrißt.«

»Mein Vater ist mit Wien einverstanden, aber er hofft immer noch, mich von der Geologie abzubringen. Ich bleibe standhaft, trotz seiner geschickten Argumentation, daß ich mich auch als Ingenieur, bei der Planung von Zugstrecken und Wasserleitungen, mit Karst auseinandersetzen müßte …«

Während er in Wien war und intellektuelle und reale Landschaften erkundete, die wie eine Bienenwabe mit Höhlen und Schlucklöchern, Tunneln und Trichtersenken durchsetzt waren, stürzte Athos auch durch die sinnenwunde Oberfläche der Dinge in die Liebe.

In unserer Wohnung, in der seit Wochen kein Wort gefallen ist, stelle ich mir vor, wie Athos spätabends alleine an den modernen Gebäuden der Ringstraße und den bleichen Barockkirchen vorbeischlendert, durch Straßen, denen der Krieg bald ein anderes Gesicht geben würde. Wenn ich seine Briefe lese, vor einem halben Jahrhundert an eine Frau geschrieben, seine »H«, von der ich fast nichts weiß, erschüttert mich meine eigene Sehnsucht. Es ist mir peinlich, Athos' junge Stimme zu belauschen, die Stimme meines *koumbaros,* als er so alt war wie ich jetzt.

»Deine Familie – Deine Mutter und Deine Schwestern, die Du liebst – will alles wissen; aber eine wirkliche Ehe muß immer ein Geheimnis zwischen zwei Menschen sein. Wir müssen es wie ein Gebet unter unserer Zunge hüten. Unsere Geheimnisse werden unser Mut sein, wenn wir ihn einmal brauchen.«

»Was das Unglück Deines Bruders angeht – ich bin naiv genug zu glauben, daß die Liebe immer etwas Gutes ist, egal wie lange her, egal unter welchen Umständen. Ich bin noch nicht alt genug, mir die Beispiele vorzustellen, wo das nicht zutrifft und die Reue alles überwiegt.«

Seine Arterien verlandeten wie ein alter Fluß. Das Herz ist eine Handvoll Erde. *Das Herz ist ein See ...*

Alles, was ich von Athos' Helen weiß, erfuhr ich aus den Briefen. Es gibt ein Foto. Ihr Ausdruck ist so offen und ernsthaft, daß er über die Jahre hinwegruft. Ihre dunklen Haare sind hoch aufgetürmt und kunstvoll wie ein Korb geflochten. Ihr Gesicht ist zu eckig, um hübsch zu sein. Sie ist schön.

In demselben Schubfach, in dem die Briefe und Helens Foto waren, liegt ein dicker Ordner mit blaßblauen Durchschlägen und Zeitungsausschnitten: Athos' Suche nach meiner Schwester Bella.

Wenn man sich an bestimmten Stellen gehärtet hat, tut das Weinen weh, fast so, als wäre die Natur dagegen.

»Ich weiß, daß die Dokumente unvollständig sind ...« – »Bitte veröffentlichen Sie Beigefügtes ein Jahr lang jeden Freitag ...« – »Ich weiß, ich habe Ihnen schon einmal geschrieben ...« – »Bitte überprüfen Sie Ihre Listen ... und achten Sie auf mögliche andere Schreibweisen ... in diesem Zeitraum ...« Athos' letzte Anfrage war zwei Monate vor seinem Tod geschrieben.

Ich hatte angenommen, er habe schon Jahre zuvor aufgegeben. Aber ich verstand, warum er es für sich behalten hatte. Ich lag in seinem Arbeitszimmer auf dem Teppich.

»Die Liebe ist immer etwas Gutes, egal unter welchen Umständen ... unsere Geheimnisse werden unser Mut sein, wenn wir ihn einmal brauchen.« Ich versuchte, das zu glauben, aber ich hatte noch nicht verstanden, daß wahre Hoffnung frei von Erwartung ist, und seine Worte schienen, wie seine Suche nach Bella, schmerzlich unschuldig. Aber ich hielt den Ordner, so wie ein Kind eine Puppe hält.

Ab und zu kreischte eine Straßenbahn vorbei. Durch den Fußboden hindurch spürte ich die schweren Eisenräder in ihren Gleisen rumpeln. Der Finger meines Vaters, in schwarze Schuhcreme gestippt, malt eine Straßenbahn auf ein Stück Zeitungspapier, mit den V-förmigen Kabeln, durch die Warschauer Straßenbahnen mit dem Himmel verbunden sind. »In Warschau«, sagt mein Vater, »fahren Maschinen durch die Straßen.« – »Sie bewegen sich ganz von allein?« Mein Vater nickt: »Keine Pferde!« Ich wachte auf. Ich machte das Licht an, legte mich wieder hin und schloß die Augen.

Als ich Kostas und Daphne die Nachricht schreiben und ihnen sagen wollte, daß ich Athos' Asche eines Tages nach Zakynthos bringen würde, konnte ich kaum die Feder über das Papier führen. »Ich werde Athos nach Hause bringen, in ein Land, das sich an ihn erinnert.« *Koumbare,* wie kann ein Mensch eine solche Nachricht mit schöner Handschrift schreiben.

*

Viele Nächte noch nach Athos' Tod schlief ich auf dem Fußboden in seinem Arbeitszimmer, zwischen den Kisten seiner chaotischen Forschung. Wir hatten immer vorgehabt, sie gemeinsam zu ordnen. Aber Athos' Arbeit über die Nazi-Archäologie wuchs und forderte mit der Zeit seine ganze Kraft. Direkt nach dem Krieg, sowie die Informationen zu fließen begannen, machte er sich daran, sie festzuhalten und zu archivieren. Unsere Augen gewöhnten sich langsam an die Dunkelheit. Athos konnte darüber reden, er mußte darüber reden, aber ich konnte es nicht. Er stellte endlose Fragen, um seine Gedanken zu ordnen, und hob das »Warum« bis zum Schluß auf. Aber ich fing in meinen Gedanken mit der letzten Frage an, mit dem »Warum«, von dem er hoffte, daß es durch all die anderen Fragen beantwortet würde. Das heißt, ich begann mit einem Scheitern und hatte dann nichts mehr, wohin ich gehen konnte.

Allerdings war ich in den ersten Monaten, in denen ich alleine lebte, wieder von einer mir schon vertrauten Droge abhängig; mich in die andere Welt, die Athos und ich geteilt hatten, zurückzuziehen: in unschuldiges Wissen, die Geschichte der Materie. Nachts kramte ich in den Kisten, die aufs Geratewohl mit Aufsatztiteln oder Notizen beschriftet waren: »Die sexuellen Abenteuer der Koniferen … die Poetik kovalenter Bindung … ein mögliches Verfahren, Kaffeebohnen gefrierzutrocknen.« Faszinierende, aber erklärbare Kräfte; Winde und ozeanische Strömungen, tektonische Platten. Der Wandel, den Handel und Piraterie bewirkten; wie Mineralien und Holz die Landkarte veränderten. Alleine Athos' Aufsatz über Torf war lang genug, um ein kleines Buch zu füllen, genau wie sein Essay »Ein Bund aus Salz«. In Wien hatte er damit angefangen, Beispiele für eine Arbeit zu sammeln, die er über die Rolle der Parodie in verschiedenen Kulturen schreiben wollte und die er »Vom Relikt zur Replik« nannte.

Er übertrug oft Geologisches auf den Menschen, analysierte gesellschaftliche Veränderungen, als wären sie eine Landschaft; langsame Verschiebung – und dann die Katastrophe. Explosionen, Eruptionen, Überschwemmungen, Vergletscherung. Er schuf sich seine eigene geschichtliche Topographie.

In den Nächten, die ich in den Monaten nach Athos' Tod zwischen seinen Kisten verbrachte, glich seine Denkweise in meiner Vorstellung immer mehr einer Escher-Lithographie; Wände, die Fenster, Fische, die Vögel sind, und der brillante Gedankensprung der modernen Wissenschaft: die Hand, die sich selber zeichnet.

In den folgenden drei Jahren trug ich Athos' Notizen über das »Ahnenerbe«, so gut ich konnte, zusammen. Wenn ich in seinem Zimmer arbeitete, jetzt allein in unserer Wohnung, spürte ich Athos' Gegenwart so stark, daß ich seine Pfeife riechen, seine Hand auf meiner Schulter fühlen konnte. Manchmal überkam mich spätabends ein überwacher Zustand, dann konnte ich ihn aus dem Augenwinkel sehen, wie er vom Flur aus zu mir hereinschaute. In seinen Forschungsarbeiten stieg Athos so tief hinab, daß er einen Punkt erreichte, wo Erlösung möglich wurde, aber es war nur die Erlösung der Tragödie.

Ich wußte, daß für mich der Abstieg immer weiter gehen würde, lange noch, nachdem meine Arbeit für Athos beendet war. Zu jener Zeit verdiente ich meinen Lebensunterhalt mit einem Teilzeitjob als Übersetzer in einem Ingenieursbüro. Nachdem die Tagesarbeit verrichtet war, sackte ich über Athos' Schreibtisch zusammen, verzweifelt über seine vielen Ordner und Kisten voller Tatsachen. Manchmal ging ich abends mit Maurice Salman, der jetzt eine Stellung am Museum hatte, essen. Maurice' Gesellschaft rettete mich; er merkte, daß ich in Schwierigkeiten war. Maurice hatte mittlerweile Irena kennengelernt und geheiratet. Oft kochte Irena für uns, während wir über die endlos erscheinende Aufgabe diskutierten, Athos' Buch, *Falsches Zeugnis,* zu Ende zu schreiben. Manchmal schaute ich in die Küche und sah sie mit einem Kochbuch in der Hand lesend vor dem Herd stehen, mit ihrem langen gelben Zopf, der wie ein Schal über ihrer Schulter lag, und mußte wegschauen, weil es mich zu sehr bewegte. Ein so gewöhnlicher Anblick, eine Frau, die einen Topf umrührt.

In der Nacht, als ich die Arbeit meines *koumbaros* abschloß, weinte ich aus innerer Leere, als ich seine Widmung für seine Kollegen in Biskupin tippte: »Der Mord raubt einem Menschen die Zukunft. Er raubt ihm den eigenen Tod. Aber er darf ihm nicht das Leben rauben.«

*

In unserer kalten dunklen kanadischen Wohnung gieße ich frisches Wasser in die See und erinnere mich nicht nur an die griechische Klage, »auf daß die Toten trinken mögen«, sondern auch an den Bund des Eskimo-Jägers, der frisches Wasser in den Mund des von ihm erlegten Tieres gießt. Seerobben, die im Salzwasser leben, leiden fortwährend Durst. Das Tier gibt sein Leben im Austausch für Wasser. Wenn der Jäger sein Versprechen nicht hält, wird er sein Jagdglück verlieren; kein anderes Tier wird sich mehr von ihm erlegen lassen.

Der beste Lehrer verankert einen Vorsatz nicht im Verstand, sondern im Herzen.

Ich weiß, daß ich die Lehren von Athos ehren muß, besonders eine: die Liebe notwendig zu machen. Aber mir ist noch nicht klar, daß das auch mein Versprechen an Bella ist. Und daß ich, um sie beide zu halten, einen fortwährenden Durst stillen muß.

Phosphorus

Es ist ein klarer Oktobertag. Der Wind wirbelt leuchtende Blätter gegen das blaue Opal der Luft. Alles ist still. Bella und ich sind in einen Traum eingetreten, die lebhaften Farben sind überall um uns herum, jedes Blatt zuckt, als wäre es auf der Schwelle zum Schlaf. Bella ist glücklich: der ganze Birkenwald sammelt sich in ihrem Gesichtsausdruck. Jetzt hören wir den Fluß und gehen auf ihn zu, die Strudel und Wirbel von Brahms' Intermezzo Nr. 2, die tiefer und tiefer hinabgleiten, andante non troppo, und nur in einem letzten Windstoß wieder aufsteigen. Ich drehe mich um, und Bella ist fort; mein Blick hat sie verschwinden lassen. Ich fahre herum. Ich rufe, aber das Geräusch der Blätter ist plötzlich überwältigend, wie der tosende Sturz eines Wasserfalls. Sicher ist sie schon zum Fluß vorausgegangen. Ich laufe hin und grabe am schlammigen Ufer, ich suche Hinweise auf sie. Es ist dunkel; Hartriegel wird zu ihrem Kleid. Ein Schatten ist ihr schwarzes Haar. Der Fluß ist ihr schwarzes Haar. Mondschein ist ihr weißes Kleid.

Wie in meiner Kindheitsbegegnung mit dem Baum starre ich lange Zeit auf Alex' seidenen Morgenrock an der Schlafzimmertür, als wäre er der Geist meiner Schwester. 1968, in unserer kleinen Torontoer Wohnung, in der Wohnung, die ich früher mit Athos geteilt habe. Im Dämmerlicht fließt Brahms' Intermezzo weiter und weiter.

Alles ist verkehrt: das Schlafzimmer mit seinen weißen Möbeln, die neben mir schlafende Frau, meine Panik. Denn als ich erwache, weiß ich, daß nicht Bella verschwunden ist, sondern ich. Bella, die nirgends zu finden ist, sucht mich. Wie soll sie mich hier jemals finden, neben dieser fremden Frau? Diese Sprache sprechend, fremde Nahrung essend, diese Kleider tragend?

Genau wie ich mich über sie lehnte, wenn sie las, quälte ich Bella auch, wenn sie am Klavier übte, mit der gleichen Gier – das Geheimnis der schwarzen Zeichen auf der Seite zu verstehen. Manchmal spielte auch mein Vater, aber er war nicht halb so gut wie Bella, und er schämte sich wegen der Schuhcreme, die er nie ganz von den Händen abbekam. Aber ich liebte es, ihm zuzuhören, wie er durch ein Stück hinkte, und wenn ich zurückdenke, scheint es mir nur richtig, von Arbeit geschundene Hände auf sauberen Tasten zu sehen, als wären sie von der Anstrengung gezeichnet, solche Laute hervorzubringen.

Ich war noch zu jung, um mir die Komponisten oder die Namen der Stücke zu merken, die Bella spielte. Wenn ich sie also dazu bringen wollte, etwas für mich zu spielen, summte ich die Melodie. All die Jahre hindurch wollte ich ihr so oft etwas vorsingen, damit sie mir die Namen der Dinge beibrachte. Nur von zwei Stücken, um die ich sie öfter als alle anderen bat, kannte ich die Titel. Ein Brahms-Intermezzo und Beethovens »Mondscheinsonate«. Wenn sie den Beethoven spielte, sagte sie mir, ich solle mir einen von Bergen umgebenen, tiefen See vorstellen, wo sich der Wind fängt und die Wellen unter dem Mond in alle Richtungen gehen. Während ich Steine in den Mondschein hüpfen ließ, bastelte Bella vielleicht gerade an einer ausgeklügelten Phantasiegeschichte über Ludwig und seine »Unsterbliche Geliebte«. In meiner Erinnerung spielt sie, als verstünde sie seine erwachsenen Leidenschaften bis ins Innerste, als könnte auch sie sich vorstellen, in einem Brief zu schreiben: »Mit Freuden eil ich dem Tod entgegen – kömt er früher als ich Gelegenheit gehabt habe, noch alle meine Kunst-Fähigkeiten zu entfalten, so wird er mir troz meinem harten Schicksal doch noch zu frühe komen, und ich würde ihn wohl später wünschen … o Vorsehung – laß einmal einen reinen Tag der Freude mir erscheinen.«

Die Musikbibliothek lag ein paar Häuserblöcke von unserer Wohnung entfernt mitten in einem Park. Sie war, wie eine Musikbibliothek sein sollte: holzgetäfelte Räume, Plüschsessel, in den Fenstern schwimmende Bäume. Alleine und dazu noch in der Öffentlichkeit Musik zu hören, schien mir, genau wie alleine in einem Restaurant zu essen, eine merkwürdige und peinliche Beschäftigung, doch nachdem *Falsches Zeugnis* erschienen war, machte ich es mir zur Gewohnheit, ein- oder zweimal die Woche nach dem Abendessen dort hinzugehen. Ich hatte mir vorgenommen, mich systematisch durch das ganze Alphabet durchzuhören, immer jeweils einen Komponisten pro Buchstabe, und dann wieder von vorne anzufangen.

An einem kalten Märzabend stand ich am Ausgabeschalter, wo ich gerade Faurés *Nocturnes* zurückgegeben hatte. Ich hatte die Zeitung dabei, und während ich geduldig auf die Bibliothekarin wartete, die mir die Quintette für Piano und Streicher bringen sollte, sah ich mir das Kreuzworträtsel an.

»Hipp, hipp, Fauré!«

Ich drehte mich um und blickte in Augen, die so blau wie die Höhlen von Kianou waren. In ihnen lagen Eifer, Kraft und Energie.

»Ich mache eine Checkliste. War Liszt Tscheche?«

Ihre Strickjacke war offen und ihre Seidenbluse klebte mit statischer Aufladung an ihrem Körper.

»Ich weiß nicht«, bekam ich heraus. Und nach ein paar Sekunden: »Vielleicht hat er in der Heide Spaß gehabt ... der Haydn.«

»Hast du schon die Stadt in der Tschechoslowakei raus?« fragte sie und zeigte auf das Kreuzworträtsel ... »Oslo! Weißt du, Tschech-oslo-wakei.«

In dem Augenblick kam die Bibliothekarin mit den Quintetten zurück. Ich wußte nicht, was ich sagen sollte, nahm die Platten und ging vor mich hin murmelnd zu den Kästen mit den Notenblättern. Ein paar Minuten später sah ich, wie sie sich den Mantel anzog. Von plötzlichem Mut ergriffen, lief ich hinter ihr her aus der Tür.

»Ich liebe den Frühling«, sagte ich dümmlich, merkte dann, daß sie den Mantel eng um sich zog, um sich gegen den Wind zu schützen.

Sie fragte mich, ob ich von den Konzerten am Konservatorium gehört hätte.

»Sie sind kostenlos. WEA.«

Ich schaute sie verständnislos an.

»›Workers' Education Association‹ ... die Gewerkschaft ... jeden Sonntagnachmittag um zwei.«

Ich stand hilflos da und beobachtete, wie Strähnen ihres kastanienbraunen Haares gegen ihre schwarze Wollmütze wehten. Dann schaute ich hinab auf meine Füße und ihre langen Beine und ihre kurzen, pelzbesetzten Stiefel.

»Auf Wiedersehen«, sagte sie.

»Bis später ...«

»St. Peter. Bagdad sonst nicht mehr. Sehr Tschad. Tel Aviv.«

Sie schritt davon, schaute sich noch einmal um und salutierte mit forscher Geste – wie auf einem Werbeplakat für das Frauenkorps der Armee.

Auf diese Weise lernte ich Alexandra kennen.

Ihr Vater nannte sie Sandra, und ihr machte das nichts aus. Ihm mußte Alex nichts beweisen. Sie nannte ihren Vater Dr. Right – was nicht etwa freudianisch zu deuten war, sondern nur aus einem Cockney-Vers für Dr. Maclean stammte – *Dr. Maclean – he'll make you right as rain.*

Dr. Maclean legte seine junge Tochter in seinem britischen Militärstolz ein wie einen Hering. Er erzählte ihr, daß seine Londoner Mitbürger historische Schätze – unter anderem den gerade entdeckten Helm von Sutton Hoo – in die U-Bahn-Station von Aldwych geschafft hatten, um sie vor den Bombenangriffen zu schützen. Er erzählte ihr Geschichten über Generalmajor »Salamander« Freyberg, unter dem er auf Kreta als Sanitätsoffizier gedient hatte. Freyberg hatte Rupert Brooke auf Skyros begraben und war wie Byron durch den Hellespont geschwommen. Alex Gillian Dodson Maclean wurde freigebig mit Geschichten über den britischen Geheimdienstagenten Jasper Maskelyne bedacht, der im bürgerlichen Leben aus einer Familie großer Zauberkünstler stammte. Er hatte mitgeholfen, den Krieg zu gewinnen – durch

Magie. Nicht nur kochte er die üblichen Tricks aus – falsche Straßenschilder, explodierende Schafe, künstliche Wälder, hinter denen sich Flugplätze verbargen, und Scheinbataillone, die nur aus Schatten bestanden –, Maskelyne inszenierte großangelegte strategische Trugbilder. Mit Reflektoren und Scheinwerfern versteckte er den gesamten Suezkanal. Er verlegte den Hafen von Alexandria zwei Kilometer die Küste hinauf; statt des Hafens wurde jede Nacht eine Pappmaché-Stadt bombardiert – samt Schuttattrappen und Leinwandkratern.

Als sie mir von diesen optischen Täuschungen erzählte, dachte ich an Speers Phantomarchitektur, an seine Scheinwerfersäulen in Nürnberg, an das Geisterkolosseum, das in der Morgendämmerung verschwand. Ich dachte an seine neoklassischen Säulen, die sich in der Sonne auflösten, während die Mauern der Gaskammern stehenblieben. Ich dachte an Houdini, der sein Publikum erstaunte, indem er sich in Kisten und Truhen zwängte und sich dann wieder aus ihnen befreite, ohne zu ahnen, daß ein paar Jahre später andere Juden in Mülleimer und Kästen und Schränke kriechen sollten, um zu entkommen.

Alex' Mutter starb, als sie fünfzehn war. Ihr Vater stellte eine Haushälterin ein. An mindestens einem Abend in der Woche spielten Alex und der Doktor Scrabble, und am Wochenende lösten sie gemeinsam das Kreuzworträtsel der Londoner *Times.* Alex legte sich ein Arsenal an Wortwitzen zu. Sie arbeitete als Sekretärin in der Klinik ihres Vaters, die er mit zwei anderen Ärzten leitete. Wenn gerade nichts zu tun war, dachte sie sich medizinische Anagramme aus – Reizblase: Ziersalbe oder Schüttelfrost: Teufelsschrott.

Sie dachte daran, selber Ärztin zu werden, aber sie war zu sehr mit anderen Dingen beschäftigt. Ihre Leidenschaft war die Musik; sie war eine professionelle Zuhörerin. Sie ging zum Symphonieorchester und in die Jazz Clubs, sie hörte sich Plattenaufnahmen an und konnte schon nach ein paar Takten erkennen, wer da Kornett oder Klavier spielte. Alex in der Musikbibliothek zu treffen, war ein Geschenk – wie ein wunderschöner Vogel auf dem Fensterbrett. Sie war wie die Freiheit auf der anderen Seite der Grenze, eine Oase im Sand. Sie bestand nur aus Armen und Beinen, schlaksig und elegant, aber alle auseinanderstrebenden Glieder ballten sich zu einer großen Attraktion zusammen. Das junge Mädchen lugte gerade in den Momenten aus ihrem Gesicht, wenn sie versuchte, besonders erfahren zu wirken. Diese ruhelose Unschuld war für mich, was Eisenspäne für einen Magneten sind; sie war über mein ganzes Herz verteilt, stachlig und aufgeladen, juckend und nicht loszuwerden.

Ich nehme an, daß ich ähnlich ruhelos war, aber ich hatte keine Ahnung, wie die Welt mich sah. Wir waren beide spindeldürr, zwei Striche in der Landschaft. Was sah sie, wenn sie mich – verliebt – anschaute? Ihr Vater hatte sie mit Europa abgefüllt, wo es immer regnerisch und romantisch war, wo Dinge intensiv waren und alles auf dem Spiel stand. Wenn sie sich nicht gerade im Schutz der britischen Enklave ihrer Schulkameraden befand, zog es sie zu den Einwanderern, zu Gewerkschafts-Veranstaltungen. Ihr Vater hatte besonderen Respekt vor Griechen, seit er einmal miterlebt hatte, wie die alten Frauen von Modhion den Deutschen mit Besen und Schaufeln Widerstand geleistet hatten. Ich nehme an, Alex hielt mich für die romantische Gestalt, auf die er sie vorbereitet hatte.

Alex war immer kampfbereit, ging sozusagen mit erhobenen Fäusten durchs Leben, hoffte aber – das glaubte sie zumindest –, daß jemand kommen würde, der ihr sanft die Hände herunterdrückte. Sie war eine Gestalt in einer Farce, die vergeblich nach dem einen ernsten Moment suchte. Sie verschwendete viel Energie daran, bis auf die Knochen modern zu sein. Gleichzeitig wollte sie ein geistiges Leben – allerdings ohne das ganze Lesen. Gute Vorsätze sind das letzte, was in einer Beziehung verschwindet. Wir verhakten uns in einer Sekunde ineinander, und es dauerte fünf Jahre, wieder voneinander loszukommen. Sie sprang an mir hoch und schlang die Arme um meinen Hals wie ein Kind. Sie kaufte rote Schuhe und zog sie nur an, wenn es regnete, weil ihr gefiel, wie sie auf dem nassen Asphalt aussahen. Sie war ein Perpetuum mobile, das über Philosophie reden wollte. Wenn Alex nicht tanzte, stand sie auf dem Kopf.

Wir gingen ins Bassel's oder ins Diana Sweets; wir redeten miteinander im Dunst von Constantines Bäckerei, wo der Zigarettenqualm sogar noch den Brotgeruch überlagerte. Sie nannte Constantines Laden »Eureka-Bäckerei« – fast ein Palindrom. Alex liebte Palindrome, und auf unseren Spaziergängen in die Stadt gaben wir immer ein paar unserer Lieblingssätze zum besten. »Ein Neger mit Gazelle zagt im Regen nie« oder »Murre nie einer rum!«

Am meisten aber war Alex in ihrem Element,

wenn sie sich mit ihren Freunden im Top Hat oder Embassy vergnügte. Sie saß an den kleinen, runden, leinenbedeckten Tischen im Royal York und schlenkerte ihre linken Ideen so verführerisch herum wie hohe Absätze. Einmal gesellte sich ein trauriger junger Mann zu uns. Sein Vater besaß eine Matratzenfabrik, aber der Sohn war bei der Gewerkschaft. Seine Scham hatte zwei Herren. Später, als wir nach Hause gingen, lachte Alex: »Dein Mitleid ist reine Verschwendung! Er ist in die Gewerkschaft reingestolpert, weil er einem schönen Arsch hinterhergelaufen ist, und dann gab's natürlich Ärger.«

Alex schockierte mich, und das wollte sie auch. Sie wehrte alle Erwartungen wortspielerisch ab. Hart waren nur ihre Flüche. Sie ließ sich den Ausdruck »ein schöner Arsch« auf der Zunge zergehen, und ich hätte weinen können vor Zärtlichkeit für all die frustrierte Unschuld ihrer extravaganten Sprache.

Alex war eine Schwertschluckerin, eine Feuerspukkerin. In ihrem Mund war Englisch gefährlich und lebendig, kantig und scharf. Alex, die Kreuzwortkönigin.

Sie ging auf intellektuelle Kneipentouren und diskutierte die ganze Nacht hindurch, lehnte in überfüllten Bars an Männern und stopfte sich mit Idealen voll. Sie war überwältigend. In der Politik war sie ausschweifend wie ein Lüstling. Mir fehlte es an Selbstvertrauen, mit ihren blaublütigen marxistischen Freunden über kanadische Politik zu diskutieren. Wie konnte ich mit ihnen über ihren Oberschichtskommunismus sprechen, mit Leuten, die vor Gewißheit strahlten und denen nie das Unglück widerfahren war, die Theorie durch Tatsachen zerstört zu sehen? Ich war vor lauter Unsicherheit ganz kribbelig; durch mich lief europäischer Strom, meine Voltzahl war falsch für die Steckdosen hier.

Alex fehlte es nur in einer Beziehung an Selbstbewußtsein. Zu stolz, sich ihre Unschuld anmerken zu lassen, flirtete sie mit Männern, um sie sich vom Leibe zu halten. Ich bewunderte ihren Schutzschild aus Worten, ich lernte durch sie, meine eigene Schüchternheit im verborgenen zu ertragen. Wie Maurice vielleicht sagen würde, war Alex eine klassische Eisblume, eine Frau, die nicht von ihrem hohen Roß abspringen konnte, um sich im Heu zu vergnügen. Aber meine offensichtliche, schmerzliche Unerfahrenheit weckte ihre Leidenschaft. Sie wußte, daß ich erstarrte, wenn ich nur nahe genug bei ihr stand, um das Parfum an ihrem Haaransatz zu riechen, an ihrem Nacken.

Wenn ich mit Maurice und Irena zusammen war, blendete mich ein einfaches Wort – Jacke, Ohrring, Handgelenk – mitten in der Unterhaltung. Ich wurde taub. Wenn Maurice in meiner Beziehung zu Alex eine heraufziehende Katastrophe sah, so sah er auch, daß Alex geschmeidig war wie ein Otter, eine schüchterne Explosion in engen Hosen, ein Bein malerisch über die Stuhllehne drapiert.

Als sie in unserem Zimmer im Royal York Hotel ihre Augen zum ersten Mal als meine Frau aufschlug, gähnte Alex. »Ich würde wirklich gerne nur ein einziges Mal ein Hotelzimmer verwüsten.«

Alex' Pullover auf einem Stuhl, in der Wolle noch ihr Geruch. Hinter den Möbeln waren ihre verschiedenen Handtaschen verstaut, aus denen mysteriöse Gegenstände von der einen in die andere umgepackt wurden, wenn sie ausging. Sie war in die Wohnung eingezogen, die ich mit Athos geteilt hatte, und jetzt erkundete ich die Räume wie ein Fremder. Ich war in die uralte Zivilisation der Frauen eingetreten. Die Polyglykole in ihrem Parfum und der Schminke, in ihren Cremes und ihrem Puder ersetzten Athos Fläschchen mit Leinöl und Zuckerpräparaten, sein Polyvinylacetat und mikrokristallines Wachs, seine Alkyloxide und durch Wärme härtbaren Harze.

Wenn Maurice und Irena Alex und mich zum Dinner einluden, holte Irena ihr Hochzeitssilber heraus und legte eine Spitzendecke auf. Irena war eine nervöse und strahlende Gastgeberin und trug ihren Mohnkuchen mit verschämtem Stolz auf. Alex wollte diese Abende genießen, aber sie war rastlos. Sie brachte Scotch und Zigaretten mit und kuschelte sich mit angezogenen Füßen in den Ohrensessel, aber ich sah, daß sie jederzeit fluchtbereit war. Immer wenn wir bei Maurice und Irena waren, hatte sie das Gefühl, etwas zu verpassen, alles zu verpassen, und zwar woanders. Wenn sie in die Küche ging, um Irena zu helfen, oder wenn sie Irena beim gute Nacht sagen kurz umarmte, weitete sich mein Herz in der Hoffnung, daß Alex uns eines Tages alle so lieben könnte, wie wir waren.

Alex konnte uns allen das Gefühl geben, wir wären die Eltern und sie das eigenwillige lebhafte Kind. Sie folgte Irena in die Küche, schaute in die Töpfe und kostete voll Anerkennung, dann setzte sie sich auf den Küchenhocker und rauchte. Während sie Gemüse schnitt, erzählte sie Irena von der Klinik ihres Vaters oder von einem ihrer neuesten Jazzgenies, ließ sich ablenken, zündete sich noch eine Zigarette an – und Irena erledigte die Arbeit. Die Ehe gab Alex Sicherheit, ihre Vergnügungssucht und Wildheit konnten ihr gesellschaftlich jetzt nicht mehr schaden. Sie genoß unsere Unterhaltungen und langen Spaziergänge; sie genoß es, daß ich für uns kochte, da ich jetzt ernsthaft mit dem Übersetzen begonnen hatte und zu Hause arbeitete. Alex übernahm einen Teil der Hausarbeit, aber Waschen und Nähen lehnte sie strikt ab: »Alles, was ich dir und mir wasche, ist der Kopf!« Ich übersetzte griechische Gedichte für Kostas' Freund in London. Und eine Zeitlang gab ich an einer Abendschule anderen Einwanderern Englischunterricht. Ich schrieb immer noch nicht sehr viele Gedichte, aber dafür ein paar sehr kurze Geschichten. In ihnen ging es immer auf die eine oder andere Weise um das Verstecken; und sie fielen mir nur im Halbschlaf ein.

Wir waren ungefähr zwei Jahre verheiratet, als meine Alpträume zurückkehrten. Dennoch dauerte es noch einige Zeit, bis Alex und ich die größte Leistung unserer Ehe nicht länger in unserem nächtlichen Glück sahen.

Alex mochte es, an regnerischen Sonntagen in einem Diner ein fettiges Frühstück zu sich zu nehmen und dann zu einer Matinee zu gehen. Da Maurice und ich jahrelang zusammen ins Kino gegangen waren und Maurice und Irena Alex zum ersten Mal gesehen hatten, als wir zusammen in *Ben Hur* waren, wurde es für uns vier zur Tradition, uns alles, was im Odeon in der Nähe von Maurice' und Irenas Haus lief, gemeinsam anzuschauen. Wir wählten nie einen Film aus, sondern gingen einfach jedesmal in dasselbe Kino. Das war wahrscheinlich das einzige, worüber wir uns alle einig waren; was da lief, war uns recht.

Wir hatten gerade *Kleopatra* gesehen, und ich merkte, daß Maurice eine Schwäche für Elizabeth Taylor entwickelte. Er ging mit Alex voraus, und Alex versuchte, ihm den letzten Klatsch aus dem Museum zu entlocken, in dem Maurice jetzt die Meteorologie betreute. Alex wandte sich zu Irena und mir um und zeigte auf ein Café.

»Wie wär's mit 'nem ›Papst in Rom‹?«

Das war Alex' Lieblingsreim für Palindrom, das sich in diesem Fall, wie wir alle wußten, auf einen der liebsten in ihrem Arsenal bezog. »Na? Krokant-Tankorkan?« Alex hätte nie auch nur im Traum daran gedacht, einfach nur »Laßt uns doch noch was Süßes essen« zu sagen.

Es war ungewöhnlich, daß Alex das Beisammensein mit Maurice und Irena in die Länge ziehen wollte; ich schloß daraus, daß sie wahrscheinlich einfach nur Hunger hatte. Sie sah mich an und wußte sofort, was ich dachte. Sie verdrehte die Augen. Ertappt.

»Jakob, deine Frau will immer wissen, was bei uns los ist. Dabei ist das Museum nun wirklich der letzte Ort, wo man Jazztrompetern begegnet. Alles, was ich ihr erzählen kann, sind alte Geschichten. Aber, Alex, wenn du etwas über die Vorgeschichte hören willst –«

»Nur zu! Ich bin ganz wild auf Moorleichen!«

»Sie ist unmöglich«, sagte Maurice und griff sich in gespielter Verzweiflung an den Kopf.

»Mach dir nichts draus«, sagte Alex. »Im übrigen bekomm ich zu Hause schon mehr als genug Vorgeschichte geboten.«

*

Man kann nach Sinn suchen oder ihn erfinden.

Von allen Portolanen – Hafenhandbüchern, Seekarten –, die aus dem vierzehnten Jahrhundert erhalten geblieben sind, ist der bedeutendste der Katalanische Atlas. Er wurde vom König von Aragon bei dem Kartographen und Instrumentenbauer Abraham Cresques Le Juif in Auftrag gegeben. Cresques, der »Jude von Palma«, hatte auf der Insel Mallorca eine berühmte Kartographenschule gegründet. Religiöse Verfolgung zwang Cresques, mit seiner Werkstatt nach Portugal umzusiedeln. Der Katalanische Atlas war die maßgebende Mappamondo seiner Zeit. Er war durch die Berichte arabischer und europäischer Reisender auf dem neuesten Stand der Dinge. Aber vielleicht lag das größte Verdienst des Atlasses in dem, was er ausließ. Auf anderen Karten wurden die unbekannten Regionen im Norden und Süden als Mythenlandschaften voller Ungeheuer, Menschenfresser und Seeschlangen dargestellt. Der wahrheitssuchende, tatsachentreue Katalanische Atlas hingegen ließ unbekannte Teile der Erde leer. Diese Leere wurde einfach und schreckenerregend »Terra incognita« genannt und war eine Herausforderung für jeden Seemann, der die Karte entrollte.

Geschichtsatlanten waren nie so ehrlich. »Terra cognita« und »Terra incognita« liegen hier innerhalb derselben Koordinaten von Zeit und Raum. Wir erkennen am ehesten, wo der Ort des Unbekannten ist, wenn er wie ein Wasserzeichen auf der Karte liegt, ein Fleck, durchsichtig wie ein Regentropfen.

Auf dem Geschichtsatlas ist der Wasserfleck vielleicht die Erinnerung.

Bella machte jeden Tag fingerstärkende Übungen; Clementi, Cramer, Czerny. Ihre Finger kamen mir, besonders wenn wir uns balgten und uns in die Rippen piekten, so hart wie Kugelhämmer vor. Aber wenn sie Brahms spielte oder mir Wörter auf den Rücken schrieb, bewies sie, daß sie so sanft wie jedes andere Mädchen sein konnte.

Das Intermezzo beginnt Andante non troppo con molto espressione –

Brahms dirigierte und komponierte für den Hamburger Frauenchor. Bella zufolge probten sie im Garten; Brahms kletterte auf einen Baum und dirigierte auf einem Ast sitzend. Bella übernahm das Motto des Chors als ihr eigenes: »Fix oder nix!« – ganz oder gar nicht. Ich stellte mir vor, wie Brahms Noten in die Baumrinde schnitzte.

Bella lernte Stücke auswendig, indem sie einzelne Phrasen so lange wiederholte, bis ihre Finger so müde waren, daß sie den Widerstand aufgaben und gefügig wurden. So kam es, daß meine Mutter und ich ihre Stücke bald ebenfalls auswendig konnten. Aber nachdem sie sich alles eingeprägt hatte – Takt um Takt, Phrase um Phrase – und das Stück ohne zu unterbrechen durchspielte, kannte ich mich nicht mehr aus; da war nichts mehr von den hundert aneinandergereihten Stückchen zu hören, sondern nur eine lange Erzählung, und nachdem sie gespielt hatte, wurde das Haus für eine, wie es schien, sehr lange Zeit still.

Die Geschichte ist amoralisch: die Dinge geschahen. Aber die Erinnerung ist moralisch; woran wir uns bewußt erinnern, ist das, woran sich unser Gewissen erinnert. Geschichte ist das von den Lagerverwaltern geführte »Totenbuch«. Die Erinnerung, das sind die »Gedächtnisbücher«, die Namen derer, um die wir trauern, die laut in der Synagoge vorgelesen werden.

Geschichte und Erinnerung besitzen die Ereignisse gemeinsam; das heißt, sie teilen Raum und Zeit miteinander. Jeder Moment besteht aus zwei Momenten. Ich denke an die Gelehrten von Lublin, die mit ansahen, wie ihre heiligen und geliebten Bücher aus dem Fenster im zweiten Stock der talmudischen Akademie auf die Straße geworfen und verbrannt wurden – so viele Bücher, daß das Feuer zwanzig Stunden brannte. Während die Akademiemitglieder am Straßenrand laut weinten, spielte eine Militärkapelle Marschmusik, und die Soldaten sangen aus vollem Halse mit, um das Wehklagen der alten Männer zu übertönen; ihr Schluchzen klang wie singende Soldaten. Ich denke an das Ghetto von Łódź, wo Soldaten aus Krankenhausfenstern den unten stehenden Soldaten Babys zuwarfen, die sie dann mit ihren Bajonetten »auffingen«. Als es zu unordentlich wurde, beschwerten sich die Soldaten lauthals über das Blut, das ihnen die Ärmel herunterlief und ihre Uniformen beschmutzte, während die Juden auf der Straße vor Entsetzen schrien, bis ihre Kehlen vom Schreien austrockneten. Eine Mutter spürte das Gewicht ihres Kindes noch in den Armen, obwohl sie den Körper ihrer Tochter auf dem Pflaster liegen sah. All die, die tief einatmeten und erstickten. All die, die von sich zeugten, indem sie starben.

Ich spüre das Entsetzliche auf, das, genau wie die Geschichte, nicht zum Schweigen gebracht werden kann. Ich lese alles, was mir zwischen die Finger kommt. Mein Hunger nach Details ist widerwärtig.

In Birkenau trug eine Frau die Gesichter ihres Mannes und ihrer Tochter, die sie aus einer Fotografie ausgerissen hatte, unter der Zunge, damit man ihr die Bilder nicht wegnehmen konnte. *Wenn doch nur alles unter die Zunge paßte.*

Nacht für Nacht folge ich unaufhörlich Bellas Weg von der Tür meines Elternhauses an. Um ihrem Tod einen Ort zu geben. Dies wird zu meiner Aufgabe. Ich sammle Fakten, um Ereignisse bis ins kleinste zu rekonstruieren; da Bella überall auf jener Strecke gestorben sein könnte. Auf der Straße, im Zug, im Lager.

Als wir heirateten, hoffte ich, wenn ich Alex zu mir hereinließe – wenn ich einen Strahl hereinließe, daß das Licht die Leere in mir überfluten würde. Und anfangs war es auch so. Aber allmählich – und ohne Alex' Verschulden – verengte sich der Lichtstrahl, wurde kalt wie ein Knochen und erhellte nichts mehr, nicht einmal den Punkt, auf den er weißglühend traf. Er verbrannte nur den Boden.

Und dann wurde die Welt still. Wieder stand ich unter Wasser, meine Stiefel im Schlamm eingeschlossen.

*

Ist es von Bedeutung, ob sie aus Kielce oder Brno oder Grodno oder Brody oder Lvov oder Turin oder Berlin stammten? Oder daß das Silber oder eine Leinentischdecke oder der angeschlagene Emailletopf –

der mit dem roten Streifen, den eine Mutter ihrer Tochter vermacht hatte – später von Nachbarn benutzt wurde oder von jemandem, den sie gar nicht kannten? Oder ob einer als erster oder als letzter verschwand; oder ob sie getrennt wurden, als sie in den Zug stiegen oder als sie ihn verließen; oder ob man sie aus Athen oder Amsterdam oder Radom, aus Paris oder Bordeaux, Rom oder Triest, aus Parczew oder Białystok oder Saloniki holte. Ob man sie vom Abendbrottisch riß, aus Krankenhausbetten zerrte oder im Wald aufspürte? Ob man ihnen die Eheringe von den Fingern riß oder ihnen Goldplomben aus dem Mund brach? Nichts davon verfolgte mich; aber – sagten sie etwas oder waren sie still? Waren ihre Augen geöffnet oder geschlossen?

Ich konnte meine qualvolle Konzentration nicht vom präzisen Moment des Todes abwenden. Ich war auf diesen historischen Bruchteil einer Sekunde fixiert: das Tableau der unheimlichen Trinität – Täter, Opfer, Zeuge.

Aber wann genau wird Holz zu Stein, Torf zu Kohle, Kalkstein zu Marmor? Im allmählichen Moment.

Jeder Moment besteht aus zwei Momenten.

Alex' Bürste auf dem Waschbecken: Bellas Bürste. Alex' Haarklemmen: Bellas Haarklemmen, die an merkwürdigen Orten auftauchten, als Lesezeichen, oder um die Noten offenzuhalten. Bellas Handschuhe bei der Eingangstür. Bella, die mir etwas auf den Rücken schreibt: Alex' Berührung in der Nacht. Alex, den Kopf an meiner Schulter, die leise gute Nacht sagt: Bella, die mich daran erinnert, daß selbst Beethoven nie länger als bis zehn Uhr aufgeblieben ist.

Ich besitze nichts von meinen Eltern, weiß kaum etwas von ihrem Leben. Von Bella habe ich die Intermezzos, die »Mondscheinsonate«, andere Klavierstücke, die mir plötzlich wiederbegegnen; Bellas Musik, die ich zufällig höre – von einem Plattenspieler in einem Geschäft, aus einem offenen Fenster an einem Sommertag oder aus einem Autoradio …

Das zweite Legato muß eine Haaresbreite, nur eine Haaresbreite langsamer sein als das erste –

Wenn Alex mich mitten in einem Alptraum weckt, reibe ich mir das Blut zurück in die Füße – nachdem ich im Schnee gestanden habe. Sie reibt mir die Füße mit ihren und schlingt ihre glatten dünnen Arme um meinen Körper und meine Oberschenkel. Ich habe auf den schmalen Holzpritschen gelegen, hölzernen Schubladen, die, Kopf an Fuß, mit atmenden Knochen vollgestopft sind. Die Decke ist weggezogen; mir ist kalt. Mir wird niemals warm werden. Dann liegt Alex' fester, flacher Körper wie ein Stein auf meinem Rücken, während sie an mir hochklettert, ein Bein über meinem Körper, sich hochrangelt und mich umdreht. In der Dunkelheit meine straff gespannte Haut, ihr Atem auf meinem Gesicht, ihre kleinen Finger an meinem Ohr, ein Kind, das eine Münze festhält. Jetzt liegt sie still und leicht wie ein Schatten, den Kopf auf meiner Brust, ihre Beine auf meinen, ihre schmalen Hüften und die Berührung der kalten Holzpritsche in meinem Traum – Ekel –, und mein Mund ist vor Angst fest geschlossen. »Schlaf wieder ein«, sagt sie, »schlaf wieder ein.«

Traue niemals Biographien. Zu viele Ereignisse

im Leben eines Menschen sind unsichtbar. Anderen unbekannt wie unsere Träume. Und nichts erlöst den Träumenden; nicht der Tod im Traum, nicht das Aufwachen.

*

Unter Athos' alten Freunden von der Universität waren die Tuppers die einzigen, zu denen ich Kontakt hielt. Mehrmals im Jahr nahm ich die Straßenbahn Richtung Osten bis zur Endstation, wo mich Donald Tupper abholte. Von dort fuhren wir zu seinem Haus am Steilufer der Scarborough Bluffs. Manchmal kam Alex mit; sie mochte den Border Collie der Tuppers, den sie zusammen mit Margaret Tupper draußen an der Steilküste spazieren führte, von wo man in die klare Weite des Ontariosees hinausblickte. Ich folgte langsam mit Donald, der sich wie immer von der Landschaft ablenken ließ und oft stehenblieb. Während er mir vom Geographie-Fachbereich erzählte, kniete er sich immer mal wieder ohne Vorwarnung hin, um einen Stein zu untersuchen. Einmal an einem Herbstabend war ich schon mindestens zehn Meter weitergegangen, bevor mir auffiel, daß er sich wieder auf den Boden niedergelassen hatte. Ich drehte mich um und sah ihn im Gras auf dem Rücken liegen und zum Mond aufschauen. »Sieh nur, wie tief die Mare am Rand der Großen Seen heute abend wirken. Man kann förmlich sehen, wie die Silikate von der jungen Erde aufsteigen, um sich in den Kratern niederzulassen.«

Jedes Jahr wurde der Garten hinter dem Haus der Tuppers durch die Erosion der Steilküste ein paar Zentimeter weiter abgetragen, bis im Sommer während eines Sturms die leerstehende Hundehütte verschwand. Margaret fand, dies hieße, die Liebe zur Geologie etwas zu weit treiben, und ihr Mann stimmte widerwillig zu, daß sie weiter ins Landesinnere ziehen müßten. Alex erzählte ihrem Vater eines Abends davon, als er uns besuchen kam. »Warum setzt denn überhaupt jemand ein Haus an diese Steilküsten«, fragte der Doktor, »wenn sie schon seit Tausenden von Jahren erodieren?« – »Genau deshalb, weil sie seit Tausenden von Jahren erodieren, Daddy-o«, antwortete ihm meine kluge Alex.

*

Jeder Moment besteht aus zwei Momenten.

1942, als Juden in die Erde gestopft und mit einer dünnen Schicht Erde verscharrt wurden, krochen Männer in die Dunkelheit der Höhle von Lascaux. Tiere erwachten aus ihrem unterirdischen Schlaf. Acht Meter unter der Erde wurden sie im Schein der Lampen zu neuem Leben erweckt: die schwimmenden Hirsche, die schwebenden Pferde, Nashörner, Steinböcke und Rentiere. Ihre feuchten Nüstern zitterten im Geruch des unterirdischen Gesteins, ihre Felle schwitzten Eisenoxyde und Mangan. Während ein Arbeiter in der französischen Höhle bemerkte: »Was für ein Vergnügen, in der Stille der Nacht von Lascaux Mozart zu hören«, begleitete das Unterweltorchester von Auschwitz Millionen in die Grube. Überall wurde die Erde aufgewühlt und gab Menschen und Tiere frei. Höhlen sind die Schläfen der Erde, der weiche Teil des Schädels, der zerfällt, wenn man ihn berührt. Höhlen sind die Stätten der Geister; die Wahrheit spricht aus dem Boden. In Delphi sprach das Orakel aus einer Grotte. Im heiligen Boden der Massengräber warf sich die Erde auf und sprach.

Während die deutsche Sprache die Metapher vernichtete, indem sie Menschen zu Objekten machte, verwandelten Physiker Masse in Energie. Der Schritt von der Sprache, von der Formel zur Realität: Denotation zu Detonation. Nicht lange bevor in der Kristallnacht der erste Ziegelstein ein Fenster durchbrach, schrieb der Physiker Hans Thirring über die Relativität: »Es nimmt einem den Atem, wenn man sich überlegt, was mit einer Stadt passieren könnte, wenn die schlafende Energie eines einzigen Ziegelsteins freigesetzt werden sollte ... sie würde ausreichen, eine Stadt mit einer Million Einwohnern dem Erdboden gleichzumachen.«

*

Alex macht ständig das Licht an. Ich sitze im Dämmerlicht des späten Nachmittags, eine Geschichte frißt sich langsam an die Oberfläche, da platzt sie zur Haustür herein, voll vom Wochenmarkt, den überfüllten Straßenbahnen und dem täglichen Leben, das an mir vorbeigeht – und knipst alle Lampen an. »Warum sitzt du immer im Dunkeln? Warum machst du kein Licht, Jake? Mach doch das Licht an!«

Der Moment, für den ich mich einen halben Tag lang durch das Elend genagt habe, verflüchtigt sich im Licht einer Glühbirne. Die Schatten entschlüpfen mir bis zum nächsten Mal, wenn Alex wieder mit ihrer schamlosen Vitalität hereinstürmt. Sie versteht es nicht; sie denkt sicherlich, daß sie mir Gutes tut, wenn sie mich der Welt zurückgibt, mich den Klauen der Verzweiflung entreißt, mich rettet.

Und das tut sie auch.

Aber jedesmal, wenn sich eine Erinnerung oder eine Geschichte davonschleicht, nimmt sie etwas mehr von mir mit sich.

Ich bekomme langsam das Gefühl, daß Alex mich einer Gehirnwäsche unterzieht. Die Gerrard Street-Szene, ihr Jazz im Tick Tock, ihre Kaffeehauspolitik im River Nihilism, dessen Besitzer ein Origamikünstler ist, der aus Dollarnoten Vögel faltet. Ihre Trudeaumania und ihre Kornettmanie. Das Porträt, das ein Künstler von ihr gemalt hat, der nur einen halben Schnurrbart trägt. Alles an ihr, die nervöse Sexualität, die sie jetzt ganz bewußt einsetzen kann – all das läßt mich vergessen. Athos ersetzte Teile von mir, ganz langsam, als konservierte er Holz. Aber Alex – Alex will mich sprengen, will alles in Brand setzen. Sie will, daß ich neu anfange.

Liebe muß dich verändern, sie kann dich nur verändern. Obwohl es jetzt so scheint, als wollte ich Alex' Verständnis gar nicht. Vielmehr scheint jetzt gerade ihr Mangel an Verständnis etwas zu beweisen.

Ich sehe Alex zu, wie sie sich anzieht, um ihre Freunde zu treffen. Sie sieht entmutigend perfekt aus. Sie schließt ein dickes goldenes Armband über einem dünnen schwarzen Ärmel. Ihr Kleid liegt so eng an ihrem Körper wie eine Knospe. Jedes Teil, das sie schließt, zuhakt, feststeckt, setzt die Macht ihrer Schönheit frei.

Wenn Alex mit den »Jungs«, den »Kids«, der »Clique« unterwegs ist, bleibe ich zu Hause, der grimme Sensenmann. »Du wirst dich ohne mich besser amüsieren.«

Für Alex' Vater, für Maurice und Irena hat Alex mich sitzengelassen. Aber ich bin es, der sie verlassen hat.

Sie kommt spät nach Hause und legt sich auf mich. Ich rieche den Rauch in ihrem Kleid und ihrem Haar. »Es tut mir leid«, sagt sie. »Ich werd nicht mehr ohne dich weggehen.« Wir beide wissen, daß sie das nur sagt, weil es nicht stimmt. Sie zieht an jedem einzelnen meiner Finger, streicht an jedem Knochen entlang. Sie küßt meine Handfläche. Ein Schauer läuft ihr über die Haut.

Ich fahre mit der Hand durch ihr seidiges Haar. Ich spüre das Muttermal oben auf ihrer Kopfhaut. Nach ein paar Minuten plumpsen ihre Schuhe auf den Boden. Ich öffne den langen Reißverschluß, und die weiche schwarze Wolle teilt sich, darunter öffnet sich die weiße Haut wie eine Heckwelle. Ich bearbeite die Knoten in ihrem Rücken – Knoten von zu vielen Stunden in hohen Schuhen, von zu vielen wackeligen Barhockern und stundenlangen Gesprächen, bei denen sie sich vorbeugt, um bei dem Lärm etwas zu hören. Ich bearbeite ihren glatten heißen Rücken mit langsamen kreisenden Bewegungen, so wie man Luft aus Brotteig herausknetet. Ich stelle mir die leichten Abdrücke ihrer Strumpfbänder auf ihren Oberschenkeln vor. Sie ist dünn und leicht, sie hat die Knochen eines Vogels. Ihre raucherfüllten Haare fallen über ihren geöffneten Mund, ihr geöffneter Mund liegt an meiner Kehle. Noch bekleidet, zeichnen ihre Glieder unter der Decke meine nach –

jetzt bin ich in Athos' Mantel. Ich spüre die Feuchtigkeit ihres Atems, ihr kleines Ohr.

In mir kommt keine Leidenschaft auf, nichts bringt mich dazu, mit der Zunge ihr Rückgrat nachzuzeichnen, sie zu sprechen, Zentimeter um wunderbaren Zentimeter.

Ich liege wach, und sie schläft. Je länger ich sie halte, desto weiter entfernt sich Alex von meiner Berührung.

Im neunten Takt kommt ein Decrescendo, und dann geht es ganz schnell vom Pianissimo ins Piano, aber nicht ganz so weich wie das Diminuendo im sechzehnten Takt –

Bella sitzt am Küchentisch vor den Notenblättern. Sie macht Fingerübungen auf der Tischplatte und schreibt in die Partitur, worauf sie achten muß. Es ist Sonntagnachmittag. Mein Vater schläft auf dem Sofa, und Bella möchte ihn nicht wecken. Ich kann jetzt das Klopfen hören, während ich neben Alex liege. Ich kann Bella an die Wand zwischen unseren Zimmern klopfen hören, ein Code, den wir uns ausgedacht haben, damit wir uns von unseren Betten aus gute Nacht sagen konnten.

Auf unserem Nachhauseweg, nachdem wir für unsere Mutter Eier gekauft hatten, erzählte mir Bella die Geschichte von Brahms und Clara Schumann. Ganz gegen ihre Gewohnheit war Bella sofort aufgesprungen, um die Besorgung zu erledigen, weil es regnete und sie den eleganten neuen Regenschirm ausprobieren wollte, den mein Vater ihr zum Geburtstag gekauft hatte. Sie erlaubte mir, mit ihr darunter zu gehen, aber sie bestand darauf, ihn wie einen Sonnenschirm zu halten, und keiner von uns beiden blieb trocken. Ich schrie sie an, sie solle ihn gerade halten. Ich riß ihn ihr aus der Hand, sie schnappte ihn sich wieder, und dann schmollte ich außerhalb seines kostbaren Kreises, bis ich klitschnaß war und sie ein schlechtes Gewissen bekam. Bella erzählte mir immer Geschichten, wenn sie wollte, daß ich ihr verzieh. Sie wußte, daß ich ihren Erzählungen nicht widerstehen konnte. »Als er zwanzig Jahre alt war, verliebte sich Brahms in Clara Schumann. Aber Clara war mit Robert Schumann verheiratet, den Brahms verehrte. Brahms betete Robert Schumann förmlich an! Brahms hat nie geheiratet. Stell dir vor, Jakob, er war ihr sein ganzes Leben lang treu. Er schrieb Lieder für sie. Als Clara starb, war Brahms so erschüttert, daß er auf der Fahrt zur Beerdigung in den falschen Zug stieg. Zwei Tage lang mußte er immer wieder umsteigen, um nach Frankfurt zu kommen. Brahms kam gerade rechtzeitig, um eine Handvoll Erde auf Claras Sarg zu werfen …« – »Bella, das ist eine fürchterliche Geschichte, was für eine Geschichte soll das denn sein?«

Es heißt, daß Brahms während der vierzig Stunden, die er im Zug verbrachte, im Geiste schon seine letzte Komposition entwarf, das Choralvorspiel: »O Welt, ich muß dich lassen.«

Daß sie aus Fehlern herausgerissen wurden, die sie nie wieder gutmachen konnten; daß nichts zu Ende gebracht wurde. All die Sünden der Liebe ohne Zärtlichkeit, Zärtlichkeit ohne Liebe. Das Bedauern, etwas gesagt zu haben; keine Zeit mehr gehabt zu haben, etwas sagen zu können. Sich selbst zu ängstlich aufbewahrt zu haben. Dem anderen zu oft den Rükken gekehrt zu haben, weil man lieber schlafen wollte.

Ich versuchte, mir ihre körperlichen Bedürfnisse vorzustellen, die Würdelosigkeit menschlicher Bedürfnisse, wenn sie so groß geworden sind, daß sie deiner Sehnsucht nach Frau, Kind, Schwester, Eltern oder Freund gleichkommen. Aber in Wahrheit konnte ich mir nicht einmal ansatzweise das Trauma ihrer Herzen vorstellen, mitten aus ihrem Leben gerissen worden zu sein. Die mit kleinen Kindern. Oder die, die jung verliebt waren und diesem Zustand der Gnade entrissen wurden. Oder die, die unsichtbar gelebt hatten, die nie jemand kannte.

*

Es ist ein Abend im Juli, die Fenster sind geöffnet; ich höre Kinder auf der Straße schreien. Ihre Stimmen hängen in der Hitze, die von Asphalt und Rasen aufsteigt. Regungslos steht das Zimmer vor dem Wind in den Bäumen. Alex hat immerhin soviel Achtung vor mir, daß sie sich die Mühe macht zu sagen: »Ich halt das nicht mehr aus.« Ich bin zu müde, den Kopf vom Arm auf dem Tisch zu heben. Ich öffne die Augen auf das verschwommene Muster der Tischdecke, zu nah, um es genau zu sehen.

Wenn sie sagt: »Ich halt das nicht mehr aus«, heißt das auch: »Ich hab jemand andern kennengelernt.« Vielleicht einen Musiker, einen Maler, einen Arzt, der bei ihrem Vater arbeitet. Was das Verlassen angeht, so will sie, daß ich ihr dabei zuschaue. »Das ist es doch, was du willst, oder nicht? Nicht ein einziger Fussel wird von mir übrigbleiben, alles weg …

meine Kleider, mein Geruch, sogar mein Schatten. Meine Freunde, deren Namen du dir nicht merken kannst …«

Es ist eine neurologische Störung, ich weiß, was ich tun müßte, aber ich kann mich nicht bewegen. Ich kann keinen Muskel, keine Zelle bewegen. »Du bist undankbar, Jake, das schmutzige Wort, das du so haßt …«

Als Mama und Papa mich hierherbrachten, waren es zweiunddreißig Dosen.

Mehr als genug für einen kleinen Jungen wie dich, sagte Mama. Vergiß nicht, zwei Dosen für jeden Tag. Lange bevor die Dosen alle sind, werden wir wieder da sein. Papa zeigte mir, wie man sie öffnete. Lange bevor die Dosen alle sind, werden wir zu dir zurückkommen. Öffne niemandem die Tür, auch nicht, wenn sie dich beim Namen rufen. Hörst du? Papa und ich haben den einzigen Schlüssel, und wir werden dich holen kommen. Öffne auf keinen Fall die Vorhänge. Versprich mir, niemals, hörst du, niemals die Tür zu öffnen. Verlaß unter keinen Umständen das Zimmer, nicht für eine Minute, bis wir wieder da sind. Warte auf uns. Versprich es.

Papa hat mir vier Bücher dagelassen. Eins ist über einen Zirkus, eins ist über einen Bauern, die anderen beiden sind über Hunde. Wenn ich eins zu Ende habe, fange ich mit dem nächsten an, und wenn ich alle vier durchhabe, fange ich wieder von vorne an. Ich weiß nicht, wie viele Male.

Am Anfang lief ich, wenn ich Lust dazu hatte, im Zimmer herum. Jetzt habe ich einen Platz für morgens und einen anderen für nach dem Mittagessen. Wenn die Sonne zwischen Bettvorleger und Bett fällt, kann ich zu Abend essen.

Gestern habe ich die letzte Dose aufgegessen. Ich werde bald sehr hungrig sein. Aber jetzt, wo die letzte Dose leer ist, werden Mama und Papa zurückkommen. Die letzte Dose bedeutet, daß sie kommen.

Ich will rausgehen, aber ich habe versprochen, nicht wegzugehen, bevor sie zurück sind. Ich habe es versprochen. Was, wenn sie zurückkommen, und ich bin nicht hier?

Mama, ich würde sogar gekochte Karotten essen! Auf der Stelle.

Gestern nacht war draußen sehr viel Lärm. Da war Musik. Es hat sich wie eine Geburtstagsfeier angehört.

Die letzte Dose bedeutet, daß sie bald hier sein werden.

Ich schwebe, der Fußboden ist weit weg. Was, wenn ich die Tür nicht öffne, was, wenn ich durch den kleinen Ritz in der Decke verschwinde ...

Eine Woche ist vergangen, seit Alex ausgezogen ist. Wenn sie zurückkäme, würde sie mich am gleichen Platz vorfinden, an dem ich saß, als sie ging. Ich hebe den Kopf vom Tisch. Die Juliküche ist dunkel.

Terra Nullius

Ich komme um Mitternacht in Athen an. Ich lasse meine Taschen im Hotel Amalias und gehe zurück auf die Straße. Jeder Schritt ist so, als träte ich durch eine Tür. Ich scheine mich an die Dinge erst wieder zu erinnern, wenn ich sie sehe. Die Blätter flüstern unter den Straßenlaternen. Ich steige die steile Lykavittos-Straße hinauf, taumele, bleibe stehen und ruhe mich aus. Bald schon spüre ich die Hitze nicht mehr, mein Blut und die Luft haben dieselbe Temperatur.

Ich starre auf das Haus, in dem früher Kostas und Daphne wohnten. Es sieht so aus, als hätte es kürzlich einen neuen Anstrich bekommen, Blumen quellen aus den Kästen vor den Fenstern. Ich würde gern die Haustür öffnen und in die verschwundene Welt ihrer Wärme und Gastfreundschaft eintreten. Sie dort finden, klein wie zwei Kinder, deren Füße kaum den Boden berühren, wenn sie zurückgelehnt auf dem Sofa sitzen.

Kostas schrieb mir in seinem letzten Brief, bevor er starb: »Ja, wir haben die demokratische Verfassung. Ja, wir haben die Pressefreiheit. Ja, Theodorakis ist frei. Jetzt können wir im Amphitheater wieder unsere Tragödien sehen und Rebetika singen. Aber nicht einen Tag lang haben wir das Massaker an der Hochschule vergessen. Oder die lange Haft von Ritsos – auch nicht, wenn er an der Universität von Saloniki die Ehrendoktorwürde entgegennimmt oder im Panathinaiko Stadion seine ›Romiosini‹ liest …«

Wie ich so vor Kostas' und Daphnes Haus stehe, scheint es unmöglich, daß sie nicht mehr da sind, daß Athos jetzt seit fast acht Jahren tot ist. Daß Athos, Daphne und Kostas Alex nicht einmal kennengelernt haben.

Ich möchte Alex anrufen, möchte mich umdrehen und ein Flugzeug nach Kanada zurück nehmen; als müßte ich ihr unbedingt erzählen, wie es damals war, in den paar Wochen zusammen mit den dreien in dem Haus, als ich noch ein Junge war. Als sei das die fehlende Information, die uns hätte retten können. Ich will ihr sagen, daß ich mich jetzt aufrütteln ließe, wenn sie mich nur zurückhaben wollte.

Ich liege wach in meinem Hotelzimmer, bis ich vor Erschöpfung weinen könnte. Seit Toronto habe ich nicht mehr geschlafen; zwei Tage und zwei Nächte. Auf der Amalias fließt unaufhörlich der Verkehr. Die ganze Nacht höre ich den Straßenlärm, während ich aus der Vergangenheit in die Gegenwart reise.

Ich bin nicht darauf vorbereitet, morgens auf dem Syntagma-Platz deutsch zu hören, nicht vorbereitet auf die Touristen, die überall in der Stadt sind. Ich nehme den ersten Flug nach Zakynthos. Er ist so kurz, daß ich bei der Landung verwirrt um mich blicke. Aber die Landebahn ist von Feldern umgeben, die ich wiedererkenne. Wilde Calla und hohes Gras wiegen sich still im heißen Wind.

Ich gehe wie in Trance den Hügel hinauf.

Das Erdbeben hat unser kleines Haus in einen Steinhaufen verwandelt. Ich begrabe Athos' Asche unter den Steinen unseres Verstecks. Die Affodillen, aus denen wir vor so langer Zeit Brot gebacken haben, wachsen überall zwischen den Trümmern. Es scheint mir richtig, daß nun, da Athos nicht mehr da ist, auch das Haus verschwunden ist. Später, als ich in die teilweise wiederaufgebaute Stadt gehe, erkundige ich mich im *kafenio* und erfahre, daß der alte Martin im Jahr zuvor gestorben ist. Er war dreiundneunzig, und jeder auf Zakynthos kam zu seiner Beerdigung. Seit dem Erdbeben leben Ioannis und seine Familie auf dem Festland. Ein paar Stunden später verlasse ich Zakynthos an Bord der *Delphin* und überquere die Meerenge. Die orangenen Plastikliegestühle an Deck glänzen wie harte Bonbons. Der Himmel ist ein sich blähendes blaues Tischtuch, gehalten vom Wind. In Kyllini nehme ich den Bus zurück nach Athen. Ich esse ein sehr spätes Dinner, das mir auf einem Tablett gebracht wird, auf dem Balkon meines Hotelzimmers. Als ich am Morgen aufwache, bin ich noch vollständig angezogen.

*

Am nächsten Tag fuhr ich mit dem Schiff nach Hydra. Am Hafen löste ich mich aus einem Schwarm von Touristen. Als ich die schmalen Straßen hinaufstieg, blieb die Stadt mit ihren gekalkten, sonnenhellen Mauern hinter mir zurück.

Athos' Geburtshaus – in dem ich jetzt, so viele Jahre später, sitze und dies niederschreibe – ist ein Zeugnis vieler Generationen von Roussos. Die einzelnen Möbelstücke wirken, als seien sie während verschiedener Jahrzehnte den Hang hinaufgeschleppt worden. Offenbar hat man nie welche wieder hinausgetragen, die alten sind einfach dort gelassen worden, während man andere hinzufügte, wie Gesteinsschichten. Ich habe oft versucht, mir vorzustellen, welches Möbelstück von welchem Roussos-Vorfahren stammt.

Frau Karouzou schien froh zu sein, daß das Haus endlich wieder bewohnt sein würde. Sie war noch ein Kind, als Athos' Vater in den zwanziger Jahren zum letzten Mal nach Hydra kam. Ich fragte mich, ob sie mich angemessen fand, als sie mich musterte, ob sie nicht bei sich dachte: Soweit ist es also mit der Linie Roussos gekommen.

In dieser ersten Nacht, der Mond stand im Fenster wie eine mitten im Wurf erstarrte Münze, durchforstete ich Athos' Bibliothek. Wieder befand ich mich in seiner Obhut.

Sie enthielt viele Gedichtbände, mehr als in meiner Erinnerung, und die Bücher, mit deren Hilfe Athos mich unterrichtet hatte: Paracelsus, Linné, Lyell, Darwin, Mendelejew. Wanderführer. Aischylos, Dante, Solomos. Sie waren mir so vertraut – und damit meine ich nicht nur den Inhalt: meine Hände erinnerten sich an die rissigen und geprägten Ledereinbände, verwitterte Ecken, an denen der Karton durchkam, Taschenbücher, die die Seeluft lappig und weich gemacht hatte. Und zwischen den Seiten steckten Zeitungsausschnitte, die brüchig wie Marienglas geworden waren. Als ich jung war, hoffte ich, unter all den Büchern das eine zu finden, aus dem ich alles lernen könnte, genau wie ich später nach der einen Sprache suchte, so wie andere nach dem Gesicht der einen Frau suchen. Es gibt ein hebräisches Sprichwort: Wenn du ein Buch in der Hand hältst, bist du ein Pilger an den Toren einer neuen Stadt. Ich fand sogar meinen Betschal, den mir Athos nach dem Krieg geschenkt hatte; nie getragen, lag er noch sorgsam zusammengefaltet in seinem Karton. Der untere Rand des Schals war von klarstem Blau, als hätte man ihn ins Meer getaucht. Das Blau eines Blicks.

Ich hielt die Lampe dicht an die Regale. Ich entschied mich für das dünne, in rotes Leder gebundene Psalmenbuch, das von vielen Händen dunkel geworden war. Athos hatte es in einem Abfallkorb in der Plaka gefunden. »So ist es richtig. Orangen, Feigen, Psalmen.«

Ich war von der Reise und der Hitze sehr müde. Ich nahm das kleine Buch mit ins Schlafzimmer und legte mich hin.

»Denn mein Leben hat abgenommen vor Betrübnis ... Mein ist vergessen im Herzen wie eines Toten; ich bin geworden wie ein zerbrochenes Gefäß.« – »Meine Kräfte sind vertrocknet wie eine Scherbe ... denn Hunde haben mich umgeben, und der Bösen Rotte hat mich umringt; sie haben meine Hände und Füße durchgraben ... Sie teilen meine Kleider unter sich.«

»Denn er deckt mich in seiner Hütte zur bösen Zeit, er verbirgt mich heimlich in seinem Gezelt und erhöht mich auf einem Felsen ...«

Ich streckte mich auf der baumwollenen Tagesdecke aus. Der reinigende Sommerwind – der Meltemi – fand einen Weg unter mein Hemd zu meiner feuchten Haut. Frau Karouzou hatte alle Öllampen gefüllt. Das erste Mal seit fast zwanzig Jahren fügten sie ihr Licht denen unten im Dorf hinzu.

»Ich werde eine dunkle Sprache zum Klang einer Harfe sprechen.«

Es gibt Orte, die einen vereinnahmen, und Orte, die einen abschrecken. Die Gerüche, die mir auf Hydra entgegenschlugen, entfalteten sich in mir mit dem stechenden Schmerz der Erinnerung. Packesel und Staub, heißer, mit Salzwasser abgespülter Stein. Zitronen und süßer Ginster.

In Athos' Zimmer, im Haus seines Vaters, hörte ich die Schreie, und sie wurden lauter und erfüllten meinen Kopf. Ich zog mich weiter in mich zurück, wandte mich nicht ab. Ich klammerte mich an den Schreibtischrand und wurde in die Bläue hinuntergezogen. Ich verlor mich, entdeckte, daß ich die Welt zum Verschwinden bringen konnte. Während langer Abende im rötlichen Schein der Lampe, in der Reinheit weißer Seiten.

Das Kind leckte den Tau von den Gräsern. Zdena hatte kein Wasser bei sich, also sagte sie dem Mädchen, es solle an einem Finger lutschen »... und wenn du sehr hungrig bist – kau auf ihm herum.« Das kleine Mädchen schaute sie einen Moment lang an, dann steckte es den Zeigefinger in den Mund.

»Wie heißt du, meine Kleine?«

»Bettina.« Ein sauberer Name, dachte Zdena, für ein Mädchen, das jetzt so schmutzig ist.

»Wie lange wartest du hier schon so am Straßenrand?«

»Seit gestern«, flüsterte sie.

Zdena kniete sich neben sie.

»Wollte dich jemand hier abholen?«

Bettina nickte.

Zdena nahm dem kleinen Mädchen die Tasche ab und sah, daß der Griff blutig war. Sie öffnete Bettinas Hände, vom Festhalten hatten sie Striemen bekommen.

Es waren sechs Kilometer zurück in die Stadt. Zdena trug

ein Tuchbündel mit Kräutern, die sie fürs Essen gesammelt hatte. Zu Hause hatte sie einen Suppenknochen, und die Kräuter sollten der Brühe Geschmack geben. Einen Teil der Strecke stützte Zdena das Mädchen, und manchmal stellte es sich auf Zdenas Stiefel, und sie gingen zusammen.

Während sie gingen, lutschte Bettina an ihren Haarspitzen, bis sie naß und steif abstanden. Sie schenkte ihre ganze Aufmerksamkeit ihren Haarspitzen, sonst achtete sie auf nichts.

Am Abend sah das kleine Mädchen zu, wie Zdena die Suppe kochte. Sie tunkte ihr Brot in die wäßrige Brühe und stopfte sich die tropfenden Bissen in den Mund, die Lippen nahe am Rand der Schale.

Sie lebten zurückgezogen. Bettina machte es Spaß, das Muster auf Zdenas Kleid abzuzählen, sie setzte immer einen Finger in die Mitte von jedem Blumenstrauß. Zdena spürte den kleinen Finger durch den dünnen Stoff auf verschiedenen Stellen ihres Körpers; es war wie das Zeichenspiel, in dem man die Punkte miteinander verbinden muß. Zdena nahm Gestalt an.

Das kleine Mädchen saß auf ihrem Schoß und ließ sich Geschichten erzählen. Zdena spürte, wie ihre vierzig Jahre alten Brüste und ihr Bauch am Leib des Kindes warm wurden. Der Kummer, den wir tragen, jedermanns Kummer, dachte Zdena, hat genau das Gewicht eines schlafenden Kindes.

An einem Augustnachmittag, die sonst unwegbaren, schlammigen Straßen waren durch Wochen trockenen Sommerwetters staubig geworden, kam ein Mann zu Zdenas Haus. Er hatte gehört, daß sie die Tochter des Schuhmachers war (Zdenas Vater hatte keine Söhne gehabt), und seine Stiefel mußten geflickt werden.

Der Mann wartete in Strümpfen auf der Veranda, wäh-

rend Zdena die Schuhe reparierte. Sie mußte fünf kleine Nägel in jeden Absatz schlagen. Bettina schaute ihr genau zu. Es war sehr heiß. Als sie fertig war, holte Zdena jedem eine Tasse Wasser.

Das Kind vergrub sein Gesicht in Zdenas Rock, die kleinen Ärmchen umschlangen Zdenas Beine. Es war nicht klar, ob sie getröstet werden oder ob sie trösten wollte.

»Sie sieht genauso aus wie Sie«, sagte der Mann.

Ich kam nach Hydra, um gewissen Fragen endlich auf den Grund zu kommen.

Fragen ohne Antwort müssen sehr langsam gestellt werden. Im ersten Winter auf Hydra sah ich zu, wie der Regen das Meer füllte. Wochenlang verhängte schwarzer Regen das Fenster. Jeden Tag vor dem Abendessen ging ich zum Rand der Steilküste und wieder zurück. Ich aß an meinem Schreibtisch wie Athos, der leere Teller hielt das Buch offen.

Obwohl die Widersprüche des Krieges plötzlich und gleichzeitig aufzubrechen scheinen, pirscht sich die Geschichte an ihre Opfer heran, bevor sie zuschlägt. Etwas, was man zunächst nur erträgt, wird zu etwas Gutem.

Ich darf beim ersten Ritardando nicht soviel Pedal geben –

Es ist eine hebräische Tradition, daß man von seinen Vorvätern als »wir« und nicht als »sie« spricht. »Als wir aus Ägypten errettet wurden ...« Dies fördert ein Gefühl der Verbundenheit mit und der Verantwortung gegenüber der Vergangenheit, aber was noch wichtiger ist, es hebt die Zeit auf. Die Juden sind immer gerade dabei, Ägypten zu verlassen. Es ist eine gute Methode, Ethik zu lehren. Wenn moralische Entscheidungen ewig sind, nimmt das Handeln des einzelnen, egal wie geringfügig, eine immense Bedeutung an: es geht nicht nur um dieses eine Leben.

Eine Parabel: Ein angesehener Rabbi wird gebeten, zu einer benachbarten Gemeinde zu sprechen. Der Rabbi, der für seine Lebensweisheit berühmt ist, wird, wo immer er auch hinkommt, um Rat gebeten. Um im Zug ein paar Stunden für sich zu haben, verbirgt er sich unter schäbiger Kleidung und sieht wegen seiner kümmerlichen Erscheinung wie ein Bauer aus. Die Verkleidung ist so wirkungsvoll, daß er die mißbilligenden Blicke und getuschelten Bemerkungen der wohlhabenden Mitreisenden auf sich zieht. Als der Rabbi am Bahnhof ankommt, wird er von den Würdenträgern der Gemeinde, die taktvoll sein Aussehen übergehen, mit Wärme und Hochachtung empfangen. Diejenigen, die sich im Zug über ihn lustig gemacht hatten, erkennen seinen Rang und ihren Irrtum und bitten ihn sofort um Vergebung. Der alte Mann schweigt. Monatelang beschwören diese Juden – die sich schließlich für gute und fromme Menschen halten – den Rabbi, sie von ihrer Sünde freizusprechen. Der Rabbi schweigt weiter. Endlich, nachdem fast ein ganzes Jahr vergangen ist, suchen sie den alten Mann am Tag der Versöhnung auf, an dem, wie geschrieben steht, jeder Mensch seinem Nächsten vergeben muß. Aber der Rabbi weigert sich immer noch zu sprechen. Aufgebracht erheben sie endlich die Stimme: Wie kann ein heiliger Mann eine solche Sünde begehen – an diesem Tag aller Tage seine Vergebung verweigern? Der Rabbi lächelt ernst. »Ihr habt euch die ganze Zeit an den falschen Mann gewandt. Ihr müßt den Mann im Zug um Vergebung bitten.«

Natürlich ist damit jeder Bauer gemeint, der jemals mit Mißachtung gestraft wurde. Aber die Aussage des Rabbis ist sogar noch tyrannischer: Nichts kann den amoralischen Akt auslöschen. Keine Vergebung. Keine Beichte.

Und selbst wenn eine Tat vergeben werden könnte, niemand könnte die Verantwortung für die Vergebung im Namen der Toten tragen. Kein Akt der Gewalt wird sich jemals auflösen. Wenn derjenige, der vergeben könnte, nicht länger sprechen kann, bleibt nur noch Schweigen.

Die Geschichte ist der vergiftete Brunnen, der ins Grundwasser sickert. Es ist nicht die unbekannte Vergangenheit, die wir zu wiederholen verdammt sind, sondern die Vergangenheit, die wir kennen. Jedes der Nachwelt überlieferte Ereignis ist ein Ziegelstein, der mit der Kraft eines Präzedenzfalls in die Zukunft geschleudert wird. Irgendwann wird die Idee jemanden am Hinterkopf treffen. Das ist die Duplizität der Geschichte: eine in Archiven festgehaltene Idee wird zu einer wiederauferstandenen Idee. Sie wächst aus fruchtbarer Erde, dem Kompost der Geschichte.

Zerstörung schafft kein Vakuum, es verwandelt eine Anwesenheit einfach in eine Abwesenheit. Das sich spaltende Atom schafft Abwesenheit, spürbare fehlende Energie. In dem Universum des Rabbis, in Einsteins Universum, bleibt der Mann für immer im Zug sitzen, vertraut mit den Demütigungen, aber nicht gedemütigt, weil es sich ja eigentlich um eine Verwechslung handelt. Sein Herz schwillt – nicht er ist in Wahrheit das Opfer dieser Verfolgung; sein Herz sinkt – wie kann er und warum sollte er beweisen, daß er nicht der ist, für den sie ihn halten.

Er wird für immer dort sitzen; genau wie die gemalte Uhr auf dem Bahnhof von Treblinka immer drei Uhr zeigen wird. Genau wie auf dem Bahnsteig der geisterhafte Rat in der unheimlichen Brise weitertreibt: »Nach rechts, geht nach rechts.« Das ist der Bund von Erinnerung und Geschichte, wenn sie Zeit und Raum miteinander teilen. Jeder Moment besteht aus zwei Momenten. Wie Einstein einmal erklärt hat: Alle Aussagen, in denen die Zeit eine Rolle spielt, sind immer Aussagen über gleichzeitige Ereignisse. Wenn ich zum Beispiel sage, daß der Zug hier um sieben Uhr angekommen ist, will ich damit sagen: Der kleine Zeiger meiner Uhr, der auf sieben Uhr zeigt, und die Ankunft des Zuges sind gleichzeitige Ereignisse. Die eigentliche Zeit des Ereignisses ist von keinerlei Bedeutung. Ein Ereignis hat demnach nur dann eine Bedeutung, wenn die Koordinaten von Zeit und Raum von Menschen bezeugt werden.

Bezeugt von jenen, die in der Nähe der Verbrennungsöfen lebten, im Radius des Geruchs. Von jenen, die draußen vor den Lagerzäunen wohnten oder vor den Gaskammertüren standen. Von jenen, die auf dem Bahnsteig ein paar Schritte nach rechts gingen. Von jenen, die eine Generation später geboren wurden.

Wenn ich statt dessen den zweiten Finger nehme, dann kann ich besser mit der Mittelstimme im nächsten Takt beginnen –

Ironie ist eine Schere, eine Wünschelrute, die immer in zwei Richtungen weist. Wenn die böse Tat nicht ausgelöscht werden kann, dann die gute ebensowenig. Dies ist ein ebenso genaues Maß wie jedes andere in einer Gesellschaft: Was ist die geringste gute Tat, die als heroisch gilt? In jener Zeit bedurfte es nur der allerkleinsten Bewegung, um seine Moral zu beweisen – nur einen Millimeter, den sich die Augen bewegen, die wegschauen oder blinzeln, während ein Mann über ein Feld läuft. Und diejenigen, die Wasser oder Brot gaben! Sie betraten ein Reich, das höher als das der Engel war, einfach, indem sie im menschlichen Sumpf blieben.

Mitschuld ist nicht einfach plötzlich da, auch wenn sie sich in einem einzigen Augenblick manifestiert.

Um sich als wahr zu erweisen, muß Gewalt nur einmal geschehen. Aber das Gute bewahrheitet sich durch Wiederholung.

Ich muß im Pianissimo das gleiche Tempo halten –

Auf Hydra merkte ich, daß mein Englisch endlich stark genug war, um Erfahrung zu tragen. Ich war von dem spürbaren Umriß der Laute wie besessen. Der Moment, in dem sich die Sprache endlich dem ergibt, was sie beschreibt: die feinsten Abschattungen von Licht oder Temperatur oder Schmerz. Ich bin nur darin ein Kabbalist, daß ich an die Kraft der Beschwörung glaube. Ein Gedicht ist so neural wie die Liebe; die Spurrinne des Rhythmus, die das Denken führt.

Dieser Hunger nach Lauten ist fast so schneidend wie die Begierde, als könnte man jeden Zentimeter des Fleisches durch Worte ehren; und dadurch die Zeit für eine Weile aufheben. Ein Wort ist in der Begierde zu Hause. Keine Station auf der Reise des Herzens ist einsamer als die Begierde, die die Welt anhalten will. Sie ist vergiftet durch Schönheit, die Beständigkeit nur im Verlust kennt. Maurice äußerte sein entschiedenes Urteil über die Gedichte, die ich veröffentlicht hatte, bevor ich nach Hydra zurückgekehrt war, in einer Stimme voller Mitleid für die Uneingeweihten: »Das sind keine Gedichte, das sind Gespenstergeschichten.«

Was er außerdem meinte, aber nicht sagte, war: Als unser Sohn Josha noch nicht geboren war, dachte ich auch, daß ich den Tod verstünde. Aber erst seit ich Vater bin, verstehe ich ihn wirklich.

Ein Jahr hatte ich auf Hydra verbracht, als mich Maurice, Irena und Josha, der noch ein Kleinkind war, am Ende des Sommers besuchen kamen.

Maurice und ich verbrachten viele heiße Nachmittage in Frau Karouzous kleinem Tavernenhof, während Irena und Josha sich ausruhten.

Als wir uns eines Nachmittags unterhielten – Maurice rollte eine Zitrone unter der flachen Handfläche auf dem blauweißen Tischtuch hin und her –, sagte er: »Ssa« – immer beginnt er eine Bemerkung, auf die er besonders stolz ist, mit »c'est ça«, wobei er im Eifer, sie loszuwerden, eine Silbe verschluckt. »Du willst wie Zeuxis sein, der Meister des Lichts, der seine Trauben so realistisch malte, daß die Vögel versuchten, sie zu essen!«

Ich lehnte mich zurück, kippelte auf dem Stuhl nach hinten und legte den Kopf an die Steinmauer. Der Tavernenhof versank, ich sah grüne Fensterläden und klaren Himmel. Dann schaute ich in Maurice' sehr rundes erhitztes Gesicht. Er und Irena waren meine einzigen Freunde auf der Welt. Ich konnte nicht aufhören zu lachen, und bald lachte auch er. Die Zitrone entkam seiner Handfläche und kullerte die schmale Straße zum Hafen hinunter.

Von Anfang an fühlte ich mich in diesen Hügeln zu Hause. Über jedem Abgrund, über jedem Tal schwebten zerbrochene Ikonen, der Geist, der auf den Körper zurückschaut. Auf ihnen waren die blauen Gewänder des Herrn blasser als die Blumen, und das Gesicht des Erlösers war durch die Witterung rissig geworden. Ikonen in Holzkästen, klein wie Vogelhäuschen, die Farbe abgeblättert und das Holz von Regen und Sonne wie Tauwerk zerfasert. Ich schrieb im eintönigen Surren, in der Hitze, die die Blätter glasig überzog, die die Häuser weiß färbte vor Schweiß. Rote heiße Dächer zitterten unter der Glut.

Aber ich wußte auch, daß ich in Griechenland immer ein Fremder sein würde, egal wie lange ich hier lebte. Also versuchte ich, mich über die Jahre in Details der Insel zu verankern: wie die Sonne die Nacht von der Oberfläche der See brannte, wie die Olivenhaine im Winterregen aussahen. Die Freundschaft zu Frau Karouzou und ihrem Sohn, die von fern ein Auge auf mich hatten.

Ich versuchte, die Dunkelheit mit Stickereien zu verzieren, schwarze Nähte um meine glitzernden Steine, die sicher und fest eingenäht im Stoff verborgen waren: Bellas Intermezzos, Athos' Karten, Alex' Wörter, Maurice und Irena. Schwarz auf schwarz, so daß man die Textur nur noch erkennen konnte, wenn man das ganze Tuch unter dem Licht hin- und herbewegte.

Am Ende von Maurice' und Irenas erstem Besuch, nachdem ich wieder zum Haus hochgestiegen war und sah, wie das Schiff über das Wasser zog, glaubte ich, daß ich es alleine auf Hydra nicht mehr aushalten könnte. Aber während dieses zweiten Winters, als ich *Erdarbeiten* zu Ende schrieb, leisteten mir Maurice und Irena durch ihre Briefe Gesellschaft, und ich hatte das Gefühl, daß sie bei mir waren wie vor Jahren, als ich allein an Athos' Buch arbeitete.

»Schreibe, um dich zu retten«, sagte Athos, »und eines Tages wirst du schreiben, weil du gerettet worden bist.«

»Du wirst dich schrecklich dafür schämen, aber laß deine Demut größer als deine Scham werden.«

Unsere Beziehung zu den Toten verändert sich immer weiter, weil wir nicht aufhören, sie zu lieben. All die Gespräche mit Athos oder mit Bella an jenen Winternachmittagen auf Hydra, wenn es dunkel wurde. Wie in jedem anderen Gespräch antworteten sie mir manchmal, und manchmal antworteten sie nicht.

Ich war in einem kleinen Zimmer. Alles war zerbrechlich. Ich konnte mich nicht bewegen, ohne etwas kaputtzumachen. Sobald ich etwas in die Hand nahm, löste es sich auf.

Das Pianissimo muß perfekt sein, es muß schon im Ohr des Zuhörers sein, bevor er es hört –

Die Politik der Nazis ging über den Rassismus hinaus, sie richtete sich gegen die Materie, da Juden nicht als Menschen angesehen wurden. Ein alter Trick der Sprache, der in der Geschichte der Menschheit oft angewandt wurde. Nicht-Arier hätte man niemals als Menschen bezeichnet, man nannte sie »Figuren«, »Stücke«, »Puppen«, »Holz«, »Ware«, »Lumpen«. Man vergaste keine Menschen, sondern »Figuren«, also wurde das moralische Empfinden nicht verletzt. Es konnte keinem zum Vorwurf gemacht werden, daß er Abfall beseitigte, daß er im schmutzigen Keller der Gesellschaft Lumpen und Gerümpel verbrannte. Zumal sie ja eine Brandgefahr darstellten! Welche Wahl hat man denn, außer sie zu verbrennen, bevor sie einem selbst Schaden zufügten ... Bei der Vernichtung der Juden ging es also nicht darum, sich einem bestimmten Kanon moralischer Gebote statt eines anderen zu unterwerfen, sondern einfach um einen umfassenderen Imperativ, der für alle Probleme eine befriedigende Lösung bot. So verfügten die Nazis, daß Juden keine Haustiere halten dürften; denn wie kann ein Tier ein anderes Tier besitzen? Wie kann ein Insekt oder ein Objekt überhaupt etwas besitzen? Die Nazigesetze verboten Juden, Seife zu kaufen; wozu braucht Ungeziefer Seife?

Als Bürger, Soldaten und die ss ihre unaussprechlichen Taten vollführten, zeigen die Fotos, daß ihre Gesichter nicht vom Grauen, nicht einmal durch gewöhnlichen Sadismus, entstellt, sondern vielmehr vom Lachen verzerrt waren. Von allen quälenden Widersprüchen ist das der Schlüssel für alle anderen. Dies ist die größte Ironie der Naziargumentation. Wenn es für die Nazis wichtig war, daß die Demütigung der Vernichtung vorausging, dann gaben sie genau das zu, was sie mit so großer Anstrengung zu leugnen versuchten: die Menschlichkeit der Opfer. Zu demütigen, bedeutet anzuerkennen, daß die Opfer denken und fühlen, daß sie nicht nur Schmerz empfinden, sondern spüren, daß man sie erniedrigt. Und weil der Folterer nur einen Moment brauchte, um zu erkennen, daß sein Opfer keine »Figur«, sondern ein Mensch war, und im gleichen Moment wußte, daß er seine Aufgabe vollenden mußte, wurde ihm der Nazimechanismus plötzlich klar. Genau wie der Steinträger wußte, daß seine einzige Überlebenschance darin bestand, seine Aufgabe zu verrichten, als kenne er ihre Sinnlosigkeit nicht, genau so entschied sich der Folterer, seine Arbeit zu tun, als erkenne er die Lüge nicht. Die Fotografien halten immer und immer wieder diesen eisigen Moment der Entscheidung fest: das Lachen der Verdammten. Als dem Soldaten klar wurde, daß allein der Tod einen »Menschen« in eine »Figur« verwandeln kann, war sein Problem gelöst. Und so nahmen die Raserei und der Sadismus zu: seine Wut auf das Opfer, das plötzlich menschlich wurde, wuchs; sein Wunsch, diese Menschlichkeit zu zerstören, wurde so übermächtig, daß seine Brutalität keine Grenzen mehr kannte.

Es gibt einen genauen Zeitpunkt, wann wir Widersprüche von uns weisen. Dieser Augenblick der Entscheidung ist unsere Lebenslüge. Was uns am wichtigsten ist, ist uns oft wichtiger als die Wahrheit.

Es gab die wenigen, die sich wie Athos entschieden, unter äußerster Lebensgefahr Gutes zu tun; es gab diejenigen, die Dinge und Menschen niemals verwechselten, die den Unterschied zwischen Benennung und den Benannten niemals vergaßen. Weil diese Retter das Menschliche buchstäblich nicht aus dem Auge verlieren konnten, geben sie immer wieder die gleiche Erklärung für ihr Heldentum: »Was für eine Wahl hatte ich denn?«

Wir suchen nach dem Geist genau an dem Ort der größten Erniedrigung. Von dort muß der neue Adam sich erheben und wieder von vorne anfangen.

Ich will nahe bei Bella bleiben. Ich lese. Ich reiße das schwarze Alphabet in Fetzen, aber ich finde in ihm keine Antwort. Nachts, an Athos' altem Schreibtisch, starre ich Fotos von Fremden an.

Brahms schrieb die Intermezzos für Clara, und sie liebte sie, weil sie für sie waren –

Ich will nahe bei Bella bleiben. Um bei ihr zu sein, begehe ich die Blasphemie, mir vorzustellen, was geschehen sein könnte.

Nachts drückt sich die Holzpritsche durch ihre Haut. Eisige Füße stoßen gegen Bellas Hinterkopf. *Jetzt beginne ich mit dem Intermezzo. Ich darf nicht zu langsam anfangen.* Es ist zuwenig Platz. Bella legt die Arme um sich. *Nachts, wenn alle wach sind, werde ich nicht auf das Weinen hören. Ich werde das ganze Stück auf meinen Armen spielen.* Die Haut löst sich von ihren Ellbogen und hinter ihren Ohren ab. *Nicht zuviel Pedal, man kann Brahms durch zuviel Pedal ruinieren, besonders die Intermezzos, der Anfang muß ganz klar klingen – wie Wasser. Takt 62, Crescendo, paß auf, aber es ist schwer, denn dort ist er so – verliebt. Als er ihr das Stück zum ersten Mal vorspielte, wußte sie, während sie ihm zuhörte, daß er es für sie geschrieben hatte.* Die Schnittwunden auf Bellas Kopfhaut brennen. Sie schließt die Augen. *Nach dem Intermezzo werde ich Teile des Hammerklaviers üben. Bis dahin werden die meisten in der Baracke eingeschlafen sein.* Die Füße an ihrer wunden Kopfhaut sind naß und lassen sie zu Eis werden. *Die zwei Noten am Anfang des Adagios hat Beethoven erst später hinzugefügt, bei seinem Verleger; das a und das cis, die alles verändern.* Jede offene Stelle auf ihrer Kopfhaut platzt vor Kälte. *Dann kann ich es noch einmal spielen. Ohne die zwei Noten.*

Wenn sie die Türen öffneten, waren die Körper immer in der gleichen Stellung. An der Wand zusammengedrückt, eine Pyramide aus Leibern. Immer noch Hoffnung. Das Klettern, um Luft zu bekommen, zu dem letzten entweichenden Restchen Luft nahe der Decke. Die furchtbare Hoffnung menschlicher Zellen.

Der bare autonome Glaube des Körpers.

Einige gebaren Kinder, während sie in den Gaskammern starben. Mütter wurden aus den Kammern gezerrt mit Neugeborenen, die nur zur Hälfte aus ihrem Leib herausragten. Verzeiht, die ihr geboren wurdet und starbt, bevor man euch einen Namen gab. Verzeiht die Blasphemie, angesichts der Brutalität der Tatsachen zu philosophieren.

Wir wissen, daß sie schrien. Jeder Mund, Bellas Mund, verzerrte sich nach einem Wunder. Man konnte sie von der anderen Seite der dicken Mauern hören. Es ist unmöglich, sich diese Laute vorzustellen.

In diesem Moment der allergrößten Erniedrigung liegt das obszönste Zeugnis der Gnade. Denn kann irgend jemand mit absoluter Sicherheit den Unterschied zwischen den Lauten derer, die verzweifelt sind, und den Lauten derer, die verzweifelt glauben wollen, erkennen? Der Moment, in dem unser Glaube an den Menschen gezwungen ist, sich zu verwandeln, anatomisch – gnadenlos – in Glauben.

Im stillen Haus der Besuch des Mondscheins. Er füllt die Dunkelheit, löscht alles aus, was er berührt. Es hat mich Jahre gekostet, mir diese Bilder zu vergegenwärtigen. Noch während ich mich aus ihnen löse, weiß ich, daß ich nie wieder diesen reinen Glauben in mir spüren werde.

Bella, durch meine Gebrochenheit bist auch du gebrochen geblieben.

Ich warte, daß es Tag wird, bevor ich wage, mich zu bewegen. Der Tau durchnäßt meine Schuhe. Ich gehe bis zum Rand des Hügels und lege mich ins kalte Gras. Aber die Sonne ist schon heiß. Ich denke an die umgedrehten Dampfgläser meiner Mutter, die einem das Fieber aus der Haut zogen. Der Himmel ist ein Glas.

*

Um den Zuginstinkt zu untersuchen, sperrten Wissenschaftler Grasmücken in Käfige und hielten sie in verdunkelten Räumen, wo sie den Himmel nicht sehen konnten. Die Vögel lebten in einem verwirrenden Zwielicht. Doch jeden Oktober hockten sie sich voller Unruhe zusammen und waren außer sich vor Verlangen. Der magnetische Pol zog an ihrem Blut, der Fingerabdruck des Nachthimmels lag auf ihrem inneren Auge.

Wenn du dich an die, die du liebst, verloren hast, wendest du dich wie der Vogel im Käfig nach Süd-Südwest. Zu bestimmten Tageszeiten wird dein Körper vom Instinkt überflutet – weil so viel von ihnen in dir ist, so viel von dir in ihnen. Ihre Glieder werden bei dir liegen, wenn du dich hinlegst, ein Schatten neben deinem eigenen, der sich an jede Biegung deines Körpers schmiegt, wie das hebräische und das griechische Alphabet, die über ihre Seiten treten, um einander in der Mitte der Geschichte zu treffen, gebeugt durch die Last von Abwesendem, Fracht aus fernen Häfen, die Kraft von Steinen, den Schmerz derer, die für ihren Messias so viel hinter sich ließen …

In der frühen Dunkelheit der griechischen Winternachmittage, in Zimmern mit zugigen Fenstern, hebe ich die Hände vors Gesicht und rieche Alex in meinen Handflächen.

Ich wünschte mir sehr, daß die Erinnerung aus Geist bestünde, aber ich befürchte, daß sie nur aus Haut besteht. Ich habe Angst, daß das Wissen Instinkt wird und dann mit dem Körper verschwindet. Denn es ist mein Körper, der sich an sie erinnert, und obwohl ich versucht habe, Alex aus meinen Sinnen zu tilgen, obwohl ich versucht habe, meine Eltern und Bella aus meinem Schlaf zu verbannen, sind diese Versuche zum Scheitern verurteilt, weil mich mein Körper augenblicklich hintergeht. Ich habe viele Jahre ohne sie gelebt. Doch ist es der gleiche Winternachmittag, der mir Bella so nahebringt, daß ich ihre kräftige Hand auf meiner spüre, ihre sanften Finger auf meinem Rücken, so nah, daß ich Frau Alpersteins Creme riechen kann, so nahe, daß ich die Hand meines Vaters, Athos' Hand auf meinem Kopf spüren kann und die Hände meiner Mutter, die meine Jacke nach unten ziehen, damit ich ordentlich aussehe, so nahe, daß ich Alex' Arm spüre, wie er mich von hinten umschlingt, und ich ihre wahnsinnig machenden offenen Augen auf mir spüre, wenn sie sich im Rausch verliert, und plötzlich habe ich Angst und drehe mich in leeren Zimmern um.

*

Bei den Toten bleiben, heißt, sie verlassen.

All die Jahre, in denen ich gespürt habe, daß Bella mich anfleht, habe ich mich, erfüllt von ihrer Einsamkeit, getäuscht. Ich habe ihre Zeichen falsch verstanden. Wie andere Geister flüstert sie; aber nicht, daß ich bei ihr bleiben soll, sondern damit sie mich, wenn ich nah genug herangekommen bin, wieder in die Welt zurückstoßen kann.

Als sie noch klein waren, schickten mir die Söhne von Maurice Salman – Josha und Tomas – mit der Post oft merkwürdige Dinge: mit Sand gefüllte Umschläge, Zeichnungen, die nur aus Kringeln oder geraden Linien bestanden, Plastikstückchen unbekannter Herkunft. Als Antwort schickte ich ihnen Steine und ausländische Münzen.

Maurice, Irena und die Jungen kamen mich auf Hydra besuchen, und wenn ich in Toronto war, wohnte ich bei ihnen und kampierte unterm Dach. Zu Maurice' Arbeit am Museum gehörte es, daß er zwei Seminare an der Universität hielt, unter anderem über die Wetterverhältnisse in der Antike: eine Vorhersage der Vergangenheit. »Fast so kniffig«, sagte er zu seinen Studenten, »wie vorherzusagen, wie das Wetter nächste Woche sein wird.« Die Nachfrage nach Übersetzungen aus dem Griechischen ins Englische wuchs ständig, und ich verdiente genug, um davon leben zu können. Neben meiner eigenen Arbeit stellte ich im Laufe dieser Jahre zwei Essaysammlungen aus Athos' verstreuten Publikationen zusammen und übersetzte *Falsches Zeugnis* ins Griechische. Manchmal lud mich Donald Tupper im Namen des Geographiefachbereichs ein, über Athos' Arbeit zu sprechen.

Maurice und Irena gehörten zu den Leuten, die im Chaos aufblühen. Ein Schulprojekt der Jungen – Livingstones Tagebuch, das sie in Krakelschrift mit Filzstift auf Kladdepapier geschrieben hatten, die Ekken mußten von Irena auf Joshas Weisung dramatisch angesengt werden – wurde zur Abendessenszeit auf eine Seite des Eßtischs geschoben. Die Wüste Gobi aus Knetmasse und Sand, die sich auf dem Wohnzimmerfußboden ausbreitete – jeder lief einfach über sie hinweg. Wenn ich aus der relativen Einsamkeit der Insel auftauchte, begrüßte mich Maurice immer mit denselben Worten: »Aha. Der Mönch ist dem Kloster entlaufen, um zum Zirkus zu gehen.«

Ich hörte immer, wenn die Jungen aus der Schule kamen. Josha begann dann, unten Klavier zu üben. Später hörte ich die Tür zuschlagen und wußte, daß Tomas alleine in den Garten hinausgegangen war. Josha spielte mit der ihm eigenen wahnsinnig machenden Behutsamkeit weiter. Er hatte Angst, einen Fehler zu machen, und spielte lieber langsam wie die Kontinentaldrift, als eine falsche Taste zu treffen.

In ihrem Haus, in der kurzbemessenen Zeit vom späten Nachmittag bis zum Abend, inmitten vertrauter Schatten und vertrauter Unordnung, lag ich oft, den Kopf neben Maurice' Büchern, auf dem alten burgunderfarbenen Sofa und lauschte Joshas angestrengtem Klavierspiel, das schön wie Licht war.

Ich liebe Maurice' und Irenas Jungen, so wie ich Bellas Kinder geliebt hätte, und ich sehne mich oft danach, ihnen noch einmal von den vergangenen Nachmittagen am Fluß zu erzählen, von der dünnen Herbstsonne, die in hellen Streifen auf das dicke Schilf fiel, dem grünen Pelz, der an den flachsten Stellen des Flusses die Steine überzog, den biblischen Städten, die Mones und ich aus Schlamm und Stökken bauten. Das gefrorene Ufer, der ganz leicht grünliche Himmel, die schwarzen Vögel, der Schnee.

Als sie noch klein waren, hockte ich mich manchmal neben Josha und Tomas auf den Boden, hielt ihre zarten knochigen Schultern und hoffte, mich dabei an die Berührung meines Vaters zu erinnern.

Ich sehe zu, wie die Jungen sich an Irena drücken, wie sie sich manchmal noch von ihr streicheln lassen und dabei den Kopf an sie schmiegen. Für Irena ist diese Liebe nichts Selbstverständliches. Sie war nicht mehr jung, als Josha auf die Welt kam, und sie hatte lange die Angst, daß Tomas nicht überleben würde. Es steht deutlich in ihrem Gesicht.

Ich lauschte Joshas ernsthaftem Wunsch, niemals einen Fehler zu machen, seiner schmerzenden Melodie, die nicht gebrochen war, sich aber doch anhörte, als wäre sie in viele Teile zerbrochen, weil soviel Raum zwischen den einzelnen Noten war.

Noch Jahre, nachdem Alex und ich uns getrennt hatten, taten Maurice und Irena so, als beneideten sie mich um meine Freiheit; insgeheim amüsierten sie sich damit, eine zweite Frau für mich zu finden. Während meiner Besuche in Toronto heckten sie Pläne aus, als wären sie Teenager. Mittagessen, Familienfeiern, Fakultätsdinner – jedes Ereignis ein potentielles Minenfeld der Liebe, in dem Maurice die Bomben legte. Maurice stellte mich vor, dann machte er sich aus dem Staub. Ich war an seinen Refrain schon gewöhnt: »Also, Jakob, ich kenne da diese Frau …« – und blieb ungerührt.

Aber manchmal enthüllt sich die Welt, läßt das Kleid von einer Schulter gleiten, läßt die Zeit einen Takt lang stillstehen. Wenn wir in diesem Moment aufblicken, dann verdanken wir es nicht irgendeiner unserer Fähigkeiten, daß wir ein wenig Licht ins Dunkel bringen, es ist die Welt, die uns dieses Geschenk macht. Es ist die Katastrophe der Gnade.

Achtzehn Jahre war ich jedes Jahr eine Zeitlang in Toronto zu Besuch gewesen, bevor sie in Maurice' und Irenas Küche auftauchte.

Ich weiß nicht, wohin ich zuerst schauen soll. Auf ihr hellbraunes Haar oder in ihre dunkelbraunen Augen oder auf ihre kleine Hand, die gerade in die Schulter ihres Kleides fährt, um einen Träger zurechtzurücken.

»Michaela arbeitet bei uns in der Verwaltung«, sagt Maurice und macht seinen Abgang.

Ihre Gedanken sind ein Palast. Sie bewegt sich durch die Geschichte mit der Leichtigkeit eines Geistes, trauert um die Zerstörung der Bibliothek von Alexandria, als wäre der Brand gestern gewesen. Sie spricht über den Einfluß der Handelsrouten auf die europäische Architektur, bemerkt aber zugleich das Spiel von Licht und Schatten auf dem Tisch …

Niemand ist mehr in der Küche. Überall um uns herum stehen Gläser und kleine Türme von schmutzigem Geschirr. Aus dem anderen Zimmer hört man Partylärm. Michaelas Hüften liegen an der Küchentheke. Eine sinnliche Gelehrte.

Michaela hat Irena erst vor kurzem kennengelernt. Sie fragt nach ihr.

Ich merke, daß ich Michaela etwas erzähle, was ein Dutzend Jahre zurückliegt, die Geschichte von Tomas' Geburt, von meiner Begegnung mit seiner Seele.

»Tomas kam zu früh auf die Welt. Er wog weniger als drei Pfund …«

Ich hatte einen Kittel angezogen, mir die Hände und Arme bis zu den Ellbogen abgeschrubbt, und Irena führte mich zu ihm hinein. Ich sah, was ich nur als eine Seele bezeichnen kann, weil es noch kein Ich war, was da in dem fast durchsichtigen Körper eingefangen war. Ich war einer so greifbaren Evidenz des Geistigen nie zuvor derart nahe gewesen, ich hatte auf einem Foto nur den fast unsichtbaren, bis auf das Skelett ausgezehrten Lagerinsassen gesehen, in dessen Augen sich der blasse Fleck einer Seele spiegelte. Ohne Atem würde sich das, was ich sehe, sofort in Luft auflösen. Tomas in seiner durchsichtigen Gebärmutter aus Plastik, kaum größer als eine Hand.

Michaela hat auf den Boden geschaut. Ihr Haar, glänzend und schwer und an einer Seite gescheitelt, verdeckt ihr Gesicht. Jetzt blickt sie auf. Ich bin plötzlich verlegen, weil ich so viel geredet habe.

Dann sagt sie: »Ich weiß nicht, was die Seele ist. Aber ich stell mir vor, daß unsere Körper irgendwie etwas umgeben, was schon immer da war.«

Wir stehen zusammen auf dem winterlichen Bürgersteig in der weißen Dunkelheit. Ich weiß noch weniger als der Schein einer Lampe in einem Fenster, der es immerhin versteht, sich in die Straße zu ergießen und das Verlangen eines Wartenden zu wecken.

Ihr Haar und der Hut umrahmen das ruhige Gesicht. Sie ist jung. Zwischen uns liegen bestimmt fünfundzwanzig Jahre. Wenn ich sie ansehe, empfinde ich ein solch reines Bedauern, solch klare Traurigkeit, daß es fast wie Freude ist. Ihr Hut und der Schnee erinnern mich an das Gedicht von Achmatowa, in dem die Dichterin, innerhalb von zwei Verszeilen, zuerst die Fäuste schüttelt und dann die Hände zum Gebet faltet: »Viele Jahre zu spät kommst du / wie froh bin ich, dich zu sehen.«

Die winterliche Straße ist eine Salzhöhle. Es hat aufgehört zu schneien, und es ist sehr kalt. Die Kälte ist spektakulär, alles durchdringend. Sie hat die Straße zum Schweigen gebracht, ein Theater der Weiße, Schneewehen wie gefrorene Wellen. Kristalle glitzern unter den Straßenlaternen.

Sie zeigt auf ihre unpraktischen Stiefel, »Partyschuhe«, und dann spüre ich ihren kleinen Lederhandschuh auf meinem Arm.

*

Michaela wohnt über einer Bank. Ihre Wohnung ist die Mönchszelle eines sinnlichen Ordens. Ich bin in eine alte Welt eingetreten, die sich aus den Anweisungen eines Traumes zusammensetzt. Zeitschriften – *Nature, Archaeology, The Conservator* – und Bücherstapel – Romane, Kunstgeschichte, Kinderbücher – türmen sich wackelig neben der Couch auf dem Boden. Mitten im Zimmer zurückgelassene Schuhe; ein auf den Tisch geworfener Schal. Das Durcheinander des Winterschlafs.

Chaotische Zimmer atmen unmerklich im gedämpften Licht. Die dunklen Herbstfarben der Stoffe, die Teppiche und schweren Möbel, eine Wand mit kleinen gerahmten Fotografien, eine Kinderlampe in Form eines Pferdes – alles wirkt wie Trotz gegen die strenge Buchhalterwelt der darunterliegenden Bank.

Ich bin ein Dieb, der durch ein Fenster eingestiegen ist und der wie angewurzelt stehenbleibt, weil er das Gefühl hat, nach Hause gekommen zu sein. Die Unmöglichkeit; das Glück.

Ich warte, daß Michaela mit dem Tee zurückkommt. Ich spüre die Trägheit des warmen Zimmers, den Frieden des makellosen Schnees. Michaelas vollgestopfte Zimmer haben mich verzaubert. Schon bin ich in das Rembrandtsche Halbdunkel gemalt.

Sie kommt zurück und trägt ein Tablett zu dem niedrigen Wohnzimmertisch; eine silberne Kanne, Teegläser mit Silberrand. Die Schuhe ausgezogen, jetzt in dicken Socken, sieht sie noch jünger aus. Jetzt erkenne ich in Michaelas Gesicht die Güte der Beatrice de Luna, den Engel der Marranen von Ferrara, die zu ihrem alten Glauben zurückkehrte und anderen Verfolgten der Inquisition Zuflucht gewährte … In Michaelas Gesicht liegt die Treue vieler Generationen, vielleicht die Liebe von hundert Kiewer Frauen zu hundert treuen Männern, die unzählige Abende in engen Zimmern unter der Bettdecke Familienangelegenheiten besprachen; tausend Vertraulichkeiten, Träume von fernen Ländern, erste Liebesnächte, Liebesnächte nach langen Jahren der Ehe. In Michaelas Augen liegen zehn Generationen Geschichte, in ihrem Haar der Geruch von Feldern und Kiefern, ihre kalten glatten Arme tragen Wasser von einer Quelle …

»Tee?« fragt sie und schiebt, um Platz zu schaffen, die Zeitungen vom Tisch auf den Teppich.

Mitten in einer Familiengeschichte hält sie inne; jetzt ist sie diejenige, die sich unwohl fühlt, weil sie zu viel geredet hat. Über ihre Eltern, die »wie Botschaften« –

russische und spanische Erde unter ihren Füßen – in ihrem Montrealer Wohnzimmer saßen. Über ihre Großmutter, die Michaela Geschichten aus ihrem Leben erzählte, die sie sich in Wirklichkeit ausgedacht hatte, entweder damit Michaela sich an sie in einem bestimmten Licht erinnerte oder weil sie selbst an ihre ältesten Phantasien glauben wollte. Michaelas Großmutter beschrieb ein riesiges Haus in St. Petersburg bis in die Einzelheiten, den Stuck, die Holzschnitzarbeiten, sogar die Charaktereigenschaften der Bediensteten. Goldgrüne Vorhänge, burgunderfarbene und schwarze Samtkleider. Aber vor allem beharrte sie auf ihrer Ausbildung, erzählte Michaela, sie sei Studentin, Lehrerin gewesen, habe für eine Zeitung geschrieben.

Michaela bietet mir ihre Vorfahren dar. Meine Gier nach ihren Erinnerungen schockiert mich. Liebe nährt sich von den Proteinen der Details, saugt Tatsachen bis aufs Mark aus; genau so, wie es keine Allgemeinheit des Körpers gibt, jedes einzelne Glied spricht, bis das Stimmengewirr zu einem einzigen Aufschrei wird ...

Ich beuge mich auf dem Sofa vor, sie sitzt auf dem Boden, zwischen uns der kleine Tisch. Es ist wie eine Absolution, ihr einfach zuzuhören. Aber ich weiß, daß meine Scham zum Vorschein käme, wenn sie mich berührte, sie würde meine Häßlichkeit erkennen, mein schütteres Haar, die Zähne, die nicht meine eigenen sind. Sie wird an meinem Körper die schrecklichen Dinge sehen, die mich gezeichnet haben.

Ein letzter Schauder der Fremdheit, ein letztes Aufflackern der Angst, bevor das Begehren mir seine

Klinge in den Leib stößt. Bis zum Heft. Bei lebendigem Leibe gehäutet. Meine Hand greift nach ihrer, und im selben Augenblick weiß ich, daß ich einen Fehler gemacht habe. Ich bin zu alt für sie. Zu alt.

Aber sie legt die Wange – ist das nur Mitleid? – weicher sonnengewärmter Pfirsich – in meine kalte Handfläche.

*

Ich zeichne jede ihrer Linien nach, langsam, die Längen und Formen ihres Körpers, und merke plötzlich, daß sie ganz still daliegt, mit zusammengepreßten Händen, und ich bin entsetzt über meine Dummheit: mein Verlangen demütigt sie. Zu viele Jahre zwischen uns. Dann merke ich, daß sie vollkommen konzentriert ist, still unter meiner Zunge, daß sie mir die ganz und gar extravagante Erlaubnis gibt, ihre Oberfläche zu erforschen. Erst nachdem ich sie auf diese Weise erkundet habe, ganz langsam, ein Tier, das sein Gebiet absteckt, preßt sie sich an mich.

Ich liege still in der Höhle ihres Haares. Dann tasten meine Hände sich zu ihrer schmalen Taille, und plötzlich weiß ich, wie sie sich nach dem Duschen vorbeugt und ihr Haar zu einem nassen Turban dreht, sehe die Form ihres Rückens, wenn sie sich vornüberbeugt. Ich höre ihre leise Stimme – lange Sätze voll Musik und Ruhe, wie ein Ruder, das in seinem Bogen über dem Wasser schwebt – tropfendes Silber. Ich höre ihre Stimme, aber nicht ihre Worte, so leise; das Geräusch ihres ganzen Körpers ist in meinen Ohren. Anstatt der Toten, die mir durch ihre Nähe den Atem nehmen, macht mich das Summen und Beben von Michaelas Körper taub, die Stromlinien des Blutes, blaue Fäden unter ihrer Haut. Die Stränge der Sehnen; die Knochenwälder in ihren Handgelenken und Füßen. Jedesmal, wenn sie aufhört zu reden, in jeder langen Pause, erneuere ich den Druck meiner Umarmung. Ich fühle, wie sie langsam schwer wird. Wie schön ist der Drang des Blutes zum Vertrauen, das warme Gewicht der Schlafenden, die in ihre Umlaufbahn tritt und die es zu mir zieht, duftend, schwer und still, wie Äpfel in einer Schale. Nicht die Regungslosigkeit von etwas Zerbrochenem, sondern die Stille der Ruhe.

Es wird schon hell, als Michaela sich auszieht, bedachtsam und wie im Traum. Ihre Kleider lösen sich auf.

Sogar die wilden Moleküle der Gegenstände im Zimmer scheinen plötzlich greifbar. Noch nach Jahren, in jedem Moment, sind unsere Körper bereit, sich an uns zu erinnern.

Sie liegt auf mir, der Beckenknochen, die Schädelrundung, Waden- und Schenkelbeine, Kreuz- und Brustbein. Ich spüre ihre Rippenbögen, mit jedem Atemzug strömt das Blut in seinem Kreislauf zwischen Kopf und Füßen.

Aber es gibt keinen Hauch von Tod auf Michaelas Haut. Sogar wenn sie schläft, sehe ich in ihrer Nacktheit das Unsichtbare hervortreten, die Oberfläche ihres Körpers überfluten. Ich sehe das feuchte Haar meiner Geliebten auf ihrer Stirn, die Liebesflecken wie Salz über ihrem Bauch, den Hüftknochen, der leicht hervortritt, alles voller Atem. Ich sehe, wie die Muskeln ihre Waden herausdrücken, fest wie frische Birnen. Ich sehe, daß sie wieder die Augen öffnen und mich umarmen wird.

Es ist spät, fast Nachmittag, als sie sagt – obwohl ich es auch geträumt haben könnte, obwohl es bloß etwas ist, was Michaela fragen könnte: Hast du Hunger? Nein ... Dann sollten wir vielleicht etwas essen, damit der Hunger, auch nicht für einen Moment, das stärkere Gefühl zu sein scheint ...

*

Michaelas Hände über ihrem Kopf; ich fahre mit der Hand über die zarte Haut hinten auf ihrem glatten weichen Oberarm. Sie schluchzt. Sie hat alles gehört – ihr Herz ein Ohr, ihre Haut ein Ohr. Michaela weint um Bella.

Das Licht und die Wärme ihrer Tränen dringen in meine Knochen.

Das Glück, erkannt zu werden, und der stechende Verlust: zum ersten Mal erkannt.

Als ich endlich einschlafe, der erste Schlaf meines Lebens, träume ich von Michaela – jung, glänzend glatt wie Marmor, glitzernd naß im Sonnenlicht. Ich spüre, wie die Sonne auf meiner Haut zerfließt. Bella sitzt auf der Bettkante und bittet Michaela, ihr zu beschreiben, wie sich die Bettdecke unter ihren nackten Beinen anfühlt, »denn, weißt du, ich bin im Moment gerade ohne Körper ...« In dem Traum strömen Tränen über Michaelas Gesicht. Ich wache auf, als hätte man mich aus dem Traum gegraben und in die Welt gehoben, eine einzige dahintreibende Erschöpfung. Meine Muskeln schmerzen vom Hineinstrecken in sie, ich liege im Sonnenlicht quer über dem Bett.

Jede Zelle meines Körpers ist ausgetauscht worden, die neuen sind mit Frieden gesättigt.

Sie schläft, mein Gesicht an ihrem Rücken, ihre

Brüste in meinen Händen. Sie schläft tief, wie eine Läuferin, die gerade von der Samariaschlucht heraufgekommen ist, die tagelang nur ihren eigenen Atem gehört hat. Ich treibe wieder in den Schlaf hinein und erwache mit dem Mund auf ihrem Bauch, auf ihren Hüften, durch den Traum in sie hineingezogen, ihre Brüste weicher Lehm, harte wunde Samen.

Jede Nacht schließt trennende Lücken, bis wir durch die Narben der Träume vereint sind. Meine Verzweiflung zergeht in der atmenden Dunkelheit.

Unser Zusammenkommen ist unerwartet, zufällig – wie das alte Saloniki, das einmal eine Stadt von kastilischen Spaniern, von Griechen, Türken und Bulgaren war. Wo man vor dem Krieg Muezzins von den Minaretten über die Stadt rufen hörte, während Kirchenglocken läuteten, und wo am Freitagnachmittag zum jüdischen Sabbat im Hafen Ruhe einkehrte. Wo die Straßen voll waren von Turbanen, Schleiern, Kippas und den hohen Sikkes der Mewlanis, der wirbelnden Derwische. Wo sechzig Minarette und dreißig Synagogen die Semahane umgaben, wo sich die Derwische um ihre unsichtbare Achse drehten, heilige Tornados, die durch ihre Arme Segnungen aus dem Himmel zogen und sie durch ihre Beine in die Erde lenkten …

Ich ergreife ihre Arme, vergrabe meine Gedanken im Parfum an ihren Handgelenken. Armbänder aus Duft.

Von einem so kleinen Körper gerettet zu werden.

*

Am anderen Ende der Stadt, hinter hundert milchigen Hinterhöfen, schläft Michaela.

Ich habe mich kaum hingelegt, als ich Josha und Tomas den Flur entlangstapfen und vor meiner Tür ihr Bühnengeflüster höre. Michaelas Geruch ist an mir, in meinem Haar. Ich spüre den rauhen Sofaüberzug an meinem Gesicht. Ich fühle mich schwer, von fehlendem Schlaf, von Michaela, von den Stimmen der Jungen. Schatten des ersten Tageslichts säumen die dicken Vorhänge.

Was hast du mit der Zeit gemacht …

Ich höre, wie sie in der Küche das Frühstück vorbereiten, Geräusche, die weh tun. Ich höre Josha, jede einzelne Note breitet sich in der Luft aus. Lippen der Schwerkraft drücken mich an die Erde. Gefrorener Regen hängt sich an frisch gefallenen Schnee, silbern und weiß. Auf Maurice' Sofa steht wirres Schilf das Ufer entlang, Frühlingsregen rauscht durch Metallrinnen, das Zimmer wird vom Wetter unter Wasser gesetzt. Jedes Geräusch ist eine Berührung. Regen auf Michaelas bloßen Schultern. Soviel Grün, daß wir denken, mit unseren Augen sei etwas nicht in Ordnung. Kein Signal ist uns selbstverständlich. Wieder und wieder das erste Mal.

Auf Maurice' Party, auf der ich Michaela kennenlernte, war ein Maler, ein Pole aus Danzig, der zehn Jahre vor Kriegsausbruch geboren wurde. Wir sprachen lange miteinander. »Mein ganzes Leben«, sagte er, »habe ich mir immer dieselbe Frage gestellt: Ist es möglich, alles an seiner Herkunft zu hassen und nicht sich selbst?«

Er erzählte mir, daß er im Jahr zuvor gelbe Farben

gekauft hatte, alle Schattierungen des leuchtendsten Gelbs, aber er konnte sich nicht dazu bringen, sie zu benutzen. Er malte weiterhin in den gleichen dunklen Ocker- und Brauntönen.

Die heitere Stille eines Winterschlafzimmers; die Straße ist ruhig, bis auf das Geräusch einer Schaufel, die auf dem Gehweg kratzt, ein Geräusch, das Stille um sich zu sammeln scheint. An dem ersten Morgen, an dem ich neben Michaela erwachte – mein Kopf auf ihrem Rücken, ihre Fersen wie zwei Inseln unter der Decke –, wußte ich, daß dies meine erste Begegnung mit der Farbe Gelb war.

Wir nehmen an, daß Veränderungen plötzlich geschehen, aber sogar ich wurde eines Besseren belehrt. Glück ist wild und willkürlich, aber es kommt nicht plötzlich.

Maurice ist mehr als entzückt, er ist erstaunt. »Mein Freund, mein Freund – endlich, nach einer Million Jahren. Irena, komm her. *Es ist wie die Entdeckung des Ackerbaus*.«

In Michaelas Lieblingsrestaurant erhebe ich das Glas, und mein Besteck rasselt auf die teuren Fliesen hinunter. Das Geräusch schlägt bis zum Oberlicht hinauf. Michaela sieht mich an und schiebt ihr eigenes Silberbesteck über die Tischkante.

Ich habe mich verliebt im Lärm von klappernden Löffeln …

*

Ich passiere die Grenze der Haut und trete in Michaelas Erinnerungen ein, in ihre Kindheit. Am Hafen, als sie zehn war, mit Zopfenden, die naß wie Pinsel waren. Ihr kühler brauner Rücken unter einem abgetragenen Flanellhemd, das so oft gewaschen worden war, daß es sich so weich wie die Haut der Ohrläppchen anfühlte. Der Geruch der Planken aus Zedernholz, die in der Sonne backen. Ihr nasser glatter Kinderbauch, ihre Vogelbeine. Wie anders, später als Frau durch den See zu schwimmen, der sie mit kalten Fingern betastet; und wie sie selbst heute noch nicht in einem See schwimmen kann, ohne von einem Gefühl der Romantik erfaßt zu werden, als wäre sie noch ein junges Mädchen, das in seine Zukunft schwimmt. Die Dämmerung erhellt den Abendhimmel über der dunkel werdenden Silhouette der Bäume. Sie rudert, singt Balladen. Sie stellt sich vor, die Sterne seien Pfefferminzbonbons, und sie behält sie im Mund, bis sie sich auflösen.

In unseren ersten gemeinsamen Wochen fahren Michaela und ich durch viele Orte an Seen im Norden, die Luft ist gewürzt vom Rauch der Holzfeuer, Lampen werden in kleinen Häusern angezündet, Ferienhäuschen sind mit Brettern vernagelt, um sie gegen den Winter zu schützen. Städte, die ihre Erinnerungen für sich behalten.

Weiße Espen werfen schwarze Schatten – ein Fotonegativ. Der Himmel schwankt zwischen Schnee und Regen. Das Licht ist ein dumpfer metallischer Klang, alt, ein Echo von Licht. Michaela am Steuer, meine Hand auf ihrem Schenkel. Die Freude, im Dunkel des späten Sonntagnachmittags in ihre Wohnung zurückzukehren.

Im Frühling fahren wir weiter nach Norden, an Kupferminen und Papiermühlen vorbei, durch verlassene Orte, von der Industrie geboren und verstoßen. Ich trete in das Land ihrer Jugend ein, ich nehme es mit körperlicher Zärtlichkeit in mir auf, während Michaela sich entspannt und sich ihm unmerklich öffnet: den zerfallenen Häusern von Cobalt, deren Haustüren in alle Richtungen blicken, nur nicht auf die Straße, die erst später gebaut wurde. Das elegante Bahnhofsgebäude aus Stein. Die klaffenden Schlünde der Minen. Das verblaßte, trostlose Albion Hotel. Ich sah, all das liebte sie. In dem Moment wußte ich, daß auch ich ihr das Land meiner Vergangenheit zeigen würde, so wie sie mir ihres zeigte. Wir würden in einem weißen Schiff, im Bauch einer Wolke, ins Ägäische Meer fahren. Obwohl sie diejenige sein wird, die fremd ist, eine Landschaft bestaunend, die sie nicht kennt, wird ihr Körper sie wie ein Gelübde annehmen. Sie wird braun werden und ihre Haut wird von Öl glänzen. *Ein weißes Kleid schimmert an ihren Schenkeln wie Regen.*

»Meine Eltern sind bei jeder möglichen Gelegenheit einfach losgefahren. Nicht nur im Sommer, auch im Winter, bei jedem Wetter. Wir sind von Montreal aus nach Norden gefahren, dann nach Westen in Richtung Rouyn-Noranda und weiter zu einem bewaldeten Os und zu einer Insel … Je weiter du nach Norden fährst, desto stärker wird die Kraft des Metalls im Boden …«

Als Kind, abends auf dem Rücksitz im dahinfahrenden Auto, mit dem Gesicht an der kalten Fensterscheibe, stellte sie sich vor, daß sie die Anziehungskraft zwischen den Sternen und dem Erz in den Bergwerken spüren könnte, eine wechselseitige Abhängigkeit der Metalle, die sie nicht verstand: Magnetismus, Umlaufbahnen. Sie stellte sich Sterne vor, die von ihrer Bahn abwichen und der Erde zu nahe kamen, so daß sie zur Landung gezwungen wurden. Offene Fenster, den Fahrtwind der Straße auf der Sommerhaut, ihr noch feuchter Badeanzug unter den Shorts – manchmal saß sie auf einem Handtuch. Sie liebte diese Abende. Die dunklen Umrisse ihrer Eltern auf den Vordersitzen.

»Die Läden am Hafen der Insel rochen nach Wolle und Mottenkugeln, Schokolade und Gummi. Meine Mutter und ich kauften dort Sonnenhüte aus Baumwolle. Alte Brettspiele und Puzzles von Brücken und Sonnenuntergängen; die Pappteilchen fühlten sich immer leicht feucht an … Im Pioniermuseum bekam ich Angst vor den Geistern von Indianern und Siedlern und von erlegten Tieren. Ich sah die Kleidungsstücke von Männern und Frauen, die nicht viel größer waren als ich, obwohl ich erst zehn oder elf war. Jakob, mir graute richtig vor ihren kleinen Kleidern! Es gibt eine Legende, daß die Manitoulins die Insel einmal in Brand setzten und die Wälder und ihre eigenen Siedlungen zerstörten, nur um einen Geist zu vertreiben. Um sich zu retten, zündeten sie ihre eigenen Hütten an. Ich hatte Alpträume, in denen Männer durch den Wald liefen, eine einzige Fackelspur. Man sagte, die Insel sei gereinigt worden, aber ich hatte Angst, der Geist würde auf Rache sinnen. Ich glaube, ein Kind weiß intuitiv, daß die heiligsten Orte die furchterregendsten sind … Aber auf der Insel gab es auch Glücksmomente, wie ich sie später nie wieder erlebt habe. Draußen zu essen, die Laternen, Gläser mit Saft, der im See gekühlt wurde. Ich brachte mir selber alles über Baumwurzeln und Moose bei, ich las Steinbecks *Das rote Pony* auf der Veranda mit dem Fliegengitter. Wir ruderten. Mein Vater brachte mir neue Wörter bei, hinter denen, wie ich glaubte, immer ein Ausrufezeichen stand, das seinen erhobenen Zeigefinger verkörperte: Zirrus! Kumulus! Stratokumulus! Wenn wir oben im Norden waren, trug mein Vater Leinenschuhe. Meine Mutter trug einen Schal um den Kopf ...«

Genau wie Michaela, während sie mir diese Geschichten erzählt. Der Stoff zeichnet die Konturen ihres Gesichts nach und betont die Wangenknochen.

»Als ich später an diese Orte zurückkehrte, vor allem an die Strände am North Channel – als ich als Erwachsene im Norden unterwegs war –, hatte ich das Gefühl, daß da jemand bei mir im Auto saß. Es war merkwürdig, Jakob, so als wäre da ein zusätzliches Ich neben mir. Sehr jung oder sehr alt.«

Während sie spricht, fahren wir durch verlassene Seeorte, von den Frühlingsstränden weht Sand über die Straße. Die Trostlosigkeit nördlicher Urlaubsorte außerhalb der Saison. Feuerholz, Spielzeug und alte Möbel auf Veranden; flüchtige Blicke auf ein anderes Leben. Orte, die in den wenigen warmen Wochen des Jahres kurz zum Leben erwachen wie blühende Säulenkakteen. Und mir nimmt die Angst, sie zu verlieren, den Atem. Aber der Moment geht vorüber. Von Espanola nach Sudbury, die Quartzithügel nehmen das rosafarbene Abendlicht wie Löschpapier in sich auf, dann verblassen sie unter dem Mond.

Schließlich führt mich Michaela an eines ihrer Kindheitsmekkas, einen Birkenwald, der auf weißem Sand wächst.

Dies ist der Ort, an dem ich unwiderruflich die Ankertaue kappe. Die Flut füllt den Fluß. Ich löse den Knoten und treibe dahin, ich überlasse mich der Gegenwart.

Wir schlafen zwischen den nassen Birken, nichts zwischen uns und dem schlechten Wetter außer der dünnen Nylonhaut des Zeltes, ein leuchtender Dom in der Schwärze. Aus der Ferne fegt der Wind auf uns zu, fängt sich in den hohen Antennen der Äste, dann ist er über uns, aufgeladen mit Elektrizität, bringt Regen mit sich. Im Schlafsack lege ich mich auf Michaela, ich spüre das Zelt wie ein nasses Hemd auf meinem Rücken. Blitze. Aber wir sind geerdet.

Instinktiv drückt sie sich an mich. Was läßt uns der Körper glauben? Daß wir nie wir selber sind, bis wir zwei Seelen in uns tragen. Jahrelang hat mich Körperlichkeit an den Tod glauben lassen. Jetzt, da ich in Michaela bin und sie anschaue, läßt mich der Tod zum ersten Mal an den Körper glauben.

Während der Wind sich in den Bäumen sammelt, dann den Wald durchfurchend weiterzieht, verschwinde ich in ihr. Helle Samen verlieren sich in ihrem dunklen Blut. Helle Blätter im Nachtwind; Sterne in der sternenlosen Nacht. Wir sind die einzigen, die töricht genug sind, in einem Aprilgewitter draußen zu übernachten. Im rüttelnden Zelt erzählt mir Michaela Geschichten, mein Ohr auf ihrem Herzen, bis wir einschlafen, während der Regen auf das dünne Nylon fällt.

Als wir aufwachen, hat sich zu unseren Füßen eine Pfütze gebildet. Nicht auf Hydra oder Zakynthos, sondern zwischen Michaelas Birken fühle ich mich über der Erde zum ersten Mal sicher, im Gewitter geerdet.

*

Hydra ist nur über einen einzigen Hafen, aus einem einzigen Winkel erreichbar, die Insel mit gekrümmtem Rücken und abgewandtem Gesicht. Wir lehnen an der Reling, ich habe die Arme um Michaelas Taille gelegt. Die Schiffsflagge greift nach dem Zwielicht. Die Hitze wird unter der Sternenfontäne weggeschwemmt.

Auf Hydra regt sich der Frühling wie eine junge Frau nach ihrer ersten Liebesnacht, unsicher zwischen einem alten und einem neuen Leben schwankend. Sechzehn Jahre lang ein Mädchen und zwei Stunden eine Frau, so erwacht Griechenland vom Winter. An einem einzigen Nachmittag festigt sich die Farbe des Lichtes wie eine Glasur auf Keramik.

Unablässig speichern die Olivenblätter die Sonne, die starke griechische Sonne, bis sich ihre Farbe so verdichtet, daß das Grün zu Dunkelviolett wird, die Blätter sich durch ihre eigene Gier verletzen. Bis sie so dunkel werden, daß sie nichts mehr aufnehmen können und, glänzend, das Licht wie blinde Spiegel zurückwerfen.

Hoch in der blauen Luft steht das Licht, schimmernd wie duftendes Öl auf der Haut. Unsere Körper sind klebrig von Muskattrauben und Salzwasser. Michaela, in die Sommerhitze gehüllt, mahlt Kaffee, bringt Honig und Feigen.

Manchmal vergißt Michaela ihren Körper über Stunden hinweg. Ich liebe es, ihr zuzusehen, wenn sie, den Kopf auf die Hand gestützt, in Gedanken versunken ist oder liest. Auf dem Boden oder auf einem Stuhl, ihre Glieder der Schwerkraft hingegeben. Je tiefer die Konzentration, je abstrakter der Gedanke, der sie beschäftigt, desto weiter schweift ihr Körper. Lange Straßen hinunter, mit kräftig ausschreitenden Beinen, oder über offenes Gewässer, mit herabfallendem Haar. Ihr Körper schwänzt, geht seine eigenen Wege. Losgelöst von Michaelas disziplinierendem Verstand, geht er hinaus, läuft davon. Wenn sie aufschaut und mich dabei ertappt, wie ich sie beobachte, oder wenn sie kurz zu lesen aufhört – »Jakob, Hawthorne hat sich doch tatsächlich krank gestellt, nur um zu Hause bleiben zu können und Carlyles Essay über Helden zu lesen!« –, dann taucht ihr Körper plötzlich wieder auf, dort auf dem Stuhl. Und ich empfinde tiefe Hochachtung vor diesen schweren listigen Gliedern, die der Autorität ihres Geistes widerstanden haben, ohne daß er etwas davon mitbekommen hat. Sie sieht mich an, ganz da. Während ihr Körper und ich unser Geheimnis teilen.

Wenn mir Michaela etwas vorliest, erinnere ich mich daran, wie Bella Gedichte vorgelesen hat; wie mich die Sehnsucht in ihrer Stimme schon als Kind erreichte, obwohl ich das Gefühl nicht verstand. Ein halbes Jahrhundert nach ihrem Tod wird mir klar, daß meine Schwester, obwohl sie nie in den Armen eines Mannes gelegen hat, schon so tief geliebt haben muß, so heimlich, daß sie etwas von der anderen Hälfte ihrer Seele ahnte. Dies ist eine von Michaelas Gaben. Michaela, die innehält, weil ihr gerade etwas eingefallen ist: »Ist dir klar, daß Beethoven seine ganze Musik komponiert hat, ohne jemals das Meer gesehen zu haben?«

*

Jeden Morgen schreibe ich diese Worte für euch. Für Bella und Athos, für Alex, für Maurice und Irena, für Michaela. Hier auf Hydra, in diesem Sommer 1992, versuche ich, die Vergangenheit in dem engen Raum eines Gebets niederzulegen.

Nachmittags suche ich Michaela nach flüchtigen Düften ab. Basilikum an ihren Händen, Knoblauch von ihren Fingern in einer Haarsträhne; Schweiß von ihrer Stirn an ihrem Oberarm. Ich verfolge eine Spur Estragon, als wäre sie in ungekürzter Division von einer Reihe in die nächste übertragen worden, ich verfolge ihren Tag, Kokosnußöl auf ihren Schultern, lange Gräser, die an ihren meeresfeuchten Füßen kleben.

Wir zünden, begleitet vom Lärmen der Grillen, die Windlichter an, und sie erzählt mir Romanhandlungen, historische Ereignisse, Kindheitsgeschichten. Wir lesen uns gegenseitig vor, essen und trinken. Frischen Fisch, den wir im Dorf gekauft haben, dazu in Olivenöl und Thymian gebackene *domates;* gegrillte Auberginen und *anginares* mit Zitrone. *Auf dem stillen, duftenden Tisch / die wilde Ordnung der Pflaumen.*

Manchmal steigt der Sohn von Frau Karouzou vom Ort zu uns herauf, um Geschenke seiner Mutter zu bringen, für den alten Jakob und seine junge Braut: Brot, Oliven, Wein. Manos sitzt abends bei uns, und die leichte Förmlichkeit, die er an unseren Tisch bringt, schärft meine Begierde. Ich schaue mir über den Tisch hinweg ihre Gesichter an. Die sanfte

Zurückhaltung unseres Gastes, seine vorsichtige Zuneigung, und daneben Michaela, strotzend vor Gesundheit und strahlend vor Glück, eine Frau, die weiß, daß sie geliebt wird.

Ich schaue Michaela beim Kuchenbacken zu. Sie lächelt und erzählt mir, daß ihre Mutter den Teig genau so ausgerollt hat. Ohne es zu wissen, tragen ihre Hände meine Erinnerungen. Ich erinnere mich, wie meine Mutter Bella das Kochen beibrachte. Michaela sagt: »Meine Mutter hat den Teig immer so geschnitten. Das hat sie von ihrer Tante gelernt, weißt du, die, die den Mann geheiratet hat, der einen Bruder in New York hatte …« Ununterbrochen, beiläufig, einfach so nebenher, breiten sich die Geschichten von Michaelas Mutter über Verwandte aus der nächsten Stadt und in Übersee aus wie der Kuchenteig. Das gewagte Kleid, das Kusine Paschka zu der Hochzeit ihrer Nichte trug. Der Vetter, der in Amerika ein Mädchen kennengelernt und geheiratet hat, das ursprünglich aus seiner Heimatstadt stammte. Stell dir vor, er mußte um die halbe Welt reisen, nur um die Nachbarstochter kennenzulernen … Ich erinnere mich, wie meine Mutter Bella beschwor, das Rezept für den Honigkuchen – um den Frau Alperstein sie so beneidete – niemals zu verraten, niemals, nur ihrer eigenen Tochter, so Gott will. Ein paar Eßlöffel Haferbrei, damit der Teig so geschmeidig und feucht wie Sahne wird, und Akazienhonig, damit der Kuchen golden aus dem Ofen kommt … Während ich mich daran erinnere, kommen mir die alten japanischen Schwertschmiede in den Sinn, die sich Geschichten erzählten, während sie den Stahl bogen – Tausende Male bogen sie ihn, damit er stark und geschmeidig wurde. Die Geschichten waren zeitlich auf den Prozeß des Härtens abgestimmt. So daß der Stahl, wenn sie schließlich schwiegen, fertig war; die Geschichten waren ein präzises Rezept. Ich bekomme nicht ganz mit, was Michaela gerade erzählt – eine Familiengeschichte, in der eine Frau am Ende ihrem Mann einen Kessel an den Kopf wirft –, weil ich mich gerade in dem Moment erinnere, wie meine Mutter Bella manchmal wegen ihres auffahrenden Temperaments tadelte: »Zähe Vögel landen im Suppentopf.«

»Wenn du etwas Schlechtes denkst, geht der Kuchen nicht auf.« Und Michaela redet dem Teig gut zu, während sie ihn in den Ofen schiebt, sie flüstert ihm zu, auch ja richtig herauszukommen.

Es gibt keine Abwesenheit, solange auch nur die Erinnerung an die Abwesenheit bleibt. Erinnerung stirbt, wenn man ihr keinen Sinn verleiht. Oder wie Athos sagen würde: Wenn man kein Land mehr hat, aber die Erinnerung an Land besitzt, dann kann man eine Karte zeichnen.

*

Ich habe jetzt keine Angst mehr, die Dunkelheit zu durchforsten. Ich grabe mit den Augen im nächtlichen Schlafzimmer. Michaelas Kleider durcheinandergeworfen zwischen meinen, Bücher und Schuhe. Eine Messinglampe von Maurice und Irena, die aus einer Schiffskabine stammt. Dinge verwandeln sich vor meinen Augen in Reliquien. Nacht für Nacht weckt mich mein Glück. Manchmal, wenn ich schlafe, verwandelt sich der Druck von Michaelas

Bein an meinem im Traum in Wärme, Sonnenlicht. Durch Licht beruhigt.

*

Stille: die Antwort auf beides, Leere und Fülle.

Das Licht der Lampe gießt uns in Bronze. Im gelben Schein, der die Dunkelheit stört, starrt der eine, der andere schläft, beide träumen. Die Welt dreht sich weiter, weil irgend jemand irgendwo wacht. Wenn durch Zufall ein Moment kommen sollte, in dem alle schlafen, würde die Welt verschwinden. Sie würde in einen Traum oder Alptraum hineinstrudeln, von der Erinnerung zu Fall gebracht. Sie würde zusammenbrechen und zu einem Ort werden, wo der Körper einfach ein Generator der Seele ist, eine Fabrik der Sehnsucht.

Wir definieren einen Menschen über das, was er bewundert, das, was ihn erhebt.

Alle Dinge streben nach oben, und sei es auch nur atomar. Ein Körper steigt still im Wasser auf, bis ihn die Oberfläche aufhält. Dann zieht der Mond ihn ans Ufer.

Ich bete, daß meine Frau bald einen neuen Atem in ihrem Körper spüren wird. Ich drücke den Kopf an Michaelas Körper und erzähle ihrem flachen Bauch leise eine Geschichte.

Kind, nach dem ich mich sehne: Wenn wir dich zeugen, wenn du geboren bist, wenn du das Alter erreichst, in dem ich jetzt bin, sechzig, so sage ich dir dieses: Zünde die Lampen an, aber suche nicht nach uns. Denke manchmal an uns, an deine Mutter und mich, wenn du in deinem Haus bist mit den Obstbäumen und dem verwilderten Garten und einem kleinen Holztisch auf dem Hof. Du, mein Sohn Bela, der du in einer alten Stadt lebst, wo du von einem Balkon auf die mittelalterlichen Pflastersteine sehen kannst. Oder du, Bella meine Tochter, in deinem Haus, das an einem Fluß liegt; oder auf einer Insel aus Weiß, Blau und Grün, wo die See dir überallhin folgt. Wenn es regnet, denke an uns, wenn du unter den tropfenden Bäumen entlanggehst oder durch kleine Zimmer, die nur ein Gewitter erhellt.

Zünde die Lampe an, schneide einen langen Docht. Ich bete, daß du uns eines Tages, wenn du uns fast vergessen hast, zurückkehren läßt. Daß die Meeresluft unserer Ehe dich durch ein offenes Fenster, sogar mitten in einer Stadt, findet. Ich bete, daß du eines Tages in einem Zimmer, das nur der Nachtschnee erhellt, plötzlich weißt, welch ein Wunder die Liebe deiner Eltern zueinander ist.

Mein Sohn, meine Tochter: Mögest du niemals taub sein gegen die Liebe.

Bela, Bella: Einmal war ich in einem Wald verirrt. Ich hatte solche Angst. Das Blut schlug wild in meiner Brust, und ich wußte, daß mein Herz bald erschöpft sein würde. Ich rettete mich, ohne nachzudenken. Ich griff nach den zwei Silben, die mir die nächsten sind, und ersetzte meinen Herzschlag durch deinen Namen.

TEIL 2

Die ertrunkene Stadt

Der Humber River fließt in südöstlicher Richtung durch die Stadt. Bis vor einer Generation war er über weite Strecken seines hundert Kilometer langen Laufs noch ein ländlicher Fluß, der durch ein paar Dörfer mäanderte und beiläufig einsame Orte wie Weston und Lambton Woods mit der flußabwärts gelegenen Stadt verband. Dreihundert Jahre lang lagen nur isolierte Gemeinden, Mühlen und Palisaden verstreut an seinen Ufern.

Im Laufe der Zeit konnte man das Anwachsen der Stadt verfolgen, wenn man flußaufwärts fuhr. Toronto wuchs, und so breiteten sich die Vororte allmählich nach Norden hin aus, füllten die weiten Wiesen und Auen zu beiden Seiten des Flusses, bis sogar abgelegene Ortschaften wie Weston von der Metropole umschlossen wurden. Die dem Humber nächstgelegenen Häuser drängten sich an den Fluß, schmiegten sich in Pappelstände, zwischen Schwarzerlen und Eichen. Regenpfeifer und Graureiher stolzierten in den Gärten zwischen Springkraut und wildem Wein herum.

Heute sehen große Teile der Uferlandschaft wieder so aus wie vor der Vereinnahmung durch die Stadt. In den Flußmarschen, dem den Windungen folgenden Tiefland, leben nur noch Zierschildkröten und Stockenten. In den verlassenen Ebenen von Weston ist eine sanfthügelige Parklandschaft entstanden; Rasen wächst friedlich bis an den Rand des Flusses.

Wenn man das niedrige Steilufer zum Wasser hinuntersteigt, sieht man durch die glitzernde Oberfläche hindurch, daß es auch am Grund des Flusses glitzert. Wenn man sich umdreht und auf die schlammige Uferböschung schaut oder einfach nur auf seine Füße hinabsieht, fällt einem die besondere Ablagerung auf, die der Humber hier nach der großen Überschwemmung des Oktober 1954 hinterlassen hat.

Im Ufersand vier Holzknöpfe im exakten Quadrat: gräbt man sie ein paar Zentimeter aus, kommen vier Stuhlbeine zum Vorschein. Ein paar Meter weiter flußabwärts ragt ein Teller – vielleicht mit dem bekannten und seit jeher beliebten blauen Weidenmuster – waagerecht halb aus der Lehmwand des Ufers. Man kann aus dem Schlamm einen silbernen Löffel wie ein Lesezeichen herausziehen.

Die Bücher und Fotos sind mittlerweile vermodert, aber die vergrabenen Tische und Regale, Lampen, Teller und Teppiche sind geblieben. Der Fluß strömt über Kiesel aus Porzellan und Steingut hinweg. Bruchstücke eines geblümten Tellerrandes oder der Wörter »Staffordshire, England« werden durch Riedgräser unterstrichen.

Verborgen im Gras, überall um einen herum, ist der weite stille Park mit Gabeln und Messern gespickt.

*

Die Luftfeuchtigkeit ist ein dichter Strom; langsam wie Traumzeit. Naomi hat eiskalt geduscht; ihre Haut wird in der heißen Luft feucht. Sie liegt auf mir, schwer und kalt wie nasser Sand.

Jedesmal wenn man spricht, muß man sich von seinen Illusionen trennen.

Es ist erst fünf Uhr, aber der Himmel ist wie eine dunkle Wand; die Ionen, die immer nach Nacht riechen.

In dem Sommer, als wir heirateten, gab es eine ähnliche Hitzewelle, die Luft war eine Decke, eine klebrige Hülle. Jeder Zentimeter an uns war glitschig vor Schweiß. Meine Hemden wurden glatt und formlos. Wir ließen unsere kleine Wohnung ständig im Halbdunkel, die Vorhänge gegen das Licht zugezogen; die Hitze und die Dunkelheit waren ein Vorwand, sich nicht anzuziehen. Wie der Unsichtbare Mann, den man nur an seinen Mullbinden erkennen kann, bewegte sich Naomi in ihrer im Dämmerlicht leuchtenden weißen Unterwäsche von Zimmer zu Zimmer.

Mehr als eine Woche lang war die Hitze zum Schlafen zu erdrückend gewesen. Wir dämmerten bis in den Morgen hinein, und nur alle paar Stunden tauchte der eine im Bewußtsein des anderen wieder auf, wenn er aus der Küche zurückkam, still wie ein Bote auf seinem Weg durch den Wald. Umrahmt vom Flurlicht, strömte Naomis Körper Wärme aus, in der Hand ein Glas Saft, der so kalt war, daß sein Geschmack ein Geheimnis blieb. Meine vom Glas gekühlten Hände lagen auf ihren heißen Hinterbakken; als ein Schauer sie durchlief, sagte sie mit leiser Stimme »Ben«. Manchmal ließ sie unter der flachen Hand Pflaumen aus dem Kühlschrank, frostüberzogene blaue Ovale, über meine Arme bis in meinen Mund hinein rollen, sie waren so kalt, daß sie an den Zähnen schmerzten; Pflaumensaft trocknete in braunen Tränen ihren Hals hinunter, süß und fest auf ihrer Haut. Oder einer von uns hielt das Gesicht oder die Füße unter den Wasserhahn, während der andere in den Schlaf zurückglitt, zum Traumgeräusch von Wasser, weit weg, auf einem Mühlrad.

Manchmal, sogar noch zum Schluß, am Abend eines langen Sonntags, an dem wir beide zu Hause gearbeitet hatten und sie Pizza hatte kommen lassen, die wir aßen, ohne ein ernsthaftes Wort zu wechseln, und nachdem wir dann die fettigen Kartons in den Abfall geworfen hatten, damit wir am nächsten Morgen nicht die Reste sehen mußten, wandten wir uns im Dunkeln einander zu, immer noch schweigend, bis sie zu einem Bergsteiger an der Felswand wurde, mit präzisen Bewegungen, über dem Abgrund hängend, bis sie mit geschlossenen Augen von hoch oben herabblickte und ich mich nicht mehr rührte – dann durchflutete uns das Gefühl, daß unser Zusammensein doch noch Bedeutung hatte. Kurz bevor sie einschlief, zuckten ihre Muskeln, ein lösender Reflex. Bald darauf spürte ich sie dicht neben mir, wie sie mit der gleichmäßigen Intensität einer Maschine atmete.

Wir schliefen eng beieinander, wir wußten, daß wir nur noch im Schweigen solche Lust empfinden konnten.

*

In meiner Familie gab es keinerlei erzählerische Energie, nicht einmal die Kraft der Elegie. Statt dessen trieben unsere Worte davon, als ob unser Haus den Elementen offenstünde und wir ewig in einen starken Wind flüsterten. Meine Eltern und ich wateten durch eine klamme Stille – des Nichthörens und Nichtsprechens. Sie drang in die Möbel, in den naßkalten

Lehnstuhl meines Vaters, überzog die Wände mit Schimmel. Wir verständigten uns durch knappe Gesten, Chirurgen im Operationssaal. Als meine Eltern starben, wurde mir klar, daß ich erwartet hatte, die Wohnung würde sich schlagartig mit Geräuschen füllen, die nun in den so lange verbotenen Raum fluteten. Aber kein Laut drang in die Wohnung. Und obwohl ich alleine war, Umzugskartons packte und ihre Sachen ordnete, war die Stille jetzt gespenstisch. Weil mir die Räume fast unverändert vorkamen.

Ich war überrascht, als ich entdeckte, daß nicht jeder den Schatten, der um die Dinge liegt, wahrnimmt, das Mal der Zersetzung, den schwarzen Umriß, der selbst im hellen Licht an ihnen haftet. Ich sah die Aura der Sterblichkeit, so wie eine Schlange ihr Beutetier in Infrarot sieht, die pulsierende Wärme. Für mich war dies so klar wie die Tatsache, daß aufgeschnittenes Obst auf dem Teller braun wird und eine Zitronenschale zu Duft zusammenschrumpft.

Ich wuchs heran, dankbar für die notwendigen Dinge des Lebens, für Essen und Trinken, für die gutgearbeiteten Schuhe meines Vaters – »das Wichtigste überhaupt«. Ich war dankbar für die Bartstoppeln, die jeden Morgen auf dem Gesicht meines Vaters erschienen, weil sie, wie mein Vater sagte, »ein Zeichen von Gesundheit« waren. Als meine Eltern befreit wurden, vier Jahre vor meiner Geburt, wurde ihnen klar, daß die gewöhnliche Welt außerhalb des Lagers ausgelöscht worden war. Es gab kein einfaches Mahl mehr, alles war außergewöhnlich: eine Gabel, eine Matratze, ein sauberes Hemd, ein Buch. Ganz zu schweigen von den Dingen, um die man hätte weinen können: eine Orange, Fleisch, Gemüse, heißes Wasser. Es gab keine Gewöhnlichkeit, in die man zurückkehren konnte, keine Zuflucht vor der blendenden Macht der Dinge – ein Apfel, der seinen süßen Saft hinausschrie. Alles gehörte dem Unmöglichen an, alles war ihm entrissen worden – Anorganisches wie Organisches –, Schuhe und Strümpfe, der eigene Leib. Es war alles eins. Und meine Dankbarkeit schloß auch das ein, was ich nicht ausdrükken konnte. Ich war nicht älter als fünf Jahre, als ich meine Mutter mit ihren Gartenhandschuhen voller Stolz bei ihren Rosen sah. Selbst damals wußte ich, daß ich mich mein Leben lang danach sehnen würde: meine Mutter, die sich bückt, um Unkraut zu ziehen, Sonnenlicht, ein endloser Tag.

Als ich noch jünger war, besuchte mich eines Nachts ein Engel. Er stand wie eine Krankenschwester am Fuße meines Bettes und wollte einfach nicht weggehen. Vor lauter Starren taten mir die Augen weh. Er machte eine Bewegung, deutete aufs Fenster. Ich ging hinüber, wollte auf die winterliche Straße hinuntersehen – und sah zum ersten Mal Schönheit, einen Wald von Eisblumen, so fein wie gestochenes Silber im Schein der Straßenlaterne. Der Engel war mir gesandt worden, um mich zu wecken, damit ich die Vision nicht verschlief; und der Anblick machte meinen Alpträumen von Türen, die mit Äxten eingeschlagen wurden, und von aufgerissenen Hundemäulern mit gezackten Zähnen für eine Weile ein Ende. Als ich deine Gedichte las, Jakob Beer, begriff ich endlich, was diese Winternacht und der Moment, als ich meine Mutter im Garten sah, bedeuteten. Du beschriebst deine erste Erfahrung des

Körpers einer schlafenden Frau so lebendig, so unvermittelt, als wärst du nach einer langen Zeit unter Wasser an die Oberfläche gekommen – zum ersten Mal atmend.

Als wir uns endlich an jenem Abend spät im Januar auf Irenas Geburtstagsfest trafen, sah ich, daß Maurice Salman nicht übertrieben hatte. Er hatte dich und Michaela treffend beschrieben – Ouzo und Wasser. Einzeln ward ihr klar und stark, zusammen wurdet ihr wolkig. Das Geheimnis zweier Menschen, sagte Salman, die »ein eindrucksvolles körperliches Leben« teilen. Du kennst ja Salman! Wenn er von dir spricht, bekommt er ganz schmale Augen. Er wühlt sich in seinen Sessel und sitzt da wie ein Felsen am Strand. Das Erhabene ist sein Slang. Was für eine wunderbare Mischung aus Scharfsinn und Kitsch. Er spricht eindringlich von der Leidenschaft, aber er macht ein Gesicht wie ein listiger Verführer, der eine Reifenpanne oder einen leeren Benzintank vorspiegelt. Direkt aus den alten Filmen geholt, für die er so schwärmt. Er ist wie einer, der dir einen erstaunlichen und teuren Wein anbietet und einen Teller Erdnüsse dazustellt. Vielleicht übertreibe ich. Salman wirkt, als schüttelte er die Hyperbeln nur so aus dem Ärmel, aber in Wirklichkeit ist er scharfsichtig und genau.

Ich hatte noch nie von dir gehört, bis Salman uns in seinem Seminar deinen Gedichtband *Erdarbeiten* empfahl und die Anfangsverse zitierte. Später sah ich, daß das Buch dem Gedenken deiner Eltern und deiner Schwester Bella gewidmet war. *Die Liebe zu meiner Familie ist jahrelang in fäulnisgedüngter Erde gewachsen, eine ungewaschene Wurzel, die plötzlich ausgerissen wurde. Rund wie eine Rübe, ein riesiges Auge unter einem Lid aus Erde. Heb das Auge ans Licht, laß die Erde blind werden.*

Ich weiß – je mehr man die Worte eines Menschen liebt, desto mehr nimmt man auch an, daß er alles, was er in seinem Leben nicht tun konnte, in seine Arbeit gesteckt hat. Die Beziehung zwischen dem Verhalten eines Menschen und seinen Worten ist gewöhnlich die von Knorpel und Fett auf dem Knochen der Bedeutung. Aber in deinem Fall schien es keine Kluft zwischen den Gedichten und dem Menschen zu geben. Wie konnte es auch anders sein, bei einem Mann, der behauptete, so absolut an die Sprache zu glauben? Der wußte, daß sogar ein einziger Buchstabe – wie das in einen Paß gestempelte »J« – Macht über Leben oder Tod haben konnte.

In deinen späteren Gedichten ist es, als ob die Geschichte einem beim Lesen über die Schulter blickt, ihren Schatten auf die Seite wirft, aber nicht mehr in den Worten selbst ist. Es ist, als hättest du etwas entschieden, ein Abkommen mit deinem Gewissen getroffen. Ich wollte daran glauben, daß die Sprache selbst dich befreit hatte. Aber an dem Abend, als wir uns trafen, wußte ich, daß es nicht die Sprache war, die dich freigesetzt hatte. Nur eine sehr einfache Wahrheit oder eine sehr einfache Lüge konnte einem Menschen solchen Frieden geben. Das Geheimnis verdunkelte sich in mir. Ein Muttermal in der Blässe meiner eigenen Verstörung.

Und ich wußte, daß ich am Ufer stand und nur ein Zuschauer war, während du, längst dem staubigen Fels entkommen, zwischen den feuchten Schenkeln des Flusses lagst.

An diesem Abend bei Salmans strahltest du eine solch heitere Ruhe aus, daß man sie nur als sinnlich bezeichnen konnte. Die Erfahrung hatte alles Überflüssige aus dir herausgezogen. Oder wie Geologen vielleicht sagen würden, du hattest den Zustand alluvialer Konzentration erreicht. Man konnte nicht anders, als die Kraft deiner Gegenwart spüren, deine Hand, die schwer wie eine Katze auf Michaelas Oberschenkel lag. Was ist die Liebe auf den ersten Blick, als die Antwort einer Seele, die vor Schmerz aufschreit, weil ihr plötzlich bewußt wird, daß sie nie zuvor erkannt worden ist? Natürlich war Naomi beeindruckt und erzählte dir bald von ihren Eltern, ihrer Familie. Naomi, die sonst so schüchtern war, erzählte von dem letzten Sommer mit ihrem sterbenden Vater am See, dann sprach sie über meine Eltern – worüber ich, wie ich feststellte, nicht etwa verärgert war, sondern merkwürdig dankbar. Erzähl es ihm, dachte ich, erzähl ihm alles.

Du hörtest zu, nicht wie ein Priester, der in den Worten die Sünde sucht, sondern wie ein Sünder, der auf die eigene Erlösung hofft. In deiner Gegenwart fühlte man sich klar, fühlte man sich – rein, du hattest diese Gabe. Als könnte Reden wirklich heilen. Die ganze Zeit suchte deine Hand die Berührung mit Michaela, lag auf ihrer Schulter oder auf ihrem Arm oder hielt ihre Hand. Deine Augen waren bei uns, dein Körper bei ihr. Nur einmal hörte Naomi kurz auf zu erzählen, plötzlich befangen, und sagte, daß du sie vielleicht töricht fändest, weil sie so oft zu ihrem Grab ging und Blumen darauf legte. Worauf du die unvergeßliche Antwort gabst: »Ganz im Gegenteil. Ich finde es ganz richtig, ihnen immer mal wieder was Schönes zu bringen.« Und ich sah eine Dankbarkeit in ihrem Gesicht, an die ich mich nur unter Schmerzen erinnere, weil ich mich über ihre Besuche auf dem Friedhof so geärgert hatte, am Grab *meiner* Eltern! Ich hatte ihr vorgeworfen, daß es pathologisch sei, daß sie über den Tod ihrer eigenen Eltern nicht hinwegkam, daß sie es, seit sie achtzehn war, anscheinend brauchte, in ständiger Trauer zu leben. Charakteristischerweise wiederholte sie deine Bemerkung später nicht. Niemand ist in seinem Schweigen großzügiger als Naomi, die selten die Zähne vor Enttäuschung oder Wut zusammenbeißt (sie weint lieber). Ihr Schweigen ist gewöhnlich klug. Ich war ihr oft dankbar dafür, besonders in den Monaten, bevor ich wegging, eine Zeit, in der Naomi immer weniger redete.

Als wir uns an dem Abend von den Salmans verabschiedeten und Naomi in ihren Mantel schlüpfte, war die Verwandlung, die sich in meiner Frau vollzogen hatte, nicht offen sichtbar, aber unverkennbar. Die Unterhaltung mit dir hatte eine körperliche Veränderung bewirkt. Und ich sah, wie Naomi sich freute, als Michaela ihren Mantel und Schal bewunderte, und ihr errötetes Gesicht, als du ihr zum Abschied die Hand gabst.

An diesem Abend wurde mir auch etwas über Maurice und seine Frau klar. Ich sah sie zusammen am Fenster stehen. Sie ist so klein, von makelloser Zierlichkeit, mit teuren Schuhen, einer Seidenbluse und einem länglichen, melancholisch wirkenden Gesicht. Salman hielt ihren Ellbogen in seiner Tatze wie eine Teetasse. Er trug ihren Pullover über seinem mächtigen Arm, ein Taschentuch auf einem Elefantenrücken. Es war nur eine kleine Geste: Sie langte hinauf, ihre Kinderhand auf seiner flachen großen Wange. Sie berührte ihn, als wäre er aus zartestem Porzellan.

Als ich an der Universität war, wurde *Falsches Zeugnis* gerade neuaufgelegt, so dick wie ein kleines Wörterbuch. Salman hatte seine Studenten bereits durch das Salzbuch mit Athos' lyrischer Geologie vertraut gemacht. Athos' leidenschaftliche, anthropomorphe Beschreibungen – alles übersetzte er prachtvoll in menschliche Begriffe –, er sprach sogar von der Großzügigkeit einer Ionenverbindung. Zu glauben, daß es kein Ding gibt, das sich nicht nach einem anderen sehnt! Die dramatische Langsamkeit geologischer Verschiebungen ebenso wie der Aufstieg von Handel und Kultur – alles war eine Evolution der Sehnsucht. Wie konnte man solchen Erzählungen zuhören und nicht durch sie geformt werden? Du hattest Glück, bei einem Meister in die Lehre zu gehen. Als du dich deinen Gedichten zuwandtest, deinen *Erdarbeiten,* und in ihnen die Geologie der Massengräber nachzeichnetest, war es, als hörten wir die Erde sprechen.

Nachdem du gestorben warst, konnte ich Salmans Einsamkeit förmlich riechen, die besondere Einsamkeit von Männern, die einen Freund verloren haben. Salman erging sich in Erinnerungen – erzählte Anekdoten aus der Zeit, als du zwanzig warst, wie ihr zusammen die ganze Nacht durch die Stadt gewandert seid, zu jeder Jahreszeit, und zuerst über Athos' Arbeit spracht, dann über Lyrik und schließlich über Salmans Wunden, aber nicht über deine (viele Jahre lang nicht). Erschöpft und schwitzend oder erschöpft und verfroren kehrtet ihr zu Kaffee und Kuchen ins 24-Stunden-Restaurant zurück und trenntet euch dann um zwei Uhr morgens, ein Abschied auf der leeren Straße. Salman sah dir nach, wenn du die St. Clair Avenue hinunter zu deiner Wohnung gingst, in der du nach Athos' Tod allein wohntest, so wie viele Jahre später wieder, als deine erste Ehe auseinandergegangen war – wie hoffnungslos du aussahst … Salman erzählte mir von deinen Gewohnheiten, deiner Verläßlichkeit, deiner moralischen Ernsthaftigkeit. Deinen Depressionen. Er erzählte mir von der Vollkommenheit Michaelas, deiner zweiten Frau.

»Ben, wenn wir sagen, daß wir einen geistigen Ratgeber suchen, dann suchen wir in Wahrheit nach jemandem, der uns sagt, was wir mit unserem Körper anfangen sollen. Entscheidungen des Fleisches. Wir vergessen, daß wir durch Lust genau wie durch Schmerz lernen können«, sagte Salman, nachdem du gestorben warst. »Jakob brachte mir so viele Dinge bei. Zum Beispiel: Was ist der wahre Wert des Wissens? Daß es unsere Unwissenheit schärfer umreißt. Als Gott den Juden in der Wüste befahl, keinen anderen Gott neben ihm zu haben, gebot er ihnen nicht, einen Gott einem anderen vorzuziehen, sondern vielmehr, einen oder gar keinen zu haben. Jakob war fest davon überzeugt, daß Dilemmata sehr lehrreich sind. Du erinnerst dich vielleicht an das Anfangsbild seiner *Dilemma-Gedichte,* ein Mann starrt auf eine unüberwindbar hohe Mauer, ein anderer Mann starrt auf dieselbe Mauer, nur von der anderen Seite … Ich erinnere mich daran, wie jemand auf einer unserer Partys über die Dualität von Partikeln und Wellen sprach. Nach einer Weile sagte Jakob: ›Vielleicht ist es einfach so, daß das Licht, wenn es vor einer Wand steht, gezwungen ist, sich zu entscheiden.‹ Alle lachten, hörten nur den Laien, der über Physik redete! Aber ich wußte, was Jakob meinte. Das Partikel ist der säkulare Mensch; die Welle der Gläubige. Und ob man mit der Lüge lebt oder mit der Wahrheit, ist gleichgültig, solange man nur die Wand überwindet. Und während manche durch die Liebe angetrieben werden (diejenigen, die sich entscheiden), treibt die meisten die Furcht (die, die sich entscheiden, indem sie sich nicht entscheiden). Dann sagte Jakob: ›Vielleicht ist das Elektron weder ein Partikel noch eine Welle, sondern etwas ganz anderes, etwas Komplizierteres – eine Dissonanz –, wie der Kummer, dessen Schmerz die Liebe ist.‹«

*

Wir betrachten das Wetter als etwas Flüchtiges – als wechselhaft und vor allem vergänglich; aber die Natur erinnert sich an alles. Bäume zum Beispiel tragen die Erinnerung an Regen in sich. In ihren Ringen lesen wir vom Wetter vergangener Zeiten – Stürme, Sonnenlicht und Temperaturen, die Wachstumsperioden von Jahrhunderten. Ein Wald hat eine Geschichte, an die sich jeder einzelne Baum erinnert, selbst nachdem er gefällt worden ist.

Nur Maurice Salman – oder Athos Roussos – war in der Lage, einen Studenten, der sich nicht zwischen seinem Interesse an der Geschichte der Meteorologie und dem an der Literatur entscheiden kann, anzuschauen und zu sagen: »Warum versuchst du nicht, beides weiterzustudieren? Es gibt Kulturen, in denen Männer mehr als eine Frau haben …« In meiner Naivität erzählte ich Salman, daß man zwischen einer Wetterkarte und einem Gedicht einen formalen Vergleich anstellen könnte. Ich sagte ihm, daß ich meine Semesterarbeit in der Literaturwissenschaft »Wetterberichte im Roman« nennen wollte. Nach unserem Gespräch verließ ich Salmans Büro und trat auf die Straße hinaus; es war Oktober und der Abendhimmel glänzte in einem reinen blassen Gegenlicht. Ich ging nach Hause und wünschte, daß da jemand wäre, mit dem ich meine Neuigkeiten teilen könnte, wünschte, daß eine Frau auf mich wartete und ich mit meinen kalten Händen unter ihren Pullover schlüpfen und über ihre warme Haut fahren und ihr erklären könnte, was Salman statt dessen als Thema meiner Arbeit vorgeschlagen hatte: Das objektive Korrelat – Wetter und Biographie.

Jahre später, als ich meine Arbeit zu einem Buch erweiterte, sorgte Naomi für eine zu meinen Recherchen passende Nahrung … St. Petersburg, ein eisiger Dezembermorgen im Jahre 1849. Pferdewiehern hängt weiß in der Luft, das Klingeln des Geschirrs; dampfender Pferdemist, nasses Leder und Schnee. Ich steige aus dem geschlossenen Gefängnisfuhrwerk und folge Dostojewski ins eisige orangene Licht auf dem Semjonowski Platz. Er zittert unter seinem leichten Sommermantel, in dem man ihn Monate zuvor verhaftet hat. Seine Nase ist rot vor Kälte und hebt sich von seinen wächsernen Wangen ab, die durch die lange Einkerkerung bleich geworden sind. Mit verbundenen Augen werden er und die anderen vermeintlichen Petraschewski-Radikalen in einer Reihe aufgestellt, um im schneidenden Winterwind erschossen zu werden. Ich schaue ihm fest ins Gesicht. Auch wenn seine Augen verbunden sind, kann man die Verwandlung, die in ihm vorgeht, deutlich erkennen. Die Gewehre sind gespannt. Jeder der Männer spürt, wie die Kugel seine Brust zerreißt, den heißen Stich, die Faust, so klein wie ein Kinderfinger, die ihn zu Boden schlägt. Dann werden ihnen die Augenbinden abgenommen. Nie zuvor habe ich solche Gesichter gesehen, in ihnen ist nichts als die bloße Offenbarung, daß sie noch leben, daß kein Schuß gefallen ist. Ich spüre das Gewicht des Lebens; das heißt, das Gewicht von Dostojewskis Leben, das sich von dem Moment an mit der Intensität eines Mannes entfaltet, der noch einmal neu beginnt.

Während ich in Fußeisen durch Rußland reiste, legte Naomi behutsam elfenbeinfarbene Kartoffeln, die sie kochte, bis sie bei der ersten Berührung einer Gabel zerfielen, in gekühlten scharlachroten Borschtsch. Während ich vor Hunger im Schnee von Tobolsk in die Knie sank, schnitt Naomi unten von einem steinschweren Laib dicke Scheiben Brot ab. Diese eßbaren Witze nannte ich das »kulinarische Korrelativ«. Ich verbrachte Nachmittage in Staraja Russa und kam dann zu einem Abendessen mit süßer Kohlsuppe herunter.

Das Wetter zu lesen ist eine Sache: die bekannten Beispiele von Gewitter und Lawinen, Schneestürmen und Hitzewellen und Monsunen. *Der Sturm,* die wüste Heide in *König Lear*. Der Sonnenstich in Camus' *Der Fremde*. Tolstois Schneesturm in »Herr und Knecht«. Deine *Hotelregen*-Gedichte. Aber Biographien … Der Schneesturm, der Pasternak in einer Datscha zurückhielt, wo er sich in Maria Judina verliebte, als er sie Chopin spielen hörte (»Schnee fegte über die Erde … die Kerze brannte …«). Madame Curie, die sich weigerte, aus dem Regen hereinzukommen, als sie vom Tod ihres Mannes erfuhr. Die griechische Sommerhitze, als der Krieg wie Fieber aus dir herauskochte. Dostojewski war das erste Beispiel, das mir in den Sinn kam; sein brutaler Sträflingsmarsch nach Sibirien. Die Gefangenen rasteten in Tobolsk, wo sich die alten Bauersfrauen ihrer erbarmten. Die guten Frauen standen bei minus dreißig Grad am Ufer des Irtysch und gaben ihnen Bündel mit Tee, Kerzen, Zigarren und ein Neues Testament mit, in dessen Einband ein Zehnrubelschein eingenäht war. In diesem Zustand äußerster Not drang ihre Mildtätigkeit für immer in Dostojewskis Herz. Bei Sonnenuntergang, umgeben von Wind und mattblauem Schnee, riefen die Frauen dem elenden Gefangenenzug Segenssprüche für die Reise zu. Wie ein lockeres Seil zog er sich durch die weiße Landschaft, der Wind biß durch ihre dünne Kleidung in die Haut. Und Dostojewski schleppte sich weiter und fragte sich, wie es so früh in seinem Leben schon zu spät sein konnte.

*

Die Erinnerungen, denen wir ausweichen, folgen uns und holen uns ein wie ein Schatten. Mitten in einem Gedanken taucht plötzlich eine Wahrheit auf, ein Haar auf einer Linse.

Mein Vater fand den Apfel im Müll. Er war verfault, und ich hatte ihn weggeworfen – ich war acht oder neun Jahre alt. Er zog ihn aus dem Mülleimer, suchte mich in meinem Zimmer auf, packte mich an der Schulter und hielt mir den Apfel dicht vors Gesicht.

»Was ist das? Was ist das?«

»Ein Apfel –«

Meine Mutter hatte in ihrer Handtasche immer etwas zu essen dabei. Mein Vater aß oft eine Kleinigkeit, um selbst dem geringsten Hungergefühl vorzubeugen, denn wenn es ihn überkam, aß er, bis ihm schlecht wurde. Dann aß er pflichtbewußt, systematisch, mit tränenüberströmtem Gesicht, das Tier und der Geist in ihm deutlich sichtbar, und er wußte, daß er beides erniedrigte. Wenn man einen Beweis für die Seele braucht, ist er leicht zu finden. Der Geist offenbart sich vor allem in Momenten extremer körperlicher Demütigung. Essen war für meinen Vater mit keinerlei Freude verbunden. Es dauerte Jahre, bis ich verstand, daß es sich nicht nur um ein psychologisches Problem handelte, sondern auch um ein moralisches, denn wer konnte die Frage meines Vaters beantworten: Nach allem, was er erlebt hatte, sollte er sich nun vollstopfen oder lieber verhungern?

»Ein Apfel! Nun, mein kluger Junge, ist ein Apfel etwa nichts zu essen?«

»Er war schon ganz verfault –«

Sonntagnachmittags fuhren wir in die ländliche Umgebung der Stadt oder in ihren Lieblingspark am Rand des Ontariosees. Mein Vater trug dabei immer eine Mütze, damit ihm die wenigen Haare, die er noch hatte, nicht in die Augen gerieten. Er umklammerte das Steuer fest mit beiden Händen und überschritt nie die Geschwindigkeitsbegrenzung. Ich rekelte mich auf dem Rücksitz, lernte mit Hilfe des *Jungen Elektrikers* das Morsen oder versuchte, mir die Beaufort-Skala einzuprägen (»Windstärke 0: senkrecht aufsteigender Rauch, spiegelglatte See; Stärke 5: kleinere Bäume schwanken im Wind, Schaumkronen; Stärke 6: Regenschirme lassen sich nur schwer festhalten; Stärke 9: es kann zu Gebäudeschäden kommen.«). Ab und zu tauchte der Arm meiner Mutter mit einer Dropsrolle in der Hand über dem Vordersitz auf.

Meine Eltern stellten ihre Klappstühle auf (sogar im Winter), während ich mich allein davonmachte, Steine sammelte, Wolkenarten bestimmte oder die Wellen zählte. Ich lag im Gras oder Sand, las und schlief manchmal in meiner schweren Jacke unter einem lehmfarbenen Himmel über Büchern wie *Der Mondstein* oder *Männer auf See* mit ihren Stürmen und Vulkanen ein. (»Unmöglich kann ich mir die folgenden Stunden ins Gedächtnis rufen, ohne erneut von dem Grauen berührt zu werden, das mich damals ergriff. Wind und Regen, Regen und Wind, unter einem Himmel, der keinerlei Abhilfe versprach. Die ganze Zeit hindurch verließ Mr. Bligh nicht ein einziges Mal das Ruder, und er schien von einer heiteren Zuversicht beseelt, die mit der Gefahr wuchs …«) Bei gutem Wetter packte meine Mutter das zu Hause vorbereitete Essen aus, und sie tranken starken Tee aus einer Thermoskanne, während der Wind auf dem kalten See herumstöberte und Kumuluswolken über dem Horizont entlangdampften.

Sonntagabends hörte ich mit meinem Vater im Wohnzimmer Musik, während meine Mutter das Abendessen machte. Ihn beim Zuhören zu beobachten, veränderte die Art, wie ich selber zuhörte. Seine Aufmerksamkeit löste die Musikstücke wie ein Röntgenbild in ihre theoretischen Bestandteile auf, wobei das Gefühl der graue Nebel des Fleisches war. Er benutzte Orchester – die Arme und Hände und den Atem anderer Leute –, um mir Zeichen zu geben; eine wortlose Bitte, bei der alle Bedeutung in die Akkorde gelegt war. An ihn gelehnt, sein Arm um meine Schultern – oder, als ich noch klein war, den Kopf auf seinen Knien –, seine Hand geistesabwesend, aber für mich noch immer raubtierhaft auf meinem Kopf. Er strich mir übers Haar zu der Musik von Schostakowitsch, Prokofjew, Beethoven oder zu Liedern von Mahler: »Alle Sehnsucht will nun träumen«, »Ich bin der Welt abhanden gekommen«.

Diese Stunden wortloser Nähe formten mein Bild von ihm. Streifen letzten Tageslichts auf dem Fußboden, das gemusterte Sofa, die Vorhänge aus Seidenbrokat. Ab und zu, an Sonntagen im Sommer, der Schatten eines Insekts oder Vogels auf dem sonnengetränkten Teppich. Ich atmete ihn ein. Seine Lebensgeschichte, die ich von meiner Mutter kannte – merkwürdige, episodische Bilder –, und was er mir von den Komponisten erzählte, vermischten sich mit der Musik. Kuhatem, Kuhmist und frisches Heu auf der schlammigen nächtlichen Straße auf Mahlers Nachhauseweg, das Mondlicht ein Spinnengewebe über den Feldern. In demselben Mondlicht, auf dem Marsch zurück ins Lager, war die Zunge meines Vaters ein pelziger Riemen; der Durst wurde unerträglich, als er bei vorgehaltener Waffe an einem Eimer mit Regenwasser vorbeigehen mußte, einem kleinen runden Spiegelbild von Sternen. Sie beteten um Regen, damit sie aufsaugen konnten, was in ihre Gesichter fiel, Regen, der wie Schweiß roch. Wie er auf der Flucht nur das Herz eines Kohlkopfes aß, damit er noch ganz aussah und man seiner Spur nicht folgen konnte.

Ich sah von den Knien meines Vaters zu seinem konzentrierten Gesicht auf. Er hörte immer mit offenen Augen zu. Beethoven – den Sturm der Sechsten Symphonie im Gesicht, wanderte er durch den Wald und die Felder von Heiligenstadt, den wirklichen Sturm im Rücken, im Rücken meines Vaters, Schlamm lag wie Überschuhe auf seinen Füßen, der schrille, verzweifelte Schrei eines Vogels in den regennassen Bäumen. Während eines langen Marsches konzentrierte sich mein Vater auf einen Holzsplitter in seiner Hand, um nicht an seine Eltern denken zu müssen. Ich spürte meine Schädeldecke unter seinen Fingern, als er mir durch die kurzen Haare fuhr. Beethoven, der mit seinen wild in der Luft rudernden Armen Ochsen erschreckte, dann plötzlich wie angewurzelt stehenblieb und in den Himmel blickte. Mein Vater, wie er zwischen den Schornsteinen hindurch auf eine Mondfinsternis starrte oder ins tote Sonnenlicht, das wie trüber Schaum auf den Schlaglöchern lag. Die Gewehrmündung dicht vor seinem Gesicht, während sie die Tasse Wasser mit den Stiefelspitzen immer knapp aus seiner Reichweite stießen.

Solange die Symphonie währte, der Liederzyklus, das Quartett, hatte ich Zugang zu ihm. Ich konnte so tun, als gelte seine Aufmerksamkeit mir statt der Musik. Seine Lieblingsstücke waren mir vertraut, begrenzte Reisen, die wir zusammen unternahmen und auf denen wir die Wegweiser aus Ritardando, Sostenuto und wechselnden Tonarten wiedererkannten. Manchmal spielte er eine Aufnahme von einem anderen Dirigenten, und ich merkte, wie fein sein Gehör war, wenn er die verschiedenen Interpretationen verglich. »Ben, merkst du, wie er durch die Arpeggios hetzt.« – »Hör mal, wie er das langzieht ... aber wenn er diese Stelle hier akzentuiert, wird er das Crescendo später ruinieren!« Und in der darauffolgenden Woche kehrten wir zu der Version zurück, die wir kannten und liebten wie ein Gesicht, einen Ort. Eine Fotografie.

Seine abwesenden Finger fuhren mir durchs kurze Haar. Die Musik war untrennbar mit seiner Berührung verbunden.

Durch den Hosenstoff spürte ich die Form seiner dünnen Beine und konnte kaum glauben, daß es dieselben Beine waren, die jene Strecken gelaufen waren, die so viele Stunden gestanden hatten. In unserer Wohnung in Toronto gab es Bilder von Europa, Postkarten von einem anderen Planeten. Sein einziger Bruder, mein Onkel, dessen Körper unter einer wimmelnden Schicht aus Läusen verschwunden war. Anstatt Geschichten von Drachen, Trollen und Hexen zu lauschen, hörte ich unzusammenhängende Erwähnungen von Kapos, Häftlingen, einer Ess Ess und von dunklen Wäldern; ein Scheiterhaufen aus schwarzen Wörtern. Beethoven, der in alten Kleidern herumlief, die so schäbig aussahen, daß seine Nachbarn ihm den Spitznamen Robinson Crusoe gaben; der sich drehende Wind vor einem Sturm, das Laub von Bäumen, die sich ducken, bevor der Regen auf sie niederprasselt, die Sechste, Opus 68; die Neunte, Opus 125. All die Nummern der Symphonien und Sonaten, die ich ihm zuliebe auswendig lernte. Das alles wuchs in meiner Erinnerung an, unter seinen Fingern, während er mir übers Haar strich; die Haare auf seinem Arm, seine Nummer nah vor meinem Gesicht.

Selbst der Humor meines Vaters war schweigsam. Er zeichnete Dinge für mich, Bildgeschichten, Karikaturen. Haushaltsgeräte mit menschlichen Gesichtern. Seine Zeichnungen gaben einen flüchtigen Einblick: wie er die Dinge sah.

»Ist ein Apfel etwas zu essen?«

»Ja.«

»Und du wirfst Essen weg? Du – *mein* Sohn – du wirfst Essen weg?«

»Er ist verfault –«

»Iß ihn … Iß ihn auf!«

»Pa, er ist verfault – den eß ich nicht!«

Er drückte ihn mir gegen die Zähne, bis ich den Mund aufmachte. Ich würgte, schluchzte und aß. Der übersüße, braune Geschmack, Tränen. Jahre später, als ich allein lebte und Essensreste wegwarf oder im Restaurant etwas auf dem Teller zurückließ, wurde ich in meinen Träumen von traurigen Karikaturen verfolgt.

Bilder brandmarken dich, verbrennen die darumliegende Haut, hinterlassen ihr schwarzes Zeichen. Wie vulkanische Asche können sie zu fruchtbarer Erde werden. Aus dem versengten Boden sprießen spitze grüne Schößlinge empor. Die Bilder, die mein Vater in mir pflanzte, waren ein gegenseitiges Versprechen. Er gab mir das Buch oder die Zeitschrift schweigend herüber. Er zeigte mit dem Finger auf etwas: Sehen war wie Zuhören eine strenge Disziplin. Was sollte ich mit dem Grauen auf diesen Fotografien anfangen, wo ich doch in Sicherheit war, in meinem Zimmer mit den Cowboy Vorhängen und meiner Steinesammlung? Er drängte mir Bücher mit einer grimmigen Entschlossenheit auf, die mir, wie ich heute weiß, noch mehr angst machte als die Bilder in ihnen. Was ich in meinem sicheren Zimmer damit anfangen sollte, war klar. Du bist nicht zu jung. Es gab Hunderttausende, die jünger waren als du.

Ich fürchtete die Klavierstunden mit meinem Vater und übte niemals, wenn er zu Hause war. Seine Forderung nach Perfektion hatte die Kraft eines moralischen Imperativs, als setzte jede richtige Note Ordnung gegen das Chaos, ein Ziel, das so unerreichbar war, als wollte man eine zerbombte Stadt Atom um Atom wiederaufbauen. Als Kind empfand ich dieses Ziel nicht als Ausdruck des Glaubens, es schien mir nicht einmal etwas damit zu tun zu haben, daß man sich als Kind Mühe geben mußte. Für mich war es schlicht sinnlos, so etwas anzustreben. Auch bei meinen ernsthaftesten Bemühungen kam nur heraus, daß er sich über mich ärgerte. Meine Fugen und Tarantellas zerfaserten mitten im Stück, meine Bourrées stapften schwerfällig einher – ich war mir einfach des kompromißlosen Ohrs meines Vaters viel zu bewußt. Schließlich überzeugten ihn seine eigene Unzufriedenheit, die von ihm mitten in einem Stück abrupt abgebrochenen Stunden, meine Bedrücktheit und die inständigen Bitten meiner Mutter, den Unterricht aufzugeben. Nicht lange nach unserer letzten Klavierstunde, an einem unserer Sonntage am See, gingen mein Vater und ich am Ufer entlang, als ihm ein kleiner Stein auffiel, der die Form eines Vogels hatte. Als er ihn aufnahm, bemerkte ich das kurze zufriedene Aufleuchten in seinem Gesicht und spürte in dem einen Moment, daß ich ihn weniger zu erfreuen imstande war als ein Stein.

Als ich elf war, mieteten meine Eltern für die letzten zwei Wochen des Sommers ein Ferienhaus. Ich hatte zuvor noch nie absolute Dunkelheit erlebt. Als ich nachts aufwachte, glaubte ich, ich wäre im Schlaf erblindet – der Alptraum jeden Kindes. Aber die Dunkelheit weckte noch eine weitere alte Furcht. Ich stand auf und fuhr mit den Armen durch die gefährliche Luft, bis ich die Lampe fand. Es war eine Mutprobe. Ich wußte, daß es lebensnotwendig war, stark zu sein. Nachdem ich nächtelang mit einer Taschenlampe in der Hand geschlafen hatte, faßte ich einen Entschluß. Ich zwang mich, aus dem Bett zu steigen, zog meine Turnschuhe an und ging hinaus. Ich hatte mir zur Aufgabe gemacht, mit ausgeschalteter Taschenlampe durch den Wald zu gehen, bis ich zur Straße kam, die ungefähr einen halben Kilometer entfernt war. Wenn mein Vater tagelang laufen konnte, dann konnte ich zumindest bis zur Straße gehen. Was würde mit mir geschehen, wenn ich so weit gehen müßte, wie mein Vater hatte gehen müssen? Ich war im Training. Mein Flanellpyjama war klamm vor Schweiß. Ich ging mit nutzlosen Augen und hörte den Fluß, das bescheidene Messer der Geschichte, das seine Schneide immer tiefer in die Erde grub; rostiges Blut sickerte durch die aufgesprungene Oberfläche des Waldes. Ein feinmaschiges Netz von Insekten lag über dem schweren Atem der Nacht, gespenstisch kalte Farne schlugen an meine Knöchel – nichts Lebendiges konnte in einer so heißen Nacht so kalt sein. Langsam traten die Bäume aus dem vielschichtigen Dunkel hervor, wie herausgestanzt, schwarz auf schwarz, und das Dunkel war eine bleiche Haut, die sich über verkohlte Rippen spannte. Über mir die ferne Brandung der Blätter, ein dunkler raschelnder Rock, der an knochige Beine schlug. Merkwürdige Gespinste aus nichts, Geisterhaar, streiften Hals und Wangen und ließen sich nicht wegreiben. Der Wald schloß sich um mich wie die Umarmung einer Hexe, nichts als Haare und heißer Atem, borstige Haut und spitze Fingernägel. Und als es mich fast erdrückte und mir schlecht wurde vor Angst, war ich plötzlich im Freien, eine schwache Brise zog über die breite Straße. Ich machte die Taschenlampe an und rannte, ihrem weißen Tunnel folgend, den Pfad entlang zurück.

Am Morgen sah ich, daß meine Beine mit Schlamm und teefarbenem Blut von Stichen und Schrammen verschmiert waren. Den restlichen Tag über entdeckte ich an merkwürdigen Stellen Kratzer, hinter den Ohren oder innen am Arm entlang, eine dünne Blutlinie, als wäre sie mit einem roten Stift gezogen worden. Ich war sicher, daß die Mutprobe mich von meiner Furchtsamkeit befreit hatte. Aber in der folgenden Nacht wachte ich wieder im selben Zustand auf, meine Knochen waren kalt wie Stahl. Noch zweimal wiederholte ich den Gang, zwang mich dazu, mich der Dunkelheit des Waldes zu stellen. Aber die Dunkelheit in meinem Zimmer konnte ich immer noch nicht ertragen.

Als ich zwölf war, freundete ich mich mit einem chinesischen Mädchen an, das nicht viel größer als ich, aber um einiges älter war. Ich bewunderte ihre Ledermütze, ihre dunkle Haut, ihr kunstvoll geflochtenes Haar. Stell dir eine viertausend Jahre alte Haarsträhne vor! Ich freundete mich auch mit einem irischen und einem dänischen Jungen an.

Ich hatte im *National Geographie* die perfekt erhaltenen Moorleichen entdeckt, und ihre Konservierung faszinierte und beruhigte mich. Diese waren nicht wie die Körper auf den Fotos, die mein Vater mir zeigte. Ich zog mir die duftende Erde über die Schultern, die friedvolle, luftige Torfdecke. Heute weiß ich, daß meine Faszination nicht der Archäologie galt, nicht einmal den historischen Erkenntnissen, die in diesen Körpern lagen: sie galt der Biographie. Die Gesichter, die mich über die Jahrhunderte hinweg anstarrten, mit den gleichen Fältchen auf den Wangen wie die meiner Mutter, wenn sie auf der Couch eingeschlafen war, waren die Gesichter von namenlosen Menschen. Sie starrten und warteten, stumm. Es war meine Aufgabe, mir vorzustellen, wer sie sein könnten.

*

Wenn man eine Wetterkarte liest, liest man Zeit – wie bei einer Partitur. Ich bin mir sicher, daß du, Jakob Beer, mir zustimmen würdest: Man kann ein Leben in Form von Hoch- und Tiefdruckzonen, Fronten und ozeanischen Einflüssen darstellen.

Die nachträglichen Einsichten der Biographie sind genauso schwer faßbar und ebenso deduktiv wie eine langfristige Wettervorhersage. Schätzungen, ein instinktiver Schluß. Man geht Wahrscheinlichkeiten durch. Man wägt den Einfluß all der Informationen ab, die einem nie zugänglich sein werden, die nie aufgezeichnet wurden. Nicht die Bedeutsamkeit von dem, was noch vorhanden, sondern von dem, was verschwunden ist. Selbst das zurückgezogenste Leben kann – zumindest teilweise – postum rekonstruiert werden. Henry James, der, was sein privates Leben anging, durchaus als spröde gelten kann, verbrannte alle Briefe, die er erhielt. Wenn sich jemand für mich interessiert, sagte er, dann sollen sie erst mal den »unverwundbaren Granit« meiner Kunst aufbrechen! Aber sogar James' Leben wurde rekonstruiert, zweifellos nach einer von ihm selbst entworfenen Bauanleitung. Ich bin mir sicher, daß ihm klar war, wie die Geschichte seines Lebens aussehen würde, wenn alle Briefe an ihn wegfielen. Er wußte, was man auslassen muß. Wir stopfen uns mit den Lebensgeschichten berühmter Männer voll; nehmen ihr Selbstbildnis träge entgegen. Der Versuch jedoch, die Psyche eines anderen Menschen zu ergründen, seine Beweggründe so tief in sich aufzunehmen, als wären es die eigenen, ist die Gralssuche eines Liebenden. Die Suche nach Tatsachen, nach Orten, Namen, bestimmenden Ereignissen, wichtigen Gesprächen und Briefwechseln, nach politischen Umständen – all das führt zu gar nichts, wenn man die Voraussetzung nicht kennt, nach der dieser Mensch lebt.

*

Das Wenige, was ich über das Leben meiner Eltern, bevor sie nach Kanada kamen, wußte, erfuhr ich von meiner Mutter. Nachmittags, wenn mein Vater noch im Konservatorium war, kamen die Großmütter und die Brüder meiner Mutter, Andrej und Max, in der Küche zusammen, der Ort, an dem sich alle Geister gerne versammeln. Mein Vater ahnte nichts von diesen Zusammenkünften der Wiedergänger unter seinem Dach. Ich erinnere mich nur an ein einziges Mal, daß ich ein Mitglied der Familie meines Vaters in seinem Beisein erwähnte – jemand, über den wir uns am Abendbrottisch unterhielten, sei, sagte ich, »genau wie Onkel Josef« –, und der Blick meines Vaters fuhr von seinem Teller hoch zu meiner Mutter; ein furchterregender Blick. Der Code des Schweigens wurde komplexer, je älter ich wurde. Es gab mehr und mehr Dinge, die vor meinem Vater verborgen werden mußten. Die Geheimnisse, die meine Mutter und ich teilten, waren eine Verschwörung. Was war unser größter Verrat? Meine Mutter war fest entschlossen, mir die absolute unantastbare Notwendigkeit der Lebensfreude einzuprägen.

Meine Mutter brachte der Welt eine schmerzliche Liebe entgegen. Wenn ich sah, wie sie sich an einer Farbe oder einer Blume erfreute, an den einfachsten Dingen – an etwas Süßem, etwas Frischem, einem neuen, noch so bescheidenen Kleidungsstück, an der

Wärme des Sommers, die sie so liebte –, schätzte ich ihre Begeisterung nicht etwa gering. Vielmehr schaute ich noch einmal hin, schmeckte noch einmal ab, sah etwas Neues. Mir wurde klar, daß ihre Dankbarkeit nicht im mindesten übertrieben war. Ich weiß jetzt, daß dies ihr Geschenk an mich war. Lange Zeit glaubte ich, sie hätte in mir eine übertriebene Angst vor dem Verlust geweckt – aber nein. Diese Angst ist keineswegs übertrieben.

Verlust ist eine Wasserscheide; meiner Mutter führte sie alles zu, meinem Vater entzog sie alles. Deswegen glaubte ich, daß meine Mutter stärker wäre als mein Vater. Aber heute sehe ich es nur noch als einen Verweis darauf, daß das, was mein Vater erlebt hatte, um so vieles weniger zu ertragen gewesen war.

*

Als Junge war ich wie gebannt von der bizarren Gewalt der Windhosen, der willkürlichen Präzision ihrer Bösartigkeit. Die Hälfte eines Miethauses wird zerstört, aber ein paar Zentimeter von der weggerissenen Wand entfernt ist der Tisch noch immer zum Abendessen gedeckt. Ein Scheckheft wird aus einer Jackentasche gerissen. Ein Mann öffnet seine Haustür, wird sechzig Meter über die Baumkronen getragen und landet unversehrt wieder auf dem Boden. Eine Kiste Eier fliegt zweihundert Meter durch die Luft und wird abgesetzt, ohne daß eine Schale zerbrochen wäre. All die Gegenstände, die in einem kurzen Augenblick sicher von einem Ort an einen anderen getragen werden, die von Aufwinden gebremst sanft hinabgleiten: ein Glas mit sauren Gurken reist fünfundzwanzig Kilometer durch die Luft, ein Spiegel, Hunde, Katzen, von Betten gerissene Decken, in denen die verdutzten Schläfer unberührt zurückbleiben. Ganze Flüsse werden aus ihrem Flußbett gehoben, das trocken zurückbleibt, und dann wieder abgesetzt. Eine Frau wird zwanzig Meter durch die Luft getragen und in einem Feld neben einer kratzerlosen Schallplatte von »Stormy Weather« abgesetzt. Dann gibt es die Launen, die nicht gnädig sind: aus Fenstern geworfene Kinder, von Gesichtern abgerissene Bärte, Enthauptungen: Die Familie sitzt ruhig beim Abendessen, als die Tür unter Tosen aufbricht. Der Tornado pirscht durch die Straße, er scheint gemächlich dahinzuziehen und sich seine Opfer kapriziös auszusuchen, ein düsterer schwarzer Schlot, der über das Land gleitet – mit dem Heulen von tausend Zügen.

Manchmal las ich meiner Mutter etwas vor, wenn sie das Abendessen machte. Ich las ihr über die Auswirkungen eines Tornados in Texas vor, der so viele Dinge aufsammelte, bis er in der Wüste Berge von Äpfeln, Zwiebeln, Schmuck, Brillen und Kleidern zusammengetragen hatte – »das Lager«. Genug zerbrochenes Glas, um siebzehn Fußballfelder damit zu bedecken – »die Kristallnacht«. Ich las ihr über Blitze vor – »Ben, das Zeichen auf ihrem Kragen, die Ess Ess«.

Als ich elf oder zwölf war, erfuhr ich aus Gesprächen mit meiner Mutter, daß »die, die ein Handwerk konnten, eine größere Überlebenschance hatten«. Ich ging in die Bücherei und fand Armacs *Der junge Elektriker* und machte mich daran, mir einen neuen

Wortschatz anzueignen. Kondensatoren, Dioden, Spannungsmesser, Induktionsspulen, Flachzangen. Begierig stürzte ich mich auf die Reihe »Triumphzug des Wissens«, *Elektronik für Anfänger, Die Welt der Wissenschaft*. Dann wurde mir klar, daß es vielleicht nicht ausreichte, die richtigen Wörter zu kennen. Zögernd bat ich meinen Vater um Geld für meinen ersten Schaltkreis und einen Lötkolben. Obwohl er von diesen Dingen wenig wußte, war ich nicht überrascht, daß er von ihrem Nutzen überzeugt war, und für eine Weile ermunterte er mein Interesse. Wir gingen zusammen in Esbes Elektrobedarf, um Kippschalter, Kabel und verschiedene Knöpfe und Armaturen zu besorgen. Zu meinem Geburtstag schenkte er mir ein Mikroskop und Objektträger. Den Rest meiner Ausrüstung schaffte ich mir selber an: meinen Luftfeuchtigkeitsmesser, den Bunsenbrenner, Röhren und Trichter, Pipetten, Kolben. Meine Mutter räumte großzügig einen begehbaren Wandschrank aus, um für mein Labor Platz zu schaffen. Ich verbrachte Stunden darin. Selbst der Laborkittel, den sie für mich aus einem zerrissenen Laken nähte, störte mich nicht. Ich war zu all dem nicht sonderlich begabt und mußte für jeden Schritt ein Buch zur Hilfe nehmen. Mir fehlte ein instinktives Verständnis von Elektrizität oder Chemie, aber ich liebte den Lötgeruch und war verblüfft, als mein erster Schaltkreis in der dunklen Kammer eine Glühbirne aufleuchten ließ.

An einem Sommernachmittag klopfte ein Nachbar, der auf demselben Stockwerk wohnte, an unsere Tür und schenkte mir einen sogenannten Illustrierten Klassiker. Meine Mutter war Mr. Dixon gegenüber, der bei einem Herrenausstatter arbeitete und immer makellos gekleidet war, besonders schüchtern. Mr. Dixon hatte das Heft für seinen Enkel gekauft, der, wie sich herausstellte, diese Ausgabe schon hatte – Nr. 105, Jules Vernes *Reise um den Mond.* Meine Mutter versuchte beharrlich, ihm Geld dafür zu geben, bis klar wurde, daß Mr. Dixon keines annehmen würde. So überhäufte sie ihn mit Dank. Ich war mittlerweile auf dem Weg zum Balkon und hatte schon angefangen zu lesen. »Wenn ein Mann schon fast dazu verdammt ist, ein Leben lang den Mond zu umkreisen, dann den Sturz aus ungefähr 200000 Meilen Höhe in den Pazifik überlebt, lernt er die Furchtlosigkeit.«

Von da an bettelte ich meiner Mutter Geld ab, um die illustrierten Kurzausgaben literarischer Meisterwerke zu sammeln. Ich verschlang jedes einzelne, angefangen vom dramatischen Titelblatt bis zur letzten schulmeisterlichen Ermahnung: »Nun, da ihr diese Ausgabe der Illustrierten Klassiker gelesen habt, laßt euch nicht das zusätzliche Vergnügen entgehen, das Buch im Original zu lesen.« Nachdem ich das Fruchtfleisch verzehrt hatte, zerkaute ich sogar noch die Rinde: Erbauliche Aufsätze über eine Vielzahl von Themen füllten die letzten Seiten. Kurzbiographien (»Nikolaus Kopernikus – Schlüsselfigur in der Erforschung des Sonnensystems«), Inhaltsangaben berühmter Opern und obskure Informationen, die ich nie vergessen habe. Auf den letzten Seiten von *Cäsars Eroberungen* konnte man zum Beispiel lesen: »Eine Legion besteht aus 6000 Mann«; »Die Griechen malten Augen auf den Bug ihrer Galeeren, damit die Schiffe sehen konnten«; »Cäsar schrieb über sich selbst immer in der dritten Person«.

Es gab auch eine Fortsetzungsreihe über »heldenhafte Hunde«: Brandy, der scharfsinnige Setter, der einen Jungen vor einem Stier rettete. Foxy, Held des Widerstandes, der seinem Herrchen half, sich vor den Deutschen zu verstecken.

Der erste Comic, den ich kaufte, war ein Seeabenteuer von Nordhoff und Hall. Ich folgte dem Erzähler durch Wirbelstürme und Meuterei (»›Wir haben das Schiff übernommen …‹ – ›Was? Sind Sie wahnsinnig, Mr. Churchill?‹«). Ich entschied mich für *Männer auf See,* weil ich es aufschlug und darin las: »Ich habe um Feder und Papier gebeten, um all das, was sich zugetragen hat, aufzuzeichnen …, um die Einsamkeit zu vertreiben, die mich schon so lange umgibt …«

Nach wochenlangem Drängen erlaubte mir meine Mutter, als ich vierzehn war, mit ein paar Schulfreunden zu der Kanadischen Nationalausstellung zu fahren, einer alljährlichen Messe. Ich hatte noch nie zuvor eine solche Freude empfunden, eine solche unmittelbare, anonyme Zugehörigkeit wie an diesem Tag in der Menge. Unsere T-Shirts waren drekkig, unsere Hände und Schuhsohlen klebrig – und die unersättliche Menschenmasse kochte unter der Augustsonne vor Tatendrang über. Wir betrachteten Farbfernseher, Uhren, die man nicht aufzuziehen brauchte, und waren starr vor Staunen über die Wunder der Haushaltstechnik in der »Halle des besseren Lebens«. Wir gingen auf die Kirmes und stürzten auf dem »Flieger« und dem »Feuerrad« kreischend in die Tiefe. Wenn wir uns ausruhen mußten, stützten wir uns auf die Zäune in den Landwirtschaftspavillons und sahen der Vorführung von Schafschur- und Melkmaschinen zu. Ich sammelte Glanzbroschüren über die allerneuesten Küchengeräte, um meiner Mutter eine Freude zu machen – Bohnermaschinen, elektrische Mixer, elektrische Dosenöffner. Meine Einkaufstasche quoll über von Pappfähnchen und Hüten, von Stiften, die für verschiedene Firmen und Produkte warben, wie die Bleistifte von »Beehive's Stärkesirup«, von Pröbchen mit Rasierwasser und Fleckenentferner, Cornflakesschachteln und Päckchen mit Teebeuteln. Wahllos füllten wir unsere Taschen mit allem, was man uns anbot.

Als ich nach Hause kam, schüttete ich aufgeregt alles auf den Tisch, damit meine Mutter es begutachten konnte. Sie schaute auf meine Beute, dann stopfte sie alles angsterfüllt wieder in die Tasche. Sie konnte nicht glauben, daß ich die Dinge umsonst bekommen hatte; sie dachte, ich müßte mich geirrt haben. Sie hielt eine Handvoll Kulis und Bleistifte hoch. Ich rief: »Sie haben sie verteilt! Ich schwöre es! Das sind Werbegaben, die kosten nichts! ...« Ich war außer mir.

Ich mußte meiner Mutter versprechen, nichts davon meinem Vater zu zeigen und die Tasche in meinem Zimmer zu verstecken. Früh am nächsten Morgen ging ich zur nächsten Straßenecke und warf meine Schätze in einen Abfallbehälter.

Jetzt hatten wir etwas Neues, das uns verband. Von Zeit zu Zeit ließ meine Mutter über den Vorfall verstohlen eine Bemerkung fallen. Obwohl sie davon überzeugt war, daß ich mir die Sachen unrechtmäßig angeeignet hatte – zugegebenermaßen aus

Versehen –, würde sie mich schützen. Mein Vergehen. Unser Geheimnis.

Von da an begann ich, mein Territorium auszudehnen, auf dem Nachhauseweg von der Schule Umwege zu machen. Ich begann die Stadt zu erkunden. Die Schluchten, die Kohlehöfe, die Ziegelei. Obwohl ich es damals nicht in Worte hätte fassen können, faszinierte mich alles Stillgelegte und Aufgegebene. Das stille Drama der verlassenen, leeren Fabriken und Speicher, der verrottenden Frachter und Industrieruinen.

Wenn ich später nach Hause kam, dachte ich, würde meine Mutter vielleicht aufhören, am Fenster oder auf dem Balkon nach mir Ausschau zu halten. Vielleicht würde sie mir mehr Freiheit lassen, mich nicht vor dem Abend zurückerwarten. Ich würde mir gerne einreden, daß ich damals nicht wußte, wie grausam das war. Wenn mein Vater und ich morgens die Wohnung verließen, war sich meine Mutter nie wirklich sicher, ob wir jemals zurückkommen würden.

Ich gewöhnte es mir ab, Schulfreunde mit nach Hause zu bringen. Ich fürchtete, unsere Möbel könnten alt und merkwürdig wirken. Ich schämte mich, daß meine Mutter so mißtrauisch war, daß sie immer fragte: »Wie ist dein Nachname … was machen deine Eltern … wo bist du geboren …?« Meine Mutter wollte von meinem Vater und mir wissen, was sich in unserer Welt zutrug, fragte nach Lehrern und Klassenkameraden, den Klavierschülern meines Vaters, ihrem Privatleben, von dem wir enttäuschend wenig wußten. Wenn sie die Wohnung verließ, um Besorgungen zu machen oder um im Sommer die Gärten der Nachbarschaft zu bewundern (sie liebte Gartenarbeit und wachte aufmerksam über einen Blumenkasten und ein Rankengitter auf unserem Balkon), traf meine Mutter sorgfältige Vorbereitungen. Sie steckte immer unsere Pässe und Ausweise in ihre Tasche, »falls eingebrochen wird«. Nie ließ sie einen schmutzigen Teller im Spülbecken zurück, selbst wenn sie nur ins Geschäft an der Ecke ging.

Für meine Mutter war Vergnügen immer etwas Ernsthaftes. Jedesmal wenn sie den Deckel der Kaffeedose aufmachte, sog sie feierlich den Duft ein. Sie hielt inne, um jede duftende Falte unserer frisch gewaschenen Tischtücher einzuatmen. Sie genoß ein Stück Kuchen aus der Bäckerei, als hätte Gott ihn mit eigenen Händen gebacken. Jedesmal, wenn sie etwas Neues anschaffte, normalerweise ein notwendiges Kleidungsstück (wenn das alte einfach zu oft geflickt worden war), befühlte sie es, als wäre es die erste Bluse oder das erste Paar Strümpfe, das sie sich hatte leisten können. Sie war Sensualistin in einem Ausmaß, wie du, Jakob Beer, es dir nicht einmal vorstellen könntest. Du hast mich an dem Abend angeschaut und in deinen menschlichen Zoo eingereiht: ein weiteres Exemplar mit einer schönen Frau; noch so ein Academicus melancholicus. Aber du warst im Grunde die Mumie! Mit deiner Ruhe, deiner breiten Zufriedenheit.

Die Wahrheit ist, daß du mich an diesem Abend überhaupt nicht wahrgenommen hast. Aber ich sah, daß Naomi sich öffnete wie eine Blume.

Ich stand kurz vor dem Beginn meines zweiten Studienjahres und war fest entschlossen, auszuziehen und alleine zu leben. Meine Mutter weigerte sich den ganzen Sommer hindurch, das zur Kenntnis zu nehmen. An einem sonnengeplagten Augustmorgen trug ich meine Bücherkisten hinunter in die feuchte Kühle der Tiefgarage und belud das Auto. Meine Mutter zog sich hinter verschlossener Tür in ihr Schlafzimmer zurück. Erst als ich die letzte Kiste hinausgetragen hatte und wirklich im Begriff war zu gehen, kam sie heraus. Mit bitterer Miene machte sie mir ein Eßpaket zurecht, und in dem Moment, als diese Plastiktüte von ihrer Hand in meine überwechselte, ging etwas zwischen uns unwiderruflich verloren. Noch jahrelang gab sie mir am Ende jeden Besuches das absurde Päckchen – reichlich für eine ganze Mahlzeit, und dann blieb noch genug übrig, um bei einer zweiten zumindest den größten Hunger zu stillen. Bis der Schmerz allmählich nachließ und das Päckchen einfach wie die Dropsrolle war, die mir meine Mutter auf unseren Sonntagsausflügen vom Vordersitz aus angeboten hatte.

In der ersten Nacht in meiner eigenen Wohnung lag ich nur ein paar Kilometer von zu Hause entfernt im Bett und ließ die Anrufe meiner Mutter in die Dunkelheit hineinklingeln. Ich rief eine Woche lang nicht an, dann mehrere Wochen nicht, obwohl ich wußte, daß sie krank waren vor Sorge. Als ich sie schließlich besuchte, sah ich, daß mein Treuebruch, auch wenn sie noch immer, jeder für sich, in Schweigen verharrten, ihnen eine neue Vertrautheit gegeben, eine neue Narbe zugefügt hatte. Meine Mutter beugte sich immer noch zu mir vor, um mir vertrauliche Dinge zu erzählen, aber jetzt nur, um sie wieder zurückzunehmen. Anfangs glaubte ich, sie wollte mich dafür bestrafen, daß sie mich brauchte. Aber meine Mutter war nicht böse auf mich. Meine Anstrengungen, mich zu befreien, hatten einen viel tieferen Schaden angerichtet. Sie hatte Angst. Ich glaube, daß mir meine Mutter für Augenblicke sogar regelrecht mißtraute. Sie fing eine Geschichte an, dann hielt sie auf einmal inne. »Das interessiert dich ja doch nicht«, sagte sie. Wenn ich protestierte, schlug sie vor, ich solle doch ins Wohnzimmer gehen und meinem Vater Gesellschaft leisten. Dies passierte sogar noch häufiger, als Naomi in unser Leben getreten war.

Das Verhalten meines Vaters blieb unverändert. Wenn ich zu Besuch kam, war er wie immer entweder ungeduldig und schaute voller Verzweiflung auf seine Uhr, oder er blieb regungslos, saß in seinem Zimmer, die Augen auf ein Buch geheftet – auf einen weiteren Augenzeugenbericht eines Überlebenden, einen weiteren Artikel mit Fotografien. Später in meiner Wohnung im obersten Stock eines alten Hauses in der Nähe der Universität, starrte ich auf den Stoff meiner Tagesdecke, auf das Bücherregal. Auf die Reinigung, den Blumenladen, die Drogerie auf der gegenüberliegenden Straßenseite. Ich wußte, daß meine Eltern ebenfalls wach lagen, unsere Schlaflosigkeit ein altes Übereinkommen, Wache zu halten.

Am Wochenende machte ich voller Selbstmitleid lange Spaziergänge ans andere Ende der Stadt und wieder zurück; nachts vertiefte ich mich in Bücher. Ich brachte fast meine ganze Studienzeit alleine zu, außer daß ich die Kurse besuchte und als Teilzeitkraft in einer Buchhandlung arbeitete. Ich hatte eine

Liebelei mit der zweiten Geschäftsführerin. Nach unserer ersten Umarmung machten wir nur weiter, um sicherzugehen, daß es wirklich so freudlos war, wie es schien. Sie hatte eine wunderbar volle Figur, alles an ihr war fest, besonders ihre politischen Überzeugungen. Unter ihrem schwarzen Kaftan trug sie T-Shirts mit Slogans, über die meine Hände nie hinauskamen. »Die Linke gibt, was die Rechte nimmt.« Manchmal schloß ich mich ein paar Studenten aus meinem Kurs an, um essen zu gehen oder einen Film anzusehen, aber ich bemühte mich nicht wirklich, Freunde zu finden.

Eine lange Zeit hatte ich das Gefühl, daß ich meine ganze Energie damit aufgebraucht hatte, die Wohnung meiner Eltern zu verlassen.

*

Mein Vater war ein Mann, der sich, soweit das im rechtlichen Rahmen seiner Staatsbürgerschaft möglich war, vollständig ausgelöscht hatte. Also stellte ich mich auf einen langen Kampf ein, als es soweit war, daß er seine Rente beantragen mußte, und dies, obwohl sie das Geld dringend brauchten. Ich hatte bei den entsprechenden Ämtern angerufen und mich erkundigt, welche Dokumente er brauchte, und die Auskünfte an meine Mutter weitergegeben.

Ein paar Wochen später kam ich zu ihnen zum Abendessen. Mein Vater saß in seinem Zimmer, die Tür war geschlossen. Meine Mutter machte die Flamme auf dem Herd kleiner und setzte sich an den Küchentisch.

»Sprich deinen Vater nicht mehr auf die Rente an.«

»Wir haben das doch schon so oft besprochen –«

»Er war gestern da.«

»Gut. Na endlich.«

Meine Mutter winkte ab, als würde sie einen Narren fortschicken.

»Du glaubst, daß du alles verstehst … Er war bei der richtigen Stelle. Er hatte alle Papiere dabei. Er gab dem Mann am Schreibtisch seine Geburtsurkunde. Der Mann sagte: ›Ich kenne ihren Geburtsort sehr gut.‹ Dein Vater dachte, er müßte wohl auch von dort kommen. Aber dann senkte der Mann die Stimme und sagte: ›Ja, 1941 und '42 war ich da stationiert.‹ Der Mann starrte deinen Vater an, und da begriff dein Vater. Der Mann beugte sich über seinen Schreibtisch und sagte so leise, daß dein Vater ihn kaum verstehen konnte: ›Sie haben nicht die richtigen Papiere.‹ Dein Vater ging, so schnell er konnte. Aber er ist stundenlang nicht nach Hause gekommen.«

Ich stieß meinen Stuhl zurück.

»Nicht, Ben. Laß ihn in Ruhe. Wenn er weiß, daß ich es dir erzählt habe, kommt er zum Abendessen nicht aus seinem Zimmer.«

Ich wußte, daß er auch so nicht zum Abendessen herauskommen würde. Meine Mutter würde vielleicht sogar seinen Unterricht für ein paar Tage absagen müssen.

»Du hast ihn dazu gebracht. Du hast so lange auf ihn eingeredet, bis er hingegangen ist. Du denkst, es ist so einfach, Dinge umsonst zu bekommen.«

Die meisten entdecken für sich selber, was Verlust ist; Bäume werden ausgerissen und Trauer überflutet die Lichtung. Dann wissen wir, was wir geliebt haben.

Aber ich wurde schon in den Verlust hineingeboren. Die Geschichte hatte bereits einen Ort mit moderndem Unterholz hinterlassen, mit Würmern, die sich durch Erde fressen, in der es keine Wurzeln mehr gibt. Regen hatte die tiefsten Stellen in Morast verwandelt, die grüne Melancholie des Moors mit seinem schwankenden Teppich aus Blütenstaub.

Da lebte ich mit meinen Eltern. Ein vom Schmerz gezeichnetes Versteck. Von Anfang an war es, als würde Naomi uns kennen. Sie verschenkte ihr Herz, das war für sie so natürlich wie atmen. Aber für mich war die Liebe, als hielte ich den Atem an.

Naomi stand auf festem Boden und streckte ihren Arm aus. Ich ergriff ihre Hand, aber sonst rührte ich mich nicht.

Naomi glaubte nicht an ihre eigene Schönheit. Ihre Züge waren kräftig und klar, und ihre Haut rötete sich, wenn sie sprach, ihre Gesichtsfarbe war ein zuverlässiger Spiegel ihrer Gefühle. Sie war weder dünn noch üppig, sondern weich wie Samt. Sie spottete über sich selbst, wollte nichts wissen von ihren muskulösen Beinen und ihrem dichten blonden Haar. Sie wünschte sich, größer, schlanker und eleganter zu sein; sie regte sich über jedes Gramm Fett an ihrer Taille auf. Ebensowenig wie ihre Schönheit erkannte Naomi ihren Verstand an, ignorierte, was sie gelesen, und klagte darüber, was sie alles nicht gelesen hatte. Naomi konnte aufmerksam zuhören und dann mit großer Präzision etwas sagen, das genau ins Herz der Dinge traf – eine Schwertfechterin, die mit einem sicheren Hieb aus dem Handgelenk ein Stück Obst in zwei Hälften spaltet. So zum Beispiel im Auto auf dem Nachhauseweg von dem Abend bei den Salmans: »Jakob Beer wirkt wie ein Mann, der endlich die richtige Frage gefunden hat.«

Kurz nachdem mein Lehrauftrag an der Universität in eine feste Anstellung umgewandelt worden war, begann ich mit den Vorarbeiten zu meinem zweiten Buch – über Wetter und Krieg. Naomi drohte abermals, meine Arbeit kulinarisch zu begleiten, mit verschiedenen »Bomben« und flambierten Gerichten. Aber zum Glück entschied sie, daß das nicht sonderlich witzig war. Der Titel des Buchs *Kein sterblicher Feind* war ein Zitat von Trevelyan. Er bezog sich auf den Orkan, der die britische Flotte im Krieg gegen Frankreich vernichtet hatte. Trevelyan hatte den wahren Feind beim Namen genannt: Ein Orkan auf See bedeutet, daß die Gischt mit einhundertfünfzig Stundenkilometern über das Deck hinwegfegt, ein kreischender Wind, der einen weder atmen noch sehen noch stehen läßt.

Während des Ersten Weltkrieges wurden in den Tiroler Bergen absichtlich Lawinen ausgelöst, um feindliche Truppen unter ihnen zu begraben. Zur gleichen Zeit überlegten sich Kriegsstrategen, Tornados künstlich zu erzeugen und als Waffen einzusetzen, eine Idee, die nur deshalb nie aufgegriffen wurde, weil man nicht sicher sein konnte, ob der Tornado sich nicht gegen die eigenen Linien wenden würde.

Auf seinem Weg von Paris nach Chartres kam Edward III. in einem Hagelsturm fast ums Leben. Er gelobte der Heiligen Jungfrau, Frieden zu schließen, wenn er von den riesigen Hagelbrocken verschont bliebe, ein Versprechen, das er in Form des Vertrags von Bretigny einlöste. England wurde durch den Sturm gerettet, der die spanische Armada zerstörte. Hagelstürme fegten über Frankreich hinweg, vernichteten die Ernte und verursachten die Hungersnot, die zur Französischen Revolution führte. Rußlands alter Verbündeter, der Winter, überwand Napoleons Große Armee. Die über Hamburg abgeworfenen Brandbomben lösten Wirbelstürme aus. Im Ersten Weltkrieg wurde der militärische Ausdruck »Front« vom Wetterbericht übernommen ...

Als die Deutschen in Griechenland einmarschierten, wurden alle Wetterberichte aus Athen von der Royal Air Force und dem griechischen Wetterdienst bewußt eingestellt. Sie mußten in die Wetterkarte des Mittelmeers ein Loch schneiden, damit die Deutschen die griechische Vorhersage nicht für ihre Luftangriffstaktik nutzen konnten.

Himmler glaubte, daß Deutschland die Macht habe, sogar das Wetter der besetzten Länder zu ändern. Während er polnische Erde – »jetzt deutsche Erde« – zwischen den Fingern zerrieb, spekulierte er darüber, daß arische Siedler Bäume pflanzen und »den Tau und die Wolken vermehren, den Regen herbeizwingen und so ein wirtschaftlich besseres Klima weiter gen Osten verschieben könnten ...«.

Naomi hatte eine meiner Vorlesungen durchgesehen, »Formen der Biographie«. Als ich sie zum ersten Mal sah, erinnerte sie mich an eine exzentrische Schwester. Sie hatte damals eine Vorliebe für weite Kleidung und sah darin aus, als hätte sie diese von ihren älteren Geschwistern ausgeliehen. Ich fand das ungeheuer anziehend. Ich wollte ihr sofort durch ihre großen Taschen und ihre weiten Ärmel auf den Leib rücken.

Naomis Wohnung war so winzig, daß es einem vorkam, als wohnte man in einem Arzneischränkchen. Aus Platzgründen war alles hinter irgend etwas anderem versteckt, und die Stapel waren immer im Begriff umzustürzen. Ihren Alkohol bewahrte sie auf einem Bücherregal hinter »B« für *Booze* auf, hinter Bachelard, Balzac, Benjamin, Berger, Bogan. Der Scotch war hinter Sir Walter. Sie liebte ihre lahmen Witze, je lahmer, desto besser, sie lachte Tränen über sie. Auch als wir verheiratet waren, konnte sie von ihnen nicht lassen. An einem meiner Geburtstage dachte sie sich eine ausgeklügelte Schnitzeljagd aus, der letzte Hinweis führte natürlich zum Kuchen.

Naomi war ein Fan von Science-fiction-Filmen aus den fünfziger Jahren, und wir blieben oft bis spät auf, um sie uns anzusehen. Sie stand immer auf der Seite des einsamen Monsters, normalerweise ein gewöhnliches Tier, das verstrahlt worden und infolgedessen riesengroß geworden war. Sie schrie in den Bildschirm hinein, feuerte die Riesenkrake an, durchzuhalten und die Brücke mit ihren beeindruckenden Fangarmen zu zerdrücken. Naomi behauptete, daß die junge Wissenschaftlerin, die unweigerlich an den Ort des Geschehens gerufen wurde, um den atomaren Polypen (den Gorilla, die Spinne oder Biene) zu vernichten, insgeheim ihr Vorbild sei; die Atomphysikerin, die Meeresbiologin, die im Laborkittel aufreizender aussahen als andere Frauen im Abendkleid.

Sie liebte Musik und hörte alles, javanische Gamelan, gregorianische Chorgesänge, alte Drehorgelstücke. Aber ihr ganzer Stolz war ihre Sammlung von Wiegenliedern aus aller Welt. Wiegenlieder für das Erstgeborene, für das kleine Kind, das mit seinem Bruder aufbleiben will, für Kinder, die zu aufgeregt sind oder zuviel Angst haben, um einzuschlafen. Wiegenlieder aus Kriegszeiten, Wiegenlieder für verlassene Kinder.

Als Naomi das erste Mal für mich sang, saß sie in ihrer Ecke der Couch. Das Fenster war offen, es war ein warmer, windiger Septemberabend. Ihre Stimme war leise wie flüsterndes Gras und ließ mich an Mondschein auf dem Dach denken. Sie sang ein Ghetto Wiegenlied, das von einer Traurigkeit war, die mir verwirrend süß erschien. Ich konnte im Dunkeln die Sonnencreme auf ihren Armen und Beinen und in dem dünnen Baumwollstoff ihres geblümten Rocks riechen. »Drück das Alphabet an dein Herz, auch wenn jeder Buchstabe Tränen birgt.« – »Ich singe in dein kleines Ohr, laß den Schlaf zu dir kommen wie ein kleiner Türgriff, der ein kleines Tor schließt.«

Etwas begann in mir zu glimmen, tief unten. Ich nahm alle Kraft zusammen: Es war die größte Anstrengung meines Lebens, den Kopf zu heben, bis er in ihrem Schoß lag. Ich atmete Küsse in ihren dünnen Rock. Ihr Gesicht hing über mir, ein Halbmond mit herabfallendem Haar.

Jetzt, acht Jahre später, sammelt Naomi immer noch Wiegenlieder, aber sie hört sie sich alleine in ihrem Auto an. Alte Lieder, die sie – so stelle ich es mir vor – mitten im Verkehr zum Weinen bringen. Es ist lange her, seit Naomi mir das letzte Mal etwas vorgesungen hat. Es ist lange her, seit ich ein Rätsellied oder ein Zigeunerlied oder ein russisches Lied gehört habe, ein Partisanenlied oder ein Lied aus der französischen Fremdenlegion, kein einziges Ai-li-ruh oder Ai-liu-liu-liu, um die Fische im Meer zu beruhigen, kein Bajuschki-baju, damit die Vögel auf den Ästen zu träumen beginnen.

Jetzt ist alle Leichtigkeit aus ihrer Sehnsucht verschwunden.

All die Jahre hindurch hat mich Naomis Sprunghaftigkeit überrascht wie Schauer aus heiterem Himmel. Noch in der Gemüseabteilung im Supermarkt genoß ich den Vorzug, mit einer Sachbuchlektorin verheiratet zu sein. Während ich einen Salatkopf aussuchte, erfuhr ich, daß bei Chopins Beerdigung sein eigener »Trauermarsch« gespielt wurde. Während ich über unserer Steuererklärung hockte, wurde ich darüber aufgeklärt, daß »Baa baa black sheep« und »Twinkle Twinkle Little Star« die gleiche Melodie hatten. Ich lernte viele Dinge, während ich mich rasierte oder die Zeitungen zusammenband, damit sie abgeholt werden konnten. »Nach dem Ersten Weltkrieg versuchte ein deutscher Chemiker aus Meerwasser Gold zu gewinnen, um Deutschland bei den Reparationszahlungen zu helfen. Er hatte bereits aus Luft Stickstoff für die Sprengstoffherstellung gewonnen. Apropos Krieg, wußtest du, daß Amelia Earhart 1918 in Toronto Verwundete gepflegt hat? Und wenn wir bei der Krankenpflege sind – Escher mußte sich, als er in Toronto einen Vortrag halten wollte, einer Notoperation unterziehen.«

Einige Monate arbeitete Naomi an einem Buch über Kommunalpolitik, das von einer Zeitung vorabgedruckt wurde.

»Erzähl mir, was in der Stadt los ist.«

Im Bett, in ihrem grauen Lieblings-T-Shirt, das unförmig wie eine Amöbe war, verführte sie mich mit Einzelheiten. Rechtsanwälte, Architekten, Bürokraten – aus Naomis Schilderungen kannte ich sie alle. Angefangen damit, was sie lasen und welche Musik sie am liebsten hörten, bis hin zu Peinlichkeiten an öffentlichen und privaten Orten – durch all diese Details prominenten Lebens bekam ich eine sporadische, aber intime Kenntnis der Stadt. Städte sind auf kompromittierenden Zusammenkünften aufgebaut, auf gemeinsamen Vorlieben für bestimmte Restaurants, auf zufälligen Begegnungen in Hallenschwimmbädern. Nach der dritten Woche konnte sie mir mit bedeutungsvollem Blick von der Vorliebe eines bestimmten Politikers für antike Gläser erzählen, und ich verstand die neuen Parkverbote in bestimmten Straßen. Naomi erzählte diese Geschichten mit der Würde eines Höflings. Es war kein höhnisches Getratsche, sondern ein kühler Stolz darauf, daß sie in die inneren Mechanismen städtischer Macht eingeweiht war. Und manchmal, wenn sie zu reden aufhörte, wandte ich mich ihr mit einem Begehren zu, als wäre plötzlich ein unendlicher Appetit in meinem Mund aufgebrochen.

Ich revanchierte mich, indem ich sie mit Gutenachtgeschichten fütterte: mit Erzählungen vom Wetter. Wenn Lawinengefahr droht, genügt die kleinste Störung des Schnees, um die Katastrophe auszulösen: der Sprung eines Kaninchens, ein Niesen, ein

Ruf. Einmal harrte ein Hund drei Tage bei einem kleinen Schneehügel aus, bis jemand auf die Idee kam, die Stelle zu untersuchen; man grub den verwirrten Postboten von Zurs aus, der überlebte, weil der größte Teil von frisch gefallenem Schnee aus Luft besteht.

In Rußland wirbelte ein Tornado einen Schatz auf und ließ eintausend Silberkopeken auf die Straßen eines Dorfes niederregnen.

Ein Güterzug wurde von den Gleisen gehoben und in entgegengesetzter Richtung wieder abgesetzt.

Manchmal, das gebe ich zu, habe ich Sachen erfunden. Naomi merkte es immer. »Nenn die Quelle, nenn die Quelle!« verlangte sie und schlug mit einem Kissen auf mich ein, nachdem sie mir die Brille abgenommen hatte.

Wir hatten ein Spiel, das wir immer im Auto spielten. Naomi kannte so viele Lieder, daß sie behauptete, sie könnte jedem Menschen ein Wiegenlied oder eine Ballade zuordnen. An einem Wintertag fragte ich Naomi, an welche Lieder sie bei meinen Eltern dachte. Sie antwortete fast sofort.

»Bei deinen Eltern denke ich an ›Nacht‹. Ja, ›Nacht‹.«

Ich sah sie an. Sie war irritiert, weil ich sie nicht sofort verstand; und ein wenig auf der Hut.

»Na ja … weil sie Liuba Levitska das Lied im Ghetto singen gehört haben.«

Ich starrte sie an. Sie seufzte.

»Ben, guck auf die Straße – Liuba Levitska. Deine Mutter sagte, sie habe eine wunderschöne Koloraturstimme gehabt, sie sei eine wirkliche Sängerin gewesen. Mit einundzwanzig hat sie die Violetta in *La Traviata* gesungen. Auf Jiddisch! Sie gab im Ghetto Kindern Gesangsunterricht. Sie brachte ihnen ›Zweij Teibelech‹ bei – ›Zwei Täubchen‹, und bald darauf sangen es alle. Jemand bot ihr an, sie außerhalb der Ghettomauern zu verstecken, aber sie wollte ihre Mutter nicht allein lassen. Sie kamen beide um … Der Krieg war schon einige Zeit im Gange, da sang sie im Ghetto bei einem Gedenkkonzert auf dem Friedhof für diejenigen, die schon gestorben waren. Es gab einen großen Streit, weil ein Mann sich beschwerte, daß es nicht richtig sei, auf dem Friedhof ein Konzert zu veranstalten. Aber deine Mutter hat mir erzählt, daß dein Vater dem Mann gesagt hat, es gebe nichts Heiligeres als Liuba Levitskas ›Nacht‹ zu hören.«

»Und welches Lied würdest du für Jakob Beer aussuchen?«

Wieder antwortete Naomi zu schnell, so als hätte sie sich das schon längst überlegt.

»Oh, ›Die Moorsoldaten‹, ganz klar ›Die Moorsoldaten‹. Nicht nur weil es vom Moor handelt …, sondern weil es das erste Lied war, das in einem Konzentrationslager geschrieben wurde, in Börgermoor. Ich habe ihm davon erzählt, als wir uns bei Maurice kennenlernten. Natürlich hatte er davon gehört. Die Nazis erlaubten den Gefangenen, während sie Torf stachen, nichts außer Nazi-Marschlieder zu singen, also war es geradezu eine Rebellion, ein eigenes Lied zu erfinden. Es verbreitete sich von Lager zu Lager. ›Wohin auch das Auge blicket, Moor und Heide nur ringsum … ewig kann's nicht Winter sein.‹«

Wir fuhren ein paar Minuten in drückendem Schweigen weiter. An diesem Februartag war es besonders naß, und die Straßen waren schlimm. Ich erinnerte mich, wie meine Klassenkameraden und ich früher immer den Schneematsch zwischen unseren Stiefeln zerquetschten, das Wasser herausdrückten und kleine Maulwurfshügel aus weißem Eis zurückließen. Wir arbeiteten fleißig, bis der ganze Schulhof zu einer Miniaturbergkette geworden war.

»Es ist das einzige, was man für sie tun kann«, sagte Naomi.

»Was? Für wen?«

»Egal.«

»Naomi.«

Meine Frau zupfte an den Fingern ihrer Wollhandschuhe und stieß sie wieder zurück. Sie öffnete das Fenster einen Spalt, ließ einen Hauch Schnee herein, schloß es dann wieder.

»Das einzige, was man für die Toten tun kann, ist, für sie zu singen. Die Hymne, das Miroloy, den Kadesch. Wenn in den Ghettos ein Kind starb, sang die Mutter ihm ein Wiegenlied. Weil es sonst nichts gab, was sie dem Kind von sich hätte geben können, von ihrem Körper. Sie dachte es sich aus, ein Lied voller Trost, in dem sie alle Lieblingsspielzeuge des Kindes aufzählte. Und diese Wiegenlieder wurden gehört und weitergegeben, und Generationen später ist das Lied das einzige, was noch da ist, was von dem Kind erzählt …«

*

Kurz vor dem Einschlafen probierte Naomi immer alle möglichen Lagen aus, bis sie in irgendeiner Weise an mich gedrückt die richtige gefunden hatte. Sie bewegte sich hin und her, rückte Arme und Beine zurecht, suchte nach dem richtigen Winkel und fand schließlich, wie ein Pinguin unter dem Eis, das beste Atemloch zwischen Körpern und Decken. Sie wühlte sich ein, lag kurz still, wühlte weiter, und schlief dann mit der Entschlußkraft eines Abenteurers, der auszog, eine Traumlandschaft zu erobern. Oft wachte sie am anderen Morgen in exakt derselben Stellung wieder auf.

Manchmal, wenn ich sie anschaute – wie sie es sich mit ihrer Arbeit im Bett bequem machte, in ihrem verrückten unförmigen T-Shirt, mit einem Teller Lakritze neben sich und solch kindlicher Zufriedenheit in ihrem Gesicht –, fand ich sie so süß, daß sich mir das Herz zusammenzog. Ich schob die Papiere beiseite und legte mich über der Decke auf sie. »Was hast du, kleiner Bär? Was hast du …«

Meine Mutter brachte mir bei, daß die paar Sekunden, die man brauchte, um auf Wiedersehen zu sagen – es war stets ein Kuß, selbst wenn sie nur schnell mal ins Geschäft an der Ecke ging und Milch kaufte oder einen Brief einsteckte –, nie verlorene Zeit waren. Naomi liebte diese Angewohnheit von mir, so wie man oft die Angewohnheiten seines Geliebten bezaubernd findet, weil man ihren Ursprung nicht kennt.

Was würde ich ohne sie machen? Ich bekam Angst. Also fing ich an, mich über jede Kleinigkeit mit ihr zu streiten. Darüber, daß sie für meine Eltern einen Kadesch sprach. Doch damit hatte ich sie an ihre Grenze getrieben. »Du willst mich ja nur für meine glückliche Kindheit bestrafen, aber weißt du was? Ich scheiß auf dich, auf dich und dein elendes Selbstmitleid!«

Weil sie recht hatte, taten Naomi ihre Worte später leid. Jede Aufrichtigkeit tut einem letzten Endes leid. Ich liebte sie, meine Kriegerin, die den Krieg in einem Anfall von frustrierter Wut mit einem einzigen »ich scheiß auf dich« beiseite fegte. Selbst Naomi, die glaubt, daß die Liebe auf alles eine Antwort hat, weiß im Grunde, daß das die richtige Reaktion auf die Geschichte ist. Sie weiß so gut wie ich, daß die Geschichte nur scheinbar von dir abläßt, während sie in Wirklichkeit in dir weiterwächst, bis sie dich ganz zugeschüttet hat und du dich nicht mehr regen kannst. Und dann verlierst du dich, in einem Musikstück, in einer Kommode, vielleicht in dem einen oder anderen Krankenbericht, du verschwindest, verlassen selbst von denen, die behaupten, dich am meisten zu lieben.

*

Zu der Zeit, als meine Eltern nach Toronto kamen, ließen sich die meisten Einwanderer im Zentrum der Stadt nieder. Das Viertel, das sie bezogen, bildete ein grobes Quadrat, etwa von der Spadina zur Bathurst Street und von der Dundas zur College Street. Es gab ein paar schon etabliertere Ausläufer nach Norden in die Gegend der Bloor Street. Mein Vater hatte nicht vor, noch einmal denselben Fehler zu begehen. »Dann müßten sie sich nicht mal die Mühe machen, uns zusammenzutreiben.«

Statt dessen zogen meine Eltern nach Weston, in einen noch recht ländlichen Vorort, weit weg von der Innenstadt. Sie nahmen eine große Hypothek für ein kleines Haus am Humber auf.

Unsere Nachbarn begriffen bald, daß meine Eltern in Ruhe gelassen werden wollten. Meine Mutter nickte einen kurzen Gruß, wenn sie ins Haus zurückeilte oder hinausging. Mein Vater parkte das Auto so dicht wie möglich an der Hintertür, die auf den Fluß blickte, um dem Nachbarshund aus dem Weg zu gehen. Unsere wichtigsten Besitztümer waren ein Klavier und der klapprige alte Wagen. Der ganze Stolz meiner Mutter war ihr Garten, den sie so anlegte, daß sich die Rosen an der hinteren Hauswand hochranken konnten.

Ich liebte den Fluß. Meine Expeditionen als Fünfjähriger wurden allerdings von meiner Mutter in engen Grenzen gehalten; sobald ich auch nur versuchte, meine Schuhe auszuziehen, prasselte eine Salve mißbilligender Tss-tss-Geräusche aus dem Küchenfenster. Sah man vom Frühjahr ab, war der Humber ein träger Fluß, Trauerweiden zogen Furchen in die Strömung. In Sommernächten wurde das Ufer zu einem einzigen langen Wohnzimmer. Im Wasser spiegelten sich Hunderte von Verandalichtern. Leute gingen nach dem Abendessen am Fluß spazieren, Kinder lagen auf dem Rasen, lauschten dem Wasser und warteten darauf, daß der Große Bär am Himmel erschien. Ich sah von meinem Schlafzimmerfenster aus zu, weil ich noch zu klein war, um draußen zu bleiben. Der Nachtfluß hatte die Farbe eines Magneten. Ich hörte das gedämpfte Aufschlagen eines Tennisballs, der in einen alten Strumpf gesteckt war, gegen eine Wand und den leisen Gesang des Mädchens von nebenan: »Ein Seemann fuhr zur See See See, dort trank er immer Tee Tee Tee ...« Außer dem gelegentlichen Klatschen, wenn ein Moskito erschlagen wurde, und dem gelegentlichen Ruf eines Kindes bei einem Spiel, das immer gedämpft und fern schien, war der Fluß im Sommer eine lautlose Saite. Sie verströmte Zwielicht, und in ihrer Nähe wurde jeder still.

Meine Eltern hofften, daß Gott sie in Weston vielleicht übersehen würde.

*

An einem Herbsttag wollte es nicht aufhören zu regnen. Um zwei Uhr nachmittags war es schon dunkel. Ich hatte den Tag über drinnen gespielt; mein Lieblingsort im Haus war das Reich unter dem Küchentisch, weil ich von dort aus eine beruhigende Aussicht auf die untere Hälfte meiner Mutter hatte, wie sie ihren häuslichen Arbeiten nachging. Dieser von den Tischbeinen und der Tischdecke begrenzte Raum verwandelte sich meistens in ein sehr schnelles Fahrzeug mit Raketenantrieb, obwohl ich auch, wenn mein Vater nicht zu Hause war, den Klavierstuhl auf die Seite legte und an dem Holzsitz herumkurbelte, der zum Steuerrad eines Segelschiffs geworden war. Meine Abenteuer bestanden immer aus genialen Plänen, die darauf zielten, meine Eltern vor Feinden zu retten, vor Soldaten von einem anderen Stern.

An diesem Abend – wir hatten gerade gegessen und saßen noch am Tisch – schlug ein Nachbar heftig an unsere Tür. Er kam, um uns zu sagen, daß der

Fluß anstieg und wir, wenn wir wüßten, was gut für uns war, das Haus so schnell wie möglich verlassen sollten. Mein Vater schlug ihm die Tür vor der Nase zu. Er schritt im Zimmer auf und ab und rang bebend vor Wut die Hände in der Luft.

Das Poltern, das mich weckte, kam vom Klavier, das unter meinem Schlafzimmer gegen die Decke stieß. Als ich die Augen öffnete, standen meine Eltern an meinem Bett. Äste schlugen gegen das Dach. Erst als das Wasser gegen die Fenster im Obergeschoß schwappte, war mein Vater bereit, das Haus aufzugeben.

Meine Mutter band mich mit einem Laken am Schornstein fest. Der Regen schlug herab; Nadeln in meinem Gesicht. Ich konnte kaum atmen vor Regen, Wasser mischte sich in die Luft. Merkwürdige Lichter drangen durch den Wind. Der Fluß war eine Fläche aus eisigem Teer, er war nicht wiederzuerkennen; schwarz, endlos weit, ein reißender Strom aus dahinschießenden Gegenständen. Ein nächtlicher Planet aus Wasser.

Mit Seilen, einer Leiter und nackter Körperkraft wurden wir an Bord eines Bootes gehievt. Als hätte der feste Griff der Suchlichter am Uferrand es losgelassen, wurde unser Haus, sobald es ins Dunkel tauchte, wie alle anderen der Straße schnell stromabwärts gerissen.

Wir hatten Glück. Unser Haus gehörte nicht zu denen, die wegtrieben, während die Bewohner noch in ihnen eingeschlossen waren. Von der Anhöhe, wo man uns abgesetzt hatte, sah ich die Lichtbahnen von Taschenlampen, die hier und da in oberen Stockwerken herumirrten, ich sah Menschen, die versuchten, auf ihre Dächer zu klettern. Ein Licht nach dem anderen erlosch.

Rufe flackerten von fern über den Fluß, aber in der dahinstürzenden Schwärze war nichts zu sehen.

Der Hurrikan Hazel zog weiter in Richtung Nordost, zerstörte Dämme, Brücken und Straßen, der Wind riß Starkstromleitungen mit einer Beiläufigkeit aus wie eine Hand, die einen losen Faden aus einem Ärmel zieht. In anderen Teilen der Stadt trat den Menschen, wenn sie die Haustür öffneten, das Wasser hüfthoch entgegen, und sie konnten gerade noch sehen, wie ein unsichtbarer Fahrer ihr treibendes Auto rückwärts aus der Einfahrt setzte. Anderen passierte nichts weiter, als daß ihre Keller überschwemmt wurden und sie monatelang Überraschungsmahlzeiten essen mußten, weil sich die Etiketten von den Dosen in ihrem Vorratskeller gelöst hatten. In wieder anderen Teilen der Stadt schliefen die Menschen ungestört bis zum nächsten Morgen und lasen vom Hurrikan des 15. Oktober 1954 in der Morgenzeitung.

Unsere gesamte Straße verschwand. Nach wenigen Tagen zog der Fluß wieder ruhig und friedlich dahin, als wäre nichts geschehen. Am Rand des Überschwemmungsgebiets hatten tote Hunde und Katzen sich in den Bäumen verfangen. Offene Feuer schwelten über Holztrümmern. Wo früher die Bewohner einen Abendspaziergang machten, suchten sie jetzt das neue Ufer nach den Resten ihrer persönlichen Habe ab. Wieder könnte man sagen, daß meine Eltern Glück gehabt hatten, weil ihnen weder das Familiensilber noch wichtige Briefe oder auch noch so bescheidene Erbstücke abhanden gekommen waren. Diese Dinge hatten sie bereits verloren.

Die Regierung zahlte den Hausbesitzern, deren Häuser weggeschwemmt worden waren, eine Entschädigung. Als meine Eltern gestorben waren, stellte ich fest, daß sie das Geld nicht angerührt hatten. Sie mußten Angst gehabt haben, daß die Ämter es eines Tages zurückverlangen würden. Meine Eltern wollten mir keine Schulden hinterlassen.

Mein Vater nahm soviele Schüler wie nur möglich in seinen Klavierunterricht auf. Wir verschwanden in einer winzigen Höhle von einer Wohnung, die näher am Konservatorium lag. Mein Vater zog es vor, in einem Apartmenthaus zu wohnen, weil da »alle Wohnungstüren gleich aussehen«. Immer wenn es regnete, bekam meine Mutter Angst, und sie war froh, daß wir so weit oben wohnten und daß es um das Haus herum keine Bäume gab, die auf uns hätten stürzen können.

Als ich zwölf oder dreizehn war, fragte ich meine Mutter, warum wir unser Haus nicht früher verlassen hatten.

»Sie schlugen an die Tür und riefen, wir sollten das Haus verlassen. Für deinen Vater war das das Schlimmste.«

Sie blickte vorsichtig von der Küche in den Flur, um zu sehen, wo mein Vater war, dann legte sie die Hände wie Muscheln an mein Ohr und flüsterte: »Wer kann schon glauben, daß er zweimal gerettet wird?«

*

Daß meine Mutter Naomi ins Herz schloß, war quälend für mich, eine Eifersucht, die immer weiter wucherte. Wie mein Vater zuvor wurde nun ich ausgestoßen. Das erste Mal, als ihre Vertrautheit mich aufhorchen ließ, wartete ich darauf, daß Naomi einen Topf schrubbte, den ich dann abtrocknen wollte. Ich drehte das Geschirrtuch zu einer Krone und setzte sie auf, ein Trick, den mir meine Mutter beigebracht hatte. Beiläufig, unschuldig sagte Naomi: »Genau wie deine Kusine Minna.«

Meine Mutter hielt mit Naomi unter dem Vorwand, über Rezepte oder Schnittmuster zu reden, in der Küche Konferenzen ab, während ich mit meinem Vater stumm im Wohnzimmer sitzen mußte und mir zum x-ten Mal die Bücherregale und Borde mit den Schallplatten anschaute. Wie meine Mutter Naomis Hand gedrückt, sich an sie geklammert, sich mit ihr verschworen haben muß. Naomi kam lächelnd aus der Küche, mit einem Rezept für Honigkuchen in der Hand. All die liebevolle Aufmerksamkeit, mit der sie meine Eltern überhäufte, die Fürsorglichkeit, die für Naomi so typisch ist – immer aufmerksam, fast schon ein Übermaß an Großzügigkeit –, begann ich als Einmischung, als Manipulation, als ein Machtspiel zu deuten. Später mißtraute ich sogar ihren Besuchen am Grab meiner Eltern, ihren Blumen und Gebetssteinen. Als wollte Naomi mir ein gutes Gewissen kaufen, so wie ein Mann seiner Geliebten teuren Schmuck kauft. Warum tust du das, warum? – und dabei dachte ich: Wozu soll das gut sein? Immer sagte sie dasselbe, eine Antwort, die mich beschämte und bei der sie den Kopf senkte wie eine Verbrecherin: »Weil ich sie geliebt habe.«

Wie konnte irgend jemand meine Eltern einfach so lieben? Wie konnte ein ungeschultes Auge hinter das Schweigen meines Vaters blicken, vorbei an seiner düsteren Starrheit, seinem Zorn und seiner Verzweiflung, vorbei an dem kleinen Klavierlehrer … und in ihm den einst eleganten Studenten der Dirigentenklasse von Warschau erkennen? Wie konnte ein ungeübtes Herz hinter den Paisley-Kleidern und geschliffenen Glasbroschen meiner vogelartig scheuen Mutter die leidenschaftliche Frau erkennen, die ein Paar weiße ellbogenlange Opernhandschuhe aus Leder in parfümiertem Seidenpapier in ihrer Schublade und eine Postkartensammlung in einem Schuhkarton in ihrem Schrank aufbewahrte, die kochte, um die Erinnerung an Generationen zu bewahren, und auf dem Balkon in Blumenkästen einen kleinen Garten anlegte, um ohne die Mißbilligung meines Vaters immer frische Blumen haben zu können? Mit welchem Recht verdiente Naomi ihr Vertrauen?

Mir fiel wieder ein, welch brüske Zuneigung sie in meinem Vater geweckt hatte, als sie von der Liebe ihres eigenen Vaters zur Musik sprach. Sie war so schamlos offen mit ihnen! Eine lange Zeit hatte ich keine Ahnung, wie sehr mich das verletzte. Tatsächlich glaubte ich damals sogar, mir wäre diese Vertrautheit lieb, dieses Familiengefühl, das Naomi in unsere leere Wohnung brachte. Sie war direkt und süß, ein Buntstift, wo zuvor nur mit Blut geschrieben worden war. Sie trampelte mit ihrer Offenheit herein, ihrem kanadischen guten Willen, scheinbar blind gegen die feinen Linien des Schmerzes, der zärtlich gepflegten Bitterkeit, dem Netz der Absprachen, den kunstvollen Tabus. Und während ich jetzt weiß, daß nichts meinen Vater aus seiner Erstarrung hätte lösen können – auch am Ende seines Lebens nicht –, begann ich zu glauben, er habe sich Naomi irgendwie mitgeteilt. Natürlich hatte er das, aber sie waren nicht in der Weise Vertraute geworden, wie ich vermutet hatte. Eine Ausländerin, eine Fremde in unserer Mitte, drang in die Intimsphäre unserer Wohnung ein, und anstatt unsere Heimlichkeiten auffliegen zu lassen, hatte sie einfach Blumen mitgebracht, sich auf das Sofa gesetzt und unsere Lebensart akzeptiert, ohne jemals ihre Grenzen zu überschreiten. Nett und freundlich, geduldig, ein perfekter Gast. Was ich fälschlich für das Vertrauen meines Vaters gehalten hatte, war einfach die Erleichterung eines Mannes, der merkt, daß er sein Schweigen nicht aufgeben muß. Es ist die Leichtigkeit, die Naomis Anmut in jedem bewirkt. Sie achtet die Privatsphäre des anderen bis ins Letzte.

*

Manche Leute fragen mich, ob ich in Farbe träume. Aber ich frage dich: Gibt es Geräusche in deinen Träumen? Meine Träume sind lautlos. Ich sehe, wie mein Vater sich über den Tisch beugt, um meiner Mutter einen Kuß zu geben, sie ist zu schwach, um sich lange aufrecht zu halten. Ich denke bei mir: Mach dir keine Sorgen, ich werde dir das Haar kämmen, dich aus deinem Bett tragen, ich werde dir helfen – und merke, daß sie mich nicht kennt. In meinen Träumen verzerrt sich das Gesicht meines Vaters, der ruhige Ausdruck, den er sonntags beim Musikhören hatte, verschwindet. Es ist wie ein Spiegelbild auf der stillen Oberfläche eines Sees, das durch einen Stein zerschlagen wird. In den Träumen kann ich seinen Zerfall nicht verhindern.

Seit seinem Tod achte ich die Tatsache, daß mein Vater an verschiedenen Stellen der Wohnung Proviant versteckt hatte, als Beweis für seinen Erfindungsgeist und seine Selbsterkenntnis. *Es sind nicht die Tiefen eines Menschen, die du entdecken mußt, sondern seinen Aufstieg. Folge seinem Weg aus der Tiefe ans Licht.*

Hinten im Wandschrank meiner Mutter befand sich ein kleiner Koffer, dessen Inhalt sie, während ich heranwuchs, immer wieder neu sortierte. Dieser kleine Koffer, vor dem ich mich als Kind gefürchtet hatte, ist heute für mich ein Symbol der enormen Disziplin meiner Eltern.

Plötzlich war meine Mutter alt. Es war, als hätte sich ihr Inneres nach außen gekehrt; ihre Haut versteckte sich hinter ihren Knochen. Ich bemerkte, wie sich der Stoff ihres Kleides über dem gekrümmten Rücken spannte, ihr dünnes Haar auf der Kopfhaut. Sie sah aus, als könnte sie wie eine klapprige Liege zusammenfallen. Alles, was von ihr übrig blieb, waren die Teile, die erschreckende Geräusche machten – die Knochen, Brillengläser, Zähne. Aber während sie zu verschwinden begann, schien sie zugleich mehr als ihr Körper zu werden. Und genau da wurde mir bewußt, wie sehr mich Naomis töchterliche Aufmerksamkeiten verletzten, jeder kleine Topf mit duftender Handcreme, jede Flasche Parfum, jedes Nachthemd. Ganz zu schweigen von dem Schmerz, der durch die Nutzlosigkeit von Dingen hervorgerufen wird, die uns überdauern.

Nachdem meine Mutter gestorben war, glitt mein Vater fast augenblicklich außer Reichweite. Er hörte Dinge, die weiß wie ein Flüstern waren. Wenn sein Verstand sich auf die Frequenz der Geister eingestellt hatte, wurde sein Mund zu einem verbogenen Draht. Als er uns an einem Herbstsonntag, ungefähr ein Jahr nach dem Tod meiner Mutter und zwei Jahre bevor er selber starb, besuchte, beobachtete ich ihn von unserem Küchenfenster aus, während Naomi Tee kochte. Er saß in unserem Garten; das Buch, in das er kaum hineingeschaut hatte, war ins Gras gefallen. Jemand in der Nachbarschaft verbrannte Laub. Ich dachte an die kühle, rauchige Luft auf seinem frisch rasierten Gesicht, Haut, die ich seit Jahren nicht mehr berührt hatte. Wie seltsam, daß dies für mich zu einer schönen Erinnerung geworden ist. Mein Vater, alleine im Garten, verloren in der Einsamkeit und in der Trauer um seine Frau. Er hielt seine Strickjacke auf dem Schoß wie ein Kind, das man gebeten hat, etwas zu halten, ohne daß es weiß, warum. Die Spur von Schönheit, die ich jetzt spüre, ist diese: mein Vater erlebte, vielleicht zum ersten Mal in seinem Leben, das Glück, auf eine schönere Zeit zurückzublicken. Er saß so regungslos da, daß die Vögel keine Angst vor ihm hatten, von den schon kahlen Ästen herabstießen und einen Hauch über dem Rasen um ihn herumflogen. Sie wußten, daß er nicht da war. Auf seinem Gesicht lag, das erkannte ich jetzt, derselbe Ausdruck wie an all den Sonntagnachmittagen, als wir zusammen auf der Couch saßen.

Die letzte Nacht meines Vaters. Den Hörer mit dem Freizeichen am Ohr, wartete ich im Krankenhaus auf Naomi. Ich werde das Freizeichen immer mit dem mechanischen Horizont des Todes verbinden, dem Fehlen des Herzschlags. Da erkannte ich, daß ich mich mein ganzes Leben lang über ihn getäuscht hatte, ich hatte geglaubt, daß er sterben wollte, daß er darauf wartete. Wie ist es möglich, daß ich es nie gewußt, daß ich es nie geahnt habe? Die Wahrheit wächst langsam in uns, wie ein Musiker, der ein Stück immer und immer wieder spielt, bis er es plötzlich zum ersten Mal hört.

An einem Märzabend, ungefähr zwei Monate nachdem mein Vater gestorben war, räumte ich die Sachen meiner Eltern auf, sah in ihre Schränke und Taschen, in die Kommode meines Vaters. Ich hatte mit dem Ausräumen ihres Schlafzimmers bis zuletzt gewartet. Mein Vater besaß einen Humidor, einen Kasten, in dem Zigarren feucht gehalten werden, in dem er aber nie Zigarren aufbewahrt hatte. Darin fand ich in einem Umschlag ein einzelnes Foto. Für uns sind Fotografien festgehaltene Vergangenheit. Aber einige Fotos sind wie DNA. Aus ihnen kann man die ganze eigene Zukunft herauslesen. Mein Vater ist so jung, daß ich ihn kaum wiedererkenne. Er posiert mit einem Baby auf dem Arm vor einem Klavier. Mit der anderen Hand richtet er das Gesicht eines kleinen Mädchens auf die Kamera. Sie ist vielleicht drei oder vier Jahre alt und klammert sich an sein Bein. Die Frau, die neben ihm steht, ist meine Mutter. Wenn es möglich ist, zu sprechen, ohne den Mund zu öffnen, ohne einen Laut von sich zu geben oder einen Muskel im Gesicht zu verändern – dann sehen so meine Eltern aus. Über die Rückseite ziehen sich ein spinnenwebartiges Datum, Juni 1941, und zwei Namen. Hannah. Paul. Ich starrte eine lange Zeit auf Vorder- und Rückseite des Fotos, bis ich begriff, daß sie eine Tochter gehabt hatten; und einen Sohn, der gerade erst geboren war, als die Maßnahmen einsetzten. Als meine Mutter mit vierundzwanzig Jahren ins Ghetto gesperrt wurde, weinten ihre Brüste Milch.

Ich nahm das Foto mit nach Hause, um es Naomi zu zeigen. Sie war in der Küche. Es passierte innerhalb eines Augenblicks. Als ich das Foto aus dem Umschlag nahm, bevor ich ein einziges Wort der Erklärung von mir gegeben hatte, sagte Naomi: »Es ist so traurig, es ist so schrecklich.« Dann sah sie, welchen Schock mir ihre Worte versetzt hatten, und hörte auf, die Tellerreste über dem Abfalleimer abzukratzen.

Meine Eltern, die großen Geheimnis-Experten, hatten das Wichtigste bis zu ihrem letzten Atemzug vor mir verborgen gehalten. Aber in einem meisterhaften Streich hatte meine Mutter beschlossen, Naomi einzuweihen. Die Tochter, nach der sie sich sehnte. Meine Mutter nahm an, daß mich meine Frau nicht ohne weiteres auf etwas so Schmerzliches ansprechen würde, aber sie wußte, daß ich die Wahrheit schließlich erfahren würde, wenn sie sich Naomi anvertraute. Naomi wußte, wie sehr mich ihre Vertrautheit mit meinen Eltern irritierte. Aber sie wußte nicht, daß sie ein Geheimnis bewahrt hatte.

Dennoch konnte ich ihr nicht verzeihen.

Die wahre Tiefe einer Ehe ist die Vertrautheit zwischen zwei Menschen, die Sphäre, in die die Geschichte meiner Mutter eingebrochen war.

Die Vergangenheit ist verzweifelte Energie, aufgeladen, ein Spannungsfeld. Sie sucht sich für ihr Eindringen einen bestimmten Moment, eine so gewöhnliche Situation, daß wir nicht einmal merken, daß sie plötzlich da ist, einen Moment, der uns hinterrücks überfällt und alles, was folgt, unwiderruflich verändert.

Meine Eltern müssen sich ein Versprechen gegeben haben, das meine Mutter fast bis zum Schluß gehalten hat.

Naomi erklärte mir noch etwas, was ich nicht gewußt hatte. Meine Eltern beteten darum, daß die Geburt ihres dritten Kindes unbemerkt bliebe. Sie hofften, daß der Todesengel vielleicht an ihnen vorübergehen würde, wenn sie mir keinen Namen gaben. Ben – nicht von Benjamin, sondern nur »ben« – das hebräische Wort für Sohn.

*

Allmählich verschwand der Schnee unter den Bäumen und hinterließ nasse Schatten. Die Reste des Herbstes, die den Winter über verborgen gewesen waren, lagen verstreut auf Rasenflächen und trieben in Rinnsteinen.

In den Wochen, nachdem ich die Wohnung meiner Eltern ausgeräumt hatte, machte ich mich daran, das Ufer des Humber abzusuchen und Dinge zu sammeln, die der Fluß im Vorfrühling ausgewaschen hatte – ein Souvenirlöffel, ein Türknauf, verrostetes Blechspielzeug. Ich säuberte die Dinge im Wasser und bewahrte sie in einer Schachtel im Kofferraum meines Autos auf. Ich fand nichts, woran ich mich erinnerte.

Eines Tages hatte der Regen meinen Mantel durchnäßt, die Ärmel und der Rücken waren naßkalt. Zu Hause holte ich Porzellanscherben, klein wie Mosaikteilchen, aus meinen Taschen und wusch die zerbrochenen Geschirrteile im Waschbecken des Badezimmers. Ich entfernte die Flußerde unter meinen Nägeln. Ich saß in meinen nassen Kleidern auf dem Rand der leeren Wanne. Nach einer Weile zog ich mich um und ging in mein Arbeitszimmer. Ich konnte das Abendessen riechen – Tomatensauce, Rosmarin, Lorbeerblätter, Knoblauch zog von unten herauf. Ich saß, bis ich die Dächer der Straße und die Zäune der Hinterhöfe nicht länger sehen konnte und sich nur noch meine Lampe und die Bücherregale im Fenster spiegelten.

Ich ging ins Schlafzimmer und legte mich hin. Ich hörte Naomi die Treppe heraufkommen, hörte, wie sie die Schuhe auszog. Ich spürte, wie sie sich neben mich legte und ihre Lieblingsstellung einnahm, Rükken an Rücken, mit ihren kleinen Füßen, noch in Strümpfen, an meinen Waden, eine Geste der Vertrautheit, die mich mit Hoffnungslosigkeit erfüllte. Ich stellte mir vor, wie sie in ihre Hälfte des dunklen Schlafzimmers starrte. Ich hätte es ertragen, egal wie oft sie sagte: Ich dachte, du weißt es, ich dachte, du weißt es. Wenn sie nur nicht ihre kleinen Füße an meine Waden gelegt hätte – so als wäre nichts geschehen.

Ich wußte, daß ich den Mund nicht aufmachen durfte. Das Elend von Knochen, die, um gerichtet zu werden, gebrochen werden müssen.

*

Wenn ich in unserem kleinen Haus in der Straße mit den alten Ulmen und Kastanien aufwachte, wußte ich, ohne die Jalousien hochzuziehen, manchmal sogar, ohne die Augen zu öffnen, ob es regnete oder schneite. Ich konnte sofort an der Art des Lichtes, das sich über Kommode, Stuhl, die Heizung und Naomis hölzerne Bürste auf dem Nachttisch legte, erkennen, welche Stunde des Tages es war. Winter, März, Hochsommer, Oktober, immer war es verschieden. Ich wußte, daß in einem halben Jahr die beiden Zuckerahornbäume im Hof sich unterschiedlich verfärben würden, einer eher kupferfarben als scharlachrot. Ich war krank vor Wahrnehmung. Die blassen Nuancen der Veränderung, der tägliche Zerfall.

Und dann gibt es die Tage, wenn die Atmosphäre den Jahrestag eines Irrtums ankündigt. Ein namenloser Moment, an den sich nur das Wetter erinnert. Der Ort, an dem wir uns aufhielten, wenn alles gut wäre.

Ich dachte an meinen Vater, der Essen dazu benutzte, seinen Körper zu vergessen. Der in der Musik auflebte, wo die Zeit vorgegeben ist.

*

Du bist nicht lange nach meinem Vater gestorben, und ich kann nicht sagen, welcher Tod es war, der mich dazu brachte, wieder zu deinen Worten zu greifen. Auf Naomis Schreibtisch lag dein letztes Buch, *Was hast du mit der Zeit gemacht,* und auf meinem lag *Erdarbeiten.*

Eines Abends fragte mich Naomi, während sie in einer Bratpfanne nervös unser Abendessen hin- und herschob, warum ich Maurice Salman nicht meine Hilfe anböte und für ihn auf Hydra nach deinen Notizbüchern suchte, jetzt, da er nicht mehr gesund genug sei, um selber zu reisen. Es war Naomis Idee: eine Trennung.

Ein paar Tage darauf stand ich in der Küchentür und sagte zu ihrem Hinterkopf: »Ich habe alles so arrangiert, daß ich bis nächsten Januar nicht mehr unterrichten muß.«

Naomi drückte die Handflächen auf die Tischplatte und stand auf. Der Stuhl hatte auf den Rückseiten ihrer Oberschenkel Abdrücke hinterlassen. Der Anblick machte mich so traurig, daß ich die Augen schließen mußte.

»Aber dann wirst du an deinem Geburtstag nicht hier sein – und die Hypothek muß bald erneuert werden – ich hab schon ein Geschenk für dich …«

Ein Schiff mitten auf dem Ozean nimmt den Tsunami nicht wahr; zwischen den Kämmen liegt ein Wellental von fünfundachtzig Meilen. Furcht hätte mich in dem Moment treffen sollen, ich hätte einen Hauch Äther riechen, die Messerklinge fühlen müssen. Aber ich tat es nicht. Statt dessen vergeudete ich unser gemeinsames Leben und sagte nur: »Ich werde dir schreiben …«

Naomis Körper war für mich eine vertraute Karte, die immer an den gleichen Stellen gefaltet worden war. Ich breitete sie schon lange nicht mehr ganz aus; öffnete sie jedesmal nur ein kleines Stück, das Gebiet, dem ich mich nachts zuwandte.

In der Juninacht, bevor ich nach Griechenland aufbrach, war es erstickend heiß. Naomi kam triefhaß aus der kalten Dusche und legte sich auf mich. Kalt wie nasser Sand.

*

Ein paar Jahre nach dem Tod meiner Mutter, in der kurzen Zeit, während mein Vater bei Naomi und mir lebte, schien er den Schlaf ganz aufgegeben zu haben. Nachts hörten wir ihn durchs Haus wandern. Schließlich überredete ich ihn, einen Arzt aufzusuchen, der ihm zu meiner Erleichterung Schlaftabletten verschrieb. Aber er, plötzlich in der Lage, das Problem des Hungers, das ihn so lange gequält hatte, zu lösen, nahm alle auf einmal.

Senkrechte Zeit

Ich kam mit dem Meltemi nach Hydra, dem kühlen russischen Wind, der über den Balkan streicht, die griechischen Segel füllt und an den Sommernachmittagen die Hemden schlagen läßt. Ich kam zusammen mit den furchtlosen Sturmtauchern, die vom Polarkreis Tausende von Kilometern nach Süden fliegen, weiß wie Gletschersplitter. Sie gleiten über die weißgesäumte See, und ihre starren, scharfen Flügel reißen den blauen Umschlag des Himmels auf. Der Meltemi ist ein Wind wie ein Pferdeschweif, der die Schwüle verscheucht, bevor sie sich niederlassen kann. Er scheuert die Luft, bis sie ganz klar ist, bis man die Holzmaserung einer Tür unter ihrem Anstrich sehen kann, die Poren auf der Zitronenschale und die Risse in den Eiswürfeln in einem Glas auf dem Tisch in einem der Cafés am Hafen; bis man die Feuchtigkeit auf der Schnauze eines im Schatten einer Mauer schlafenden Hundes sehen kann – zwanzig Minuten, bevor man ankommt. Egal wie alt man ist, der Meltemi strafft einem die Haut und glättet die Stirn des verzweifelten Reisenden, der noch nicht lange genug unterwegs ist, um seine Zukunft hinter sich gelassen zu haben. Wenn du an Deck den Mund öffnest, wird der Meltemi dir den Schädel blankscheuern und ausspülen, bis er glatt ist wie eine weiße Schale. Jeder Gedanke wird neu sein, und ein Hunger nach Klarheit wird dich überkommen, du wirst deine Muskeln mit derselben Präzision spüren wie den Sog deiner Begierden. Du wirst die Seevögel mit den Krumen deiner Vergangenheit füttern, als wären sie Brot, und sehen, wie sich die Stückchen mit Wasser vollsaugen und versinken oder wie sie von scharfen Schnäbeln mitten in der Luft aufgefangen und hinuntergeschlungen werden.

Von allen Seiten bis auf eine ist Hydra kahler blauer Fels, von Flechten überzogen, ein Wal in einem flachen Becken. Das Schiff vollzieht eine letzte Biegung, und plötzlich hebt die Insel den Kopf und öffnet die Augen. Ein Strauß wilder Blumen, von einem Zauberer aus dem Ärmel gezogen. Seit Jahrhunderten haben Seeleute auf dieser Route durch den Saronischen Golf, ob sie nun auf einer Fünfzehntonnen-Sakturia oder auf einer Fünfzigtonnen-Latinadika mit ihren Lateinersegeln fuhren – Männer aus den Häfen von Konstantinopel bis Alexandria, Venedig, Triest und Marseille –, erlebt, daß es Neuankömmlingen den Atem verschlug, sobald sie in das steile Amphitheater des Hafens von Hydra einliefen. Sie holen Segel dicht oder rudern, ohne auf das schimmernde Goldlamé der auf den Hafenmauern trocknenden Netze zu achten, auf die im Licht flirrenden lavaroten Dächer oder die leuchtendblauen oder gelben Türen von hundert weißen Häusern, die glänzen, als wären sie frisch gestrichen. Und du kommst dir albern vor, weil es dir die Kehle zusammenschnürt und dir die Augen übergehen.

*

Salman hatte mir gesagt, daß das Schiff erst spät am Nachmittag ankommen würde, zu spät, um gleich am ersten Tag zu deinem Haus zu gehen. Er hatte Frau Karouzou geschrieben, um mich anzukündigen, deren ruhiges Hotel, eine umgebaute Admiralsvilla, von ihrem Sohn Manos geführt wird. Frau Karouzous Hotel liegt auf halbem Weg zu deinem Haus; von dort kann man die restliche Strecke, wie Salman sagte, gut am nächsten Morgen schaffen. Die Zimmer gehen auf einen Innenhof hinaus, ein Eßzimmer unter freiem Himmel. Es ist wahrscheinlich noch genauso, wie Salman es in Erinnerung hat. Ein Dutzend kleine Tische. Laternen, die von den Steinmauern hängen. Ich wusch mir das Gesicht und legte mich hin. Vom Bett aus war das Fenster ein Rechteck aus poröser Farbe, ein blaues Gemälde.

Stimmen vom Hof unter mir weckten mich, das Fenster war jetzt schwarz und mit Sternen besprüht. Ich lauschte dem Klirren von Besteck und Geschirr.

Ich goß Wasser in mein Glas und sah zu, wie der Ouzo sich in Nebel verwandelte.

Als ich auf Hydra ankam, war ich überzeugt davon, daß ich finden würde, was Salman suchte. Er ist von der Idee besessen, daß irgendwo in deinem Haus deine Notizbücher herumliegen. Es würde dir weh tun, deinen alten Freund zu sehen, der sich nach einer letzten Unterhaltung sehnt. Er hatte gehofft, daß er bald wieder kräftig genug sein würde, um sich selber auf die Suche zu machen und ein letztes Mal nach Griechenland zu reisen. Frau Karouzou schickte ihm deine Papiere mit dem Schiff, aber deine Tagebücher waren nicht dabei. Also denkt Salman, sie müßten wie Bücher aussehen, gebunden, denn er hatte ihr gesagt, Bücher brauchte sie nicht mitzuschicken. Ich versprach ihm, behutsam nach ihnen zu graben.

Ich sollte Wochen in deinem Haus zubringen, ein Archäologe, der einen Quadratzentimeter nach dem anderen untersucht. Ich schaute in Schubläden und Schränke. Dein Schreibtisch und die Wandschränke waren leer. Dann machte ich mich an deine Bibliothek: sie war riesig und thematisch unbegrenzt, sie zog sich fast über alle Wände des Hauses. Bücher über das Nordlicht, über Meteoriten, über Nebelbögen. Über kunstvoll beschnittene Bäume. Über das Signalisieren mit Handflaggen. Über das Nachtleben von Ghana, Pygmäenmusik, die Hafenkneipen von genuesischen Schauermännern. Über Flüsse, die Philosophie des Regens, über Avebury, das weiße Pferd von Uffington. Über Höhlenmalerei, Gartenarchitektur, über die Pest. Kriegserinnerungen aus verschiedenen Ländern. Die eindrucksvollste Gedichtsammlung, die ich je gesehen habe, auf Griechisch, Hebräisch, Englisch, Spanisch.

Ich ließ mich von Marginalien ablenken, von kleinen Zetteln, die zwischen den Seiten steckten, Schnipseln alter Rechnungen, die als Lesezeichen benutzt worden waren. Behutsam ging ich mit Büchern um, die fast auseinanderfielen, die immer wieder gelesen worden waren, zum Beispiel *Ein Führer durch die Klassische Architektur,* der, selbst eine Ruine, mir praktisch unter den Händen zerfiel.

Ich ließ mich eine Stunde durch ein Buch über zeremoniellen Kopfschmuck ablenken, zwei weitere verbrachte ich über der Lebensgeschichte eines Hafenarbeiters aus Athen, der zu einem Arbeiterführer wurde. Einmal zog ich Michaelas Ausgabenbuch vom Regal, dann eines mit einer Liste von Dingen, nach denen sie auf ihren zahlreichen Exkursionen nach Athen oder auf Reisen zurück nach Kanada suchen wollten. Ein dickes gebundenes Buch stellte sich als Michaelas Magisterarbeit über die Ethik der Museumskunde heraus, die sich mit der Tragödie von Minik auseinandersetzte, einem Ureinwohner Grönlands, der zum lebenden Ausstellungsstück im Naturhistorischen Museum von New York wurde. Minik fand heraus, daß das Skelett seines eigenen Vaters Teil der Ausstellung war. Michaelas Stil war nicht akademisch, und Miniks traurige Geschichte und die Nachmittagshitze erfüllten mich plötzlich mit einem Gefühl von Sinnlosigkeit.

Als sich schließlich herausstellte, daß es nicht einfach sein würde, deine Notizbücher zu finden, begann ich mir vorzustellen, du hättest sie draußen zwischen den Felsen versteckt, wie die Papierbrigade, die im Krieg kostbare Bücher rettete, indem sie sie neben der Strashoun-Bibliothek von Wilna in der Erde vergrub. Wie all die Briefzeugnisse, die unter den Dielen von Häusern in Warschau, Łódź, Krakau verborgen sind. Ich dachte sogar daran, in deinem Garten zu graben und in dem kärglichen Stückchen steiniger Erde um das Haus. Ich stellte mir vor, wie ich Wände niederriß.

Aber mein Fehler war, nach etwas Verstecktem zu suchen.

*

Ich sah von deiner Haustür auf den fernen Hafen hinunter – von dieser Höhe nur ein kleines abstraktes Bild aus Farbtupfern, als hätten sich die Waren eines umgeworfenen Karrens in die Bucht ergossen.

Ein Boot, das man hier oben aufs Trockene geschafft hatte und das einen neuen Anstrich brauchte, stand am Rand des Steilhangs und blickte aufs Meer hinaus. Es sah aus, als wollte es jeden Moment in die Luft hinaussegeln. Es hatte bestimmt eines Dutzends starker Männer und einiger Maulesel bedurft, um es den Hügel hinaufzuschleppen.

Es war ein perfekter Morgen. Die Brise ließ kaum Hitze aufkommen. Ich stand eine Weile auf der offenen Veranda, bevor ich hineinging.

Lichtstäbe von den Rändern der Fensterläden stießen kreuz und quer durch das Zimmer. Ein Schrecken lief mir über die Haut. Im Dämmerlicht, mit nacktem Oberkörper, den nur ihr Haar bedeckte, schimmerte der Körper einer Frau, sie stand wartend da. Ich starrte ins Zimmer, bis ich sah, daß sie aus Holz war, eine Galionsfigur, so groß, daß ich in meiner Verwirrung fast erwartete, das ganze Schiff wäre hinter ihr ins Haus eingebrochen.

Ich ging wieder hinaus und nahm von zwei Fenstern die Läden ab, dann trat ich zum ersten Mal richtig durch die große Tür. Das Licht war von Staub gefleckt. Einige Möbelstücke waren mit Laken bedeckt und sahen aus wie Schneewehen, gespenstisch in der Wärme des Hauses.

Der größte Raum war wie ein Schiffsdeck mit einer groben hölzernen Galerie umgeben, einem umlaufenden schmalen Gang, von dem man ins Wohnzimmer hinuntersehen konnte. Überladene, durchhängende Bücherregale zogen sich an den Wänden entlang. Später entdeckte ich, daß hinter dieser Galerie dein kleines Arbeitszimmer lag, das in einen Winkel des Dachstuhls hineingebaut worden war. Es war voll von Büchern. Eine aus einem Ast gearbeitete Stehlampe mit einem Schirm aus Papier, eine Hängematte, ein Ohrensessel, auf dem sich noch mehr Bücher türmten, ein Fenster, klein wie ein Bullauge, das hoch über den Garten hinaus aufs Meer blickte. Mehrere Bilder atmosphärischer Phänomene, unter anderem eine wunderschöne alte Darstellung eines Nebenmonds. Auf dem Schreibtisch lagen verschiedene Steine, ein in Öl gelagerter Kompaß, eine Taschenuhr, in deren Deckel ein Seeungeheuer eingraviert war, und ein flaches Schälchen mit einer Sammlung ausgefallener Knöpfe. Knöpfe, die wie Tiere aussahen, andere wie Früchte; goldene Seemannsknöpfe mit getriebenen Ankern, Knöpfe aus Silber, Glas, Perlmutt, Holz, Elfenbein, Knochen.

Das Haus war größer, als es von außen den Anschein hatte, es zog sich in einem Winkel in den Fels, Zimmer voller Schätze. Alte verzierte Barometer. Windkarten, Karten der Gezeiten, Glocken. Mehrere Globen, unter anderem einer aus Schiefer, wahrscheinlich damit ein Schüler die Lage der Kontinente und Länder lernen konnte, indem er sie einzeichnete. Mehrere kleinere Galionsfiguren, die sich von den Wänden abzustoßen schienen, um davonzufliegen, eine davon ein Engel aus salzzerfressenem Holz mit einer Hand über der Brust, den Seewind im zerzausten Haar.

Das Haus war ein Steinbruch aus Gefühlen. Alles war von Wind oder Meer verwittert, alt und kurios, das meiste nur von persönlichem Wert.

Ein Dutzend Flaschenschiffe, eine Karte vom Mond. Eine alte Seetruhe mit schwarzen Eisenringen, die sich über den Deckel wölbten. Eine Vitrine mit einer chaotischen Fossiliensammlung. Simse voller ungewöhnlicher Muscheln, Steine, mit Flaschen aus blauem Glas, aus rotem Glas. Postkarten. Treibholz. Kerzenhalter aus Keramik, Holz, Messing, Glas. Öllampen in allen Größen und Formen. Unterschiedlich große Türklopfer, alle in Form einer Hand.

Frau Karouzou, selbst zu alt, um im Haus nach dem Rechten zu sehen, hatte ihre Tochter geschickt, um die Möbel zuzudecken. Sogar die Kleider in den Schränken waren mit Tüchern verhängt. Wir haben eine sonderbare Beziehung zu Dingen, die einmal den Toten gehörten; in der Verknüpfung der Atome bleibt die Spur ihrer Berührung zurück. Alle Zimmer strahlten Abwesenheit aus, und doch waren sie von eurer Gegenwart durchtränkt. Als ich die Couch abdeckte, fand ich noch eine Decke, die an einer Seite herunterhing, mit dem Abdruck eurer Körper – unsichtbares Gewicht – auf dem Polster. Tonwaren aus Skyros mit Federn und Wirbeln in der Farbe von Wassermelonen und Wellen. Ein großer Holztisch, davor ein abgerückter Stuhl, als wärst du oder Michaela gerade aufgestanden.

In der Küche lag ein sichtlich oft benutztes Kochbuch griechisch-jüdischer Küche, aufgeschlagen bei einem Rezept für Kuchenteig, und eine ebenso abgenutzte und offensichtlich verlegte Ausgabe von Plinius' *Naturgeschichte*. Ich stelle mir vor, du seist in die Küche gekommen, um Michaela einen Absatz vorzulesen und hättest es in deiner Zerstreutheit dort liegenlassen. Vielleicht hat sie auch nach dir gerufen, damit du ihr etwas von einem hohen Regal herunterholst, oder um dich wegen einer Sauce um Rat zu fragen, und du hast sie umarmt, und das Abendessen wurde vorübergehend vergessen, das Buch liegenlassen.

Als ich das Durcheinander eurer Sandalen an der Tür sah, dachte ich an die Schuhe meiner Eltern, die nach ihrem Tod nicht nur getreulich die Form ihrer Füße festhielten, sondern auch ihren Gang, der Rückstand der Bewegung im abgenutzten Leder. Genau wie ihre Kleider sie noch in sich trugen, eine Geschichte in jedem Riß, jedem Flicken, in den Ärmeln. Jahrzehnte sind dort gespeichert, in ein, zwei Schränken. Ein Haus ist, mehr noch als ein Tagebuch, der intime Einblick. Ein Haus ist unterbrochenes Leben. Ich dachte an die Familien, die durch den Ausbruch des Vesuv zu Stein erstarrten, mit ihrer letzten Mahlzeit noch in den Bäuchen.

Hier zeigte sich ein Leben, das so schmerzlich einfach war: Tage, die in Gedanken und Gemeinsamkeit verbracht wurden. Allein lesend oder laut vorlesend. Tage, an denen sie Gemüse setzten, an denen sie schwammen oder in der Nachmittagshitze schliefen, Stunden, um eine Idee auszuarbeiten, nachzudenken, bis es Zeit war, die Lampen zu füllen.

Ich saß auf deiner Terrasse und blickte aufs Meer. Ich saß an deinem Tisch und sah in den Himmel.

Ich spürte, wie die Kraft deines Hauses zu meinem Körper sprach. Unmerklich verblaßte mein Neid. Meine Beine wurden durch den täglichen Anstieg kräftiger, durch die einfachen Lebensmittel, die ich jeden Tag hinauftrug – Früchte, Käse, Brot, Oliven – und die ich im Schatten deines Gartens aß. Eines Morgens hielten die schlechten Träume der vorangegangenen Nacht auf halbem Wege den Hügel hinauf an, wandten sich zögernd um und trieben zurück nach unten, als hätte eine unsichtbare Grenze sie aufgehalten. Ich begann zu verstehen, daß du dich hier, alleine, zwischen dem Rot und Gelb von Mohnblumen und Ginster, sicher genug fühltest, um mit deinen *Erdarbeiten* zu beginnen. Wie du langsam ins Grauen hinabstiegst, wie Taucher es tun, mit Willenskraft und Methode. Wie die Stille hämmerte, je tiefer du sankst.

Jeden Tag entdeckte ich einen weiteren Talisman der Schönheit, Hinweise auf das Leben, das du und Michaela führtet: Kerzenstummel, hartes ausgelaufenes Wachs in Felsnischen im Garten, wo ihr nachts gemeinsam gesessen haben müßt, ohne Zweifel deine *durch Flammen geöffnete Felsspalte.* Deine Bilder waren überall.

Ich entdeckte deine verschiedenen Stationen auf der Terrasse, indem ich geduldig den Lauf der Sonne auf den Steinplatten verfolgte. Die Kratzspuren von Stühlen, die in den Schatten rückten. Die Stelle, wo jedesmal, wenn die Lampen neu aufgefüllt wurden, ein wenig Öl danebentropfte.

Über dem Bett hing ein Plakat von *Was hast du mit der Zeit gemacht,* die griechische Übersetzung war mit Tinte darunter geschrieben, ein Schatten; die hebräische darüber, eine Emanation. Du schriebst über Mahlzeiten in der Abendluft, Mahlzeiten, bei denen man vollkommen hungrig an den Tisch kommt, ausgehungert nach dem Schwimmen, dem Klettern oder der Liebe; ein Heißhunger, der gestillt werden und immer wiederkommen wird. Die *kreisförmige Sprache* von Michaelas Armen.

Abends, wenn ich auf deiner Terrasse saß, umhüllt von dem wuchernden Vorhang aus Lavendel und Rosmarin, dachte ich über die Bedeutung deines »Nachtgartens« nach und legte die Betonung nicht auf das erste, sondern auf das zweite Wort. Der eine Augenblick, in dem du dein Leben ganz einem anderen gibst. *Bebend wie eine Kompaßnadel*. Ein Moment reiner Entscheidung.

Das Haus besaß jene Stille, die das Kielwasser historischer Ereignisse bildet. Das war sichtbar an den Möbeln, im verwilderten Garten mit seinen einschläfernden Düften, die tausend Tagträume aufgesogen haben. An den Kissen auf den Fensterbänken. An einer vergessenen Tasse auf der Terrasse, die jetzt mit Regen gefüllt ist.

Deine Gedichte aus den wenigen Jahren mit Michaela sind Gedichte eines Mannes, der zum ersten Mal eine Zukunft spürt. Deine Worte wachsen mit deinem Leben zusammen, nachdem sie *Jahrzehnte versteckt unter deiner Haut* zugebracht haben.

Du hast auf dieser Terrasse gesessen, an diesem Tisch, und du hast geschrieben, als würde jeder Mann so leben.

*

Gibt es eine Frau, die langsam die Hüllen abstreift

Weit unten zieht das Salz den schweren Duft des Flieders ins Meer, der Duft ertrinkt, süßes Violett, in durchdringendem Blau. Die Süße ertrinkt ohne einen Laut. Ekstatisch. Die Blätter, eine Million Hände, grüner als Energie, lautlos vor dem geschlossenen Fenster. Das heiße Zimmer, der Geruch von hölzernen Fensterbrettern und Dielen, die in der Sonne backen. Ich blicke hinaus auf die trockenen Hügel, die so hell sind, daß sich das Auge eigene Schatten schafft.

Gibt es eine Frau, die langsam die Hüllen abstreift,
von meiner Seele

Wenn ich zeichnen könnte, würde ich ein Blatt Papier vor diese Aussicht aus deinem Fenster halten und die Landschaft sich einbrennen, sich hineinsenken lassen wie den Abdruck einer Hand, wie lichtempfindliches Papier, das sich verdunkelt vor Sehnsucht nach einem Ort, den man nie verstehen wird. Die Hügel verschwimmen, während ich sie ansehe; aber der Verlust, den ich spüre, ist der eines Menschen, der die Grenzen des Verständnisses schon überschritten hat. Es ist, als schriebe ich einem Menschen, der nicht länger gefunden werden will.

Gibt es eine Frau, die langsam die Hüllen abstreift,
von meiner Seele, die meinen Körper

Bis die Zitrone, die den Zweig biegt, bis das Gewicht des Schattens, der ein Blatt vom anderen trennt, diesen Ort in dich einsinken läßt. Bis die Hügel in deinen Augen brennen, bis du dich ergibst. Bis *der Saum der Dichte, der Blatt und Luft voneinander trennt / keine Lücke mehr ist, sondern ein Siegel.*

Gibt es eine Frau, die langsam die Hüllen abstreift,
von meiner Seele, die meinen Körper glauben lehrt

Bis das schöne Summen der Fliegen mich weckt.

Wochenlang ließ ich mich in der Hitze treiben, in dem Geruch von lange verschlossenen Zimmern, und meine Suche nach deinen Notizbüchern wurde immer langsamer. Durch die offene Tür wehte der Dunst von versengtem Gras.

Eines Nachmittags gingen mir die Augen auf. Es war ein Adrenalinstoß, das Gefühl, daß du und Michaela jeden Moment in der Tür erscheinen könntet. Ein Schatten war durchs Haus geglitten, schnell wie ein Gedanke, obwohl sich von einem Moment zum anderen nichts verändert hatte.

Ich konnte mich dem Gedanken nicht entziehen: Ihr seid noch am Leben. Ihr versteckt euch, um allein zu sein in eurem Glück.

Eine Energie, wie ich sie noch nie zuvor gespürt hatte, durchlief mich.

Phosphorus

Vor dem achtzehnten Jahrhundert nahm man an, der Blitz sei eine Emanation der Erde oder er entstehe durch die Reibung der Wolken. Es war ein beliebter Zeitvertreib, sein wahres Wesen zu erforschen, denn niemand erkannte das volle Ausmaß seiner Gefährlichkeit. Den Blitz kann man nicht zähmen. Er ist eine Kollision von Hitze und Kälte.

Hundertmillionen Volt sammeln sich zwischen Erde und Wolke, bis ein weißglühender Keil herunterschießt, gefolgt von einem weiteren und noch einem weiteren – das Zick-Zack von Ionen, die vom Boden aufsteigen und dem Blitz einen Tunnel bahnen –, im Bruchteil einer Sekunde. Die umliegenden Luftmoleküle glühen auf.

In dem elektrisch geladenen Feld unterhalb der Gewitterwolke hat man zwischen den Blitzschlägen Felsen summen hören, und Metall – eine Armbanduhr, ein Ring – sirrte wie Öl in der Bratpfanne.

Der Blitz hat Glas verdampfen lassen. Er schlug in Kartoffelfelder ein und kochte die Kartoffeln in der Erde, so daß die Erntemaschine sie perfekt gebacken aus dem Boden warf. Der Blitz hat Gänse im Flug geröstet, so daß sie als eßbarer Braten vom Himmel fielen.

Die plötzliche intensive Hitze kann Stoffe erweitern. Menschen fanden sich nach einem Einschlag plötzlich nackt wieder, ihre Kleider lagen um sie herum, die Stiefel von den Füßen gerissen.

Der Blitz kann Dinge in einem Maße magnetisieren, daß sie das Dreifache ihres eigenen Gewichts anzuheben vermögen. Er hat elektrische Uhren angehalten und sie wieder in Gang gesetzt, allerdings liefen die Zeiger dann mit doppelter Geschwindigkeit rückwärts.

Der Blitz traf ein Haus und dann den Feueralarm, so daß er die Feuerwehr zu dem Brand rief, den er selbst gelegt hatte.

Der Blitz hat einem Mann das Augenlicht und einem anderen die Haare wiedergegeben.

Kugelblitze kommen durch ein Fenster, eine Tür, einen Kamin ins Haus. Still kreisen sie im Zimmer, sehen das Bücherregal durch, und als könnten sie sich nicht entscheiden, wo sie sich hinsetzen sollen, verschwinden sie durch denselben Luftkanal, durch den sie gekommen sind.

Tausend angesammelte Momente entladen sich in wenigen Sekunden. Deine Zellen setzen sich neu zusammen. Du bist getroffen – was Metall ist an dir, schmilzt. Deine versengte Gestalt ist in den Sessel gebrannt, eine Leere, wo früher dein Leben war. Das Schlimmste von allem aber ist, daß die Geliebte dir vorkommt wie alles, was du jemals verloren hast. Sie ist diejenige, die du am schmerzlichsten vermißt.

Petra wählte einen Tisch am Rande von Frau Karouzous Hof. Sie war allein. Man konnte an ihrer Kleidung und Art sofort erkennen, daß sie Amerikanerin war.

Ihr Haar war eine weiche dunkle Welle. Ihr großer Mund, die blauen Augen. Die Sonne in ihrer Haut, von langen Tagen im Freien. *Ein weißes Kleid schimmert an ihren Schenkeln wie Regen.*

Sie warf den Kopf zurück. Meine Begierde war eine rauhe Metallkante, die unter dem grellen Lichteinschlag plötzlich glatt wurde.

Manchmal, wenn der Blitz durch Dinge fährt und dann durch menschliches Gewebe, hinterläßt er einen Abdruck auf einer Hand, einem Arm, einem Bauch – einen bleibenden Schatten, eine Hautfotografie. Ganze Landschaften sind auf den Flanken von Tieren aufgetaucht. Über den Hof hinweg stellte ich mir vor, daß Petra die göttliche Tätowierung trüge: eine Lichtenbergblume, auf dem Rücken. Ich stellte mir vor, sie wäre als Kind gezeichnet worden, die Gummireifen ihres Fahrrades hätten sie gerettet. Dort, wo ihr brauner Rücken in den Hintern überging, unter einem unsichtbaren Flaum von Härchen, blieb der schwache Atem der elektrischen Ladung zurück. Eine so hauchzarte Blume, daß du glaubst, sie ließe sich wegwaschen oder würde unter deinem Atem verschwinden wie eine Eisblume. »Von deinen Lippen an Gottes Ohr.« Aber deine Anbetung wird nicht das Geringste bewirken. Die Blume ist gespenstisch und doch permanent, ein aufreizendes Stigma.

*

Ich schmücke Petras Handgelenke und Ohren. Das Rauschen der Zitronenblätter und das Geräusch ihrer Armreifen, die den Arm hinunter aneinanderklirren, wenn sie ihr schweres Haar aus dem Nacken hebt: die Geräusche von Grün und Gold. Nach den Mahlzeiten, Flaschen und Gläser, Brotkrusten und Geschirr, so intim wie Kleider, die verstreut um ein Bett herum liegen.

Ihre Gelassenheit versetzt mir einen Stich. »Wenn wir die Insel verlassen«, »Wenn ich wieder zu Hause bin«, »Meine Freunde …«

Sie kommt mit tropfenden Haaren vom Schwimmen. An ihrem nassen Körper ein Badeanzug aus Gras.

Blindheit tropft mir in die Augen. Nachmittag wird zu Abend, das Fenster blau, dann tieferes Blau. Wie die Stimmen, die vom Hof zu uns nach oben treiben, steigen einzelne Worte in mein Bewußtsein: Petra, Erde. Salz.

Sie überläßt sich dem Schlaf mit einer Entschiedenheit, die fast bestürzend ist, ihr schwarzes Haar ergießt sich über das Laken.

Am Morgen, als Petras Haare unter ihrem Baumwollkleid verschwinden, spüre ich die Kühle auf meinen eigenen Schultern.

Ich lerne Petras Gerüche, ihr in der Fülle noch feuchtes Haar, nahe der Kopfhaut, im Nacken. Ich kenne die Schweißspur unter ihren Brüsten, den Geruch ihrer Hände und Gelenke auf meinem Gesicht. Ich kann sie im Dunkeln erkennen, *der Geschmack, den auch das Meer nicht auslöschen kann*. Ich kenne ihren Körper, all seine zarten Stellen, alle Linien zwischen hell und dunkel, all seine Formen. Jede Knochenlinie, die die Oberfläche spannt, all die Fältchen, die bereits vor der Geburt bestanden – die Falte in der Kniebeuge, in der Armbeuge, die Linien ihrer Handflächen, an ihrem Hals. Ich präge mir den Schwung ihrer Augenbrauen ein, die Form ihrer Füße. Ich kenne ihre Zähne, ihre Zunge. Meine Zunge kennt ihre Ohren, ihre Lider. Ich kenne ihre Geräusche.

Es ist später September. In der Nacht hat der Wind im Hof die Ecken der Tischtücher umgeschlagen. Bis auf Stavros, den Architekten, der auf der Insel ist, um einen Teil des Hafens zu restaurieren, war das Hotel leer. Ich hatte schon fast vier Monate auf Hydra verbracht, kannte Petra schon fast drei. Jeden Tag, bevor sie schwimmen ging – *ihre schlanken Beine, lang wie die Fähnchen an Viertelnoten /fest wie Fische im flachen Wasser* –, streifte Petra die Armreifen ab, die ich ihr geschenkt hatte, die Ringe des Saturn. Danach legte sie sie wieder an, zwei Honiglinien schimmerten auf ihren gebräunten Armen. Sie lag auf Felsvorsprüngen und ließ die Wellen ihre Beine streicheln. Vielleicht würde sie einmal Schauspielerin werden, Lehrerin, Journalistin, sie wußte es noch nicht. Sie war zweiundzwanzig, sie wollte nicht nach Hause.

Sie erzählte mir von ihren Schulfreunden; von dem ersten Teil ihrer Reise durch Italien und Spanien. Von dem australischen Computervertreter, der ihr in Brindisi auf der Tanzfläche einen Heiratsantrag gemacht hatte. »Mitten im Café Luna.«

Ich gebe zu, ich habe ihr nicht sehr aufmerksam zugehört. Während sie sprach, schob ich kleine Kiesel unter die Elastikbänder ihrer Unterwäsche oder ihres Badeanzugs, bis sie salzig und dunkel waren. Dann holte ich sie wieder heraus und steckte sie in den Mund. Fundstücke.

Wir folgten deinen Fußstapfen über die Insel, Jakob. In unseren gemeinsamen Wochen schilderte ich ihr wie ein Fremdenführer mit Hilfe einer handgezeichneten Karte von Hydra all die Einzelheiten, die Salman so gewissenhaft gesammelt und an mich weitergegeben hatte: Hier hat Jakob mit der Arbeit an

Der Kompaß begonnen. Hier sind Michaela und er schwimmen gegangen. Hier haben sie samstags immer Zeitung gelesen.

Ich erzählte ihr, wie du und Michaela mit dem Schiff nach Athen gefahren seid, um Bücher und ausgefallene Gewürze in einem Geschäft zu kaufen, das britische Produkte führte – HP-Sauce und Currypulver, Cadbury's Kakaopulver und Bird's Vanillepudding –, und ihr dann die Nacht in einem kleinen Hotel in der Plaka verbracht habt und am nächsten Tag auf die Insel zurückgefahren seid.

Ich erzählte ihr, wie du »In jeder fremden Stadt« geschrieben hast – *in jeder fremden Stadt lerne ich / dein fernes und geliebtes Gesicht neu kennen* –, wie du allein in einem Londoner Hotel warst und über dem Bett die gleichen Teichrosen von Monet hingen wie auf der Postkarte zu Hause auf Michaelas Nachttisch.

Ich wollte, daß Petra Kleider trug, die ich ihr kaufte. Ich liebte es, ihr zuzusehen, wenn sie von meinem Teller probierte oder aus meinem Glas trank. Ich wollte ihr alles, was ich über Literatur und Stürme wußte, erzählen, in ihr Haar flüstern, bis sie einschlief und meine Worte ihre Träume erfanden.

Morgens war mein Körper vor Genuß matt und empfindlich. Ich lag auf Petras festem Bauch und braunen Schenkeln. *Ich setzte Millionen Leben frei, ein ungeborenes für jedes Gespenst,* und schlief, unbekümmert, während Seelen in die Extravaganz von Laken und Fleisch sickerten. Wenn ich mich völlig entleert hatte, schlief ich, als wäre ich zu voll, um mich regen zu können.

*

Schließlich brachte ich sie in euer Haus. Petra spürte, daß es ein Schrein geworden war, und ging durch die Zimmer wie durch ein Museum. Sie bewunderte den Ausblick. Sie zog sich in der Nachmittagssonne, die selbst Mitte Oktober noch warm ist, aus und stand nackt auf der Terrasse. Ich hielt den Atem an. Ich sah Naomi am Tag vor meiner Abreise, im grünen Licht des Regens hinter dem Haus, die nassen Bettücher im Arm. An der Hintertür streifte sich Naomi, bis auf die Haut durchnäßt, die Shorts ab; ihr triefnasses Hemd lag auf der Küchenablage und tröpfelte ins Spülbekken. Ich sah, wie schön meine Frau war, und ich umarmte sie nicht.

Petra führte mich ins Haus, und ich folgte ihr nach oben. Sie öffnete die Tür zu deinem Arbeitszimmer, dann zu dem Zimmer daneben, dann fand sie euer Schlafzimmer. Sie zog die Vorhänge auf, und das einfache Zimmer erstrahlte; alles war völlig weiß, bis auf die türkisfarbenen Kissen auf eurem Bett, als hätte die Flut von Sonnenlicht, die hereingeschwemmt war, Fragmente der See zurückgelassen.

Dann zog Petra die schwere Tagesdecke herunter.

Wir fanden Michaelas Zettel, wo sie ihn hingelegt hatte. Gedacht als Überraschung am Ende eines perfekten Tages. Zwischen den Kissen wartete er darauf, von dir entdeckt zu werden, an dem Abend, als du und Michaela nicht aus Athen zurückkehrtet. Zwei Zeilen blauer Tinte.

Wenn es ein Mädchen wird: Bella
Wenn es ein Junge wird: Bela

Ich zog den Rest der Bettlaken herunter, und Petra und ich legten uns auf den Boden.

Petra ist vollkommen, ohne Makel, sie hat nicht einmal eine Narbe. Ich stieß so heftig in sie hinein, bis ich uns beiden weh tat. Tränen strömten über ihr Gesicht. Ich preßte die Kiefer fest zusammen und ergoß mich über ihrem Bauch, in die Luft. Ich befleckte die Tagesdecke, ich legte mich zurück, schwitzend, und zog mir ihr Haar über das Gesicht.

Es gab ein Wiegenlied, das meine Mutter für mich gesungen hat: »Schtil, schtil – Still, still. Viele Straßen führen dorthin, aber keine führt zurück …«

Mein Vater erhielt seinen ersten Vertrag als Dirigent in der Stadt, in der er geboren war. Kurz vor Kriegsausbruch zogen meine Eltern von Warschau dorthin. In der Nähe gab es einen friedlichen alten Wald, in den meine Eltern am Wochenende zum Picknick fuhren. 1941 tilgten die Nazis den Namen des Waldes von der Landkarte. Über drei Jahre töteten sie dann in dem kleinen Gehölz. Später zwang man die übriggebliebenen Juden und sowjetischen Gefangenen, die sickernden Gruben wieder auszuheben und die achtzigtausend Toten zu verbrennen. *Sie gruben die Leichen aus dem Boden. Sie drangen mit ihren bloßen Händen nicht nur in den Tod, nicht nur in die Säfte und Bakterien der Körper, sondern auch in die Gefühle, in Glauben und Geständnisse ein. In die Erinnerung eines Mannes, dann in die eines anderen, in die von Tausenden, deren Leben sich vorzustellen ihre Aufgabe war …*

Die Arbeiter waren aneinandergekettet. Heimlich gruben sie drei Monate lang nachts einen dreißig Meter langen Tunnel. Am 15. April 1944 unternahmen sie einen Fluchtversuch. Dreizehn schafften es lebend durch den Tunnel. Elf, unter ihnen mein Vater, erreichten eine Gruppe von Partisanen, die sich tiefer im Wald versteckt hielten. Mein Vater und die anderen hatten den Tunnel mit Löffeln gegraben.

Naomi sagt, daß ein Kind die Furcht nicht erben muß. Aber wer kann Furcht vom Körper trennen? Die Vergangenheit meiner Eltern ist molekularisch auch die meine. Naomi glaubt, sie könnte den Soldaten, der in den Mund meines Vaters gespuckt hat, daran hindern, daß er über das Blut meines Vaters auch in meinen spuckt. Ich möchte daran glauben, daß sie mir die Furcht aus dem Mund spülen kann. Aber ich stelle mir vor, daß Naomi ein Kind hat und ich die Schrift auf seiner Stirn nicht daran hindern kann, gemeinsam mit ihm zu wachsen. Es ist nicht der Anblick der Nummer, der mir angst macht, selbst wenn sie sich wuchernd über seine Haut ausbreitete. Es ist die Angst, daß ich dies durch mein Zusehen, meine Erwartung bewirke.

Ich werde nie wissen, ob die zwei Namen auf der Rückseite der Fotografie meines Vaters, wenn sie ausgesprochen worden wären, die Stille in der Wohnung meiner Eltern mit Sprache erfüllt hätten.

Während ich neben Petra lag, kehrte ich in die Küche zurück und fand meine Mutter, umgeben von den Zutaten für das Abendessen, weinend am Tisch. Und an demselben Tisch Naomi, die die Hand meiner Mutter hielt.

Ich kehrte in die Küche zurück, in der Naomi das Foto wiedererkannte, das mein Vater so viele Jahre versteckt gehalten hatte; in der Naomi und ich schweigend beieinander saßen, während die Reste unseres Abendessens im Spülwasser aufweichten.

An dem Abend, als wir uns trafen, Jakob, hörte ich, wie du meiner Frau sagtest, daß es einen Moment gibt, in dem die Liebe einen zum ersten Mal an den Tod glauben läßt. Man findet den einen Menschen, dessen Verlust man, wenn auch nur in der Vorstellung, für immer bei sich tragen wird wie ein schlafendes Kind. Aller Kummer, jedermanns Kummer, sagtest du, habe das Gewicht eines schlafenden Kindes.

Ich wachte auf und fand Petra vor den Bücherregalen; Bücher waren über den Tisch verstreut, offen liegengelassen auf dem Stuhl und der Couch, während sie weiter in deinen Sachen wühlte. Ihre makellose Nacktheit, während sie entweihte, was so lange Zeit liebevoll bewahrt worden war.

Ich sprang auf, hielt sie bei den Handgelenken.

»Bist du verrückt geworden?« schrie sie. »Ich mach doch überhaupt nichts. Ich seh mich doch nur um –«

Sie griff nach ihren Kleidern, fuhr mit den Füßen in ihre Sandalen und war weg.

Die Hitze war erstaunlich. Schweißtropfen fielen auf die kostbaren Ledereinbände in meiner Hand. Ich stand an der Tür und sah Petras schwarze Mähne über ihren Hüften hin- und herschwingen, hörte sie fluchen, während sie an den Felsen vorbeilief, den Pfad hinunter.

Ich drehte mich um, und die Lücken in den Regalen sahen mich an.

Es war schwer, die Dinge so zu lassen, wie sie sie hinterlassen hatte; die Bücher nicht dahin zurückzustellen, wo sie gewesen waren. Zögernd stand ich einige Zeit an der Tür.

Das Schiff kommt am späten Nachmittag an, dann fährt es zurück nach Athen. Petra hatte, als sie wieder bei Frau Karouzou im Hotel war, reichlich Zeit zum Packen gehabt.

Ich war der einzige Gast an diesem Abend. Manos steckte das Tischtuch fest, und ich aß alleine im böigen Hof.

Manos senkte die Augen, zog die Schultern hoch, und ich wußte, daß er bei sich dachte: Wenn's um eine Frau geht, mit der man nicht verheiratet ist, was soll man da schon sagen?

Ich erinnerte mich an jemanden, den ich an der Universität kannte, der mir einmal mit fast jugendlicher Neugier – ob ich das vielleicht auch schon erlebt hätte? – anvertraute, daß seine Gedanken, wenn er mit einer Frau geschlafen hatte, immer von Kindheitserinnerungen überschwemmt wurden. Jahrelang hatte er dieses Wohlgefühl, diese Rückkehr in eine kindliche Einfachheit, mit Liebe zu den jeweiligen Frauen verwechselt. Dann begriff er, daß es etwas rein Physiologisches war. Er sagte, unser Körper halte uns auf vollkommene Weise zum Narren. Damals beneidete ich ihn um die Frauen. Jetzt beneidete ich ihn um den Trost seiner Wehmut.

All die Nächte, die ich verwirrt und betäubt neben Petra gelegen hatte, hatte sie nur darauf gewartet, abzureisen.

Um neun Uhr hatte der Wind Stärke 5 erreicht. Es war kalt genug, um Pullover und Strümpfe anzuziehen.

Sogar ein mäßiger Sturm wirft sechshundert Wellen in der Stunde gegen den Strand. Jeden Tag lastet eine halbe Tonne Luft auf deinem Kopf. Wenn du schläfst, drücken dich fünf Tonnen ins Bett.

*

Den ganzen nächsten Tag wurde es in deinem Haus durch den aufziehenden Sturm immer dunkler. Ich zündete die Lampen an. Schließlich begann es zu regnen. Ich beobachtete, wie der Boden weich und schwer wurde: Petras Haar.

Es regnete so stark, daß ich dachte, Wasser könnte durch die Mauerfugen gedrückt werden. Die auf das Meer blickenden Fenster klapperten unaufhörlich. Im ganzen Haus schufen Lampen Lichtpfützen in der Dämmerung.

Die vertraute Abwesenheit war durch einen neuen Verlust ersetzt worden. Aber alle Mystik war verschwunden. Das Haus schien leer.

Ich wünschte mir, daß das schlechte Wetter deinen und Michaelas Geist zurücklocken möge, daß ihr im Schatten jenseits des Scheins der Lampen Zuflucht suchen würdet.

Ich wünschte mir, euch mit einem von Naomis Liedern zurücklocken zu können. »Wenn du an tiefes Wasser kommst, ertrinke nicht im Schmerz. Wenn du an große Feuer kommst, verbrenne nicht vor Kummer … Täubchen, mein Täubchen …« Naomi erzählte mir, daß Liuba Levitska in Einzelhaft gesperrt wurde, weil sie versucht hatte, ein Essenspaket für ihre Mutter ins Ghetto zu schmuggeln. Die Nachricht, daß sie den anderen Gefangenen mit ihren Liedern Trost spendete, verbreitete sich schnell. »Liuba singt im Turm.« Und viele meinten, »Zwei Täubchen« durch die Mauern hindurch hören zu können.

Mir wurde das Ausmaß von Petras Wüten erst allmählich klar. Im Zeitraum von vielleicht einer Stunde hatte sie jedes Zimmer geplündert.

Den größten Schaden hatte sie in deinem Arbeitszimmer angerichtet. Die Gegenstände auf dem Tisch waren durcheinandergeworfen, die Schubladen hingen heraus, offengelassene Bücher, die kurz angesehen und dann wieder weggelegt worden waren, türmten sich willkürlich auf einem Stuhl. Dein Zimmer sah aus, als hätte ein Wissenschaftler, der nur eine einzige Minute Zeit hatte, um die Textstelle zu finden, von der sein Leben abhing, den ganzen Raum auf den Kopf gestellt.

Langsam brachte ich das Haus wieder in Ordnung, nahm jedes Buch behutsam in die Hand, glättete sorgfältig die umgeknickten Seiten und setzte mich ab und zu hin, um ein paar Absätze zu lesen oder Illustrationen von Schiffen und prähistorischen Pflanzen zu bewundern.

Als ich die Bücher in dem Raum neben deinem Arbeitszimmer zurückstellte, fand ich sie. Nicht in einem der Stapel, die Petra hinterlassen hatte, sondern freigelegt durch die Lücke, die vor ihnen auf dem Bord entstanden war. Es waren zwei Bände, beide an den Ecken zerdrückt, wahrscheinlich weil sie oft in eine Tasche oder einen Picknickkorb gesteckt worden waren. Eines sah etwas aufgequollen aus, als hättest du es über Nacht draußen auf der Terrasse liegenlassen, vielleicht nachdem du Michaela im Schein des Windlichts daraus vorgelesen hattest. In dem ersten standen dein Name und das Datum, Juni 1992. Im zweiten, November 1992; vier Monate vor deinem Tod.

Deine Handschrift war ordentlich und klein wie

die eines Naturwissenschaftlers. Aber deine Worte waren es nicht.

Als es Nachmittag wurde, hatte der Regen nachgelassen; Tropfen mäanderten die schwarzen Scheiben herunter. Ich konnte noch immer den Wind hören. Ich saß eine lange Zeit an deinem Schreibtisch, bevor ich das erste Notizbuch aufschlug. Dann begann ich, aufs Geratewohl darin zu lesen.

Die Zeit ist eine blinde Führerin …

Bei den Toten bleiben, heißt, sie verlassen …

Getroffen von einer Fotografie, von einer Liebe, die den Mund schließt, bevor sie einen Namen ruft …

In der Höhle ihres Haares …

*

Der Abend war schon fortgeschritten, als ich deine Tagebücher mit Michaelas Notiz, die ich in einen der Bände gelegt hatte, neben meine Jacke und Schuhe an die Haustür lehnte.

Ich machte mich daran, die Laken über die Möbel zu breiten.

Die Wissenschaft ist voller Geschichten von Entdeckungen, die möglich wurden, weil ein Fehler den anderen korrigierte. Nachdem Petra in deinem Haus zwei Geheimnisse gelüftet hatte, deckte sie noch ein weiteres auf. Auf dem Boden neben der Couch: Naomis Schal.

Man kann nicht nur die halbe Strecke hinunterstürzen. In der ersten Sekunde, wenn man über den Rand getreten ist, scheint man nicht zu fallen, sondern aufzusteigen. Aber die Stille verrät den Sturz.

In Hawaii ist Stille die Warnung vor dem Erdbeben. Es ist eine schreckliche Stille, weil man das Geräusch der Wellen erst wahrnimmt, wenn sie aufhören, an den Strand zu schlagen.

Ich nehme den Schal auf und betrachte ihn unter dem Licht. Ich rieche an ihm. Der Geruch ist mir nicht vertraut. Ich versuche, mich daran zu erinnern, wann ich ihn das letzte Mal an Naomi gesehen habe.

Ich erinnere mich an den Abend, als du Naomis Herz gestohlen hast. Wie zärtlich du auf sie eingegangen bist. »Ich finde es ganz richtig, ihnen immer mal wieder was Schönes zu bringen.«

Ich weiß, es ist nicht ihrer; ich weiß, sie hat einen, der genauso aussieht. Der Schal ist ein Quadrat der Stille.

Naomi, die ich seit acht Jahren kenne – ich kann nicht sagen, wie ihre Handgelenke aussehen oder der runde Knöchel an ihrem Fußgelenk oder wie ihr Haar im Nacken wächst, aber ich kann sagen, in welcher Stimmung sie ist, noch bevor sie das Zimmer betritt. Ich kann sagen, was sie gerne ißt, wie sie ein Glas hält, wie sie ein bestimmtes Bild oder einen Buchtitel beurteilen würde. Ich weiß, wie sie an ihren Erinnerungen hängt. Ich weiß, woran sie sich erinnert. Ich kenne ihre Erinnerungen.

Naomi pflegte nach unten zu gehen, um Kaffee aufzusetzen, dann kam sie zu mir unter die Dusche, auf ihr noch immer unser Geruch, den meine eingeseifte Haut löschte, als ich sie umarmte. Ich weiß, daß sie sich während unserer letzten gemeinsamen Monate nach jenen Wintermorgen gesehnt hat, als wir früh aufwachten und einfach losfuhren und irgendwo draußen vor der Stadt hielten, um zu frühstücken, in irgendwelchen kleinen Diners in kleinen Städten – dem Driftwood, dem Castle, dem Bluebird –, und danach Straßen hinunterwanderten, an brachliegendem Land vorbei, die Umrisse der Berge vor uns. Manchmal blieben wir irgendwo über Nacht, all die fremden Betten, in denen wir aufwachten, und ich vergeudete die Liebe, ich vergeudete sie.

*

Ich warf einen letzten Blick ins Haus. Die Laken schimmerten matt. Die bunten Kissen und Teppiche, die Galionsfiguren, die Fenstersimse, überladen mit Dingen aus der ganzen Welt, die auf verschiedenen Reisen gesammelt worden waren, dein Sultanszelt, deine Kapitänskajüte, dein Arbeitszimmer – alles war jetzt verhüllt, verschluckt.

Von der Treppe vor deiner Haustür aus konnte ich die Lichter von Hydra sehen, wie verstreute Münzen. Ein ernster Wind schlug mir entgegen.

Ich ging wieder zurück ins Haus, stieg die Treppen zum Schlafzimmer hinauf und legte Michaelas Notiz zurück.

Ich weiß nicht, ob ich das deinetwegen tat oder um Maurice Salman zu schonen, deinen alten Freund, der dich so sehr vermißt.

*

Der dunkle Wind hatte die Wolkenmassen hinaus aufs Meer getrieben, und der Nachthimmel über der Insel war überraschend klar. Im Strahl meiner Taschenlampe glänzten die vom Regen niedergedrückten Felder.

Ich ging ums Haus und befestigte die Läden.

Zwischenstation

Ein Amphitheater aus Kumulonimbuswolken stand um den Syntagma-Platz in Athen. Der feuchte Nebel schmierte unter den Scheibenwischern, die auf der Windschutzscheibe des Taxis quietschten.

Der Regen in einer fremden Stadt ist anders als der Regen an einem Ort, den man kennt. Ich kann das nicht erklären, Schnee zum Beispiel ist überall gleich. Naomi sagt, daß das auch auf die Abenddämmerung zutrifft, daß sie, wo man auch hinkommt, anders ist, und einmal erzählte sie mir, wie sie sich, allein in Berlin, am Neujahrstag verlaufen hatte und versuchte, den Weg zurück zu ihrem Hotel zu finden. Sie landete am Ende einer Sackgasse an der Mauer, an drei Seiten Beton, bei Einbruch der Dunkelheit. Sie sagt, sie habe angefangen zu weinen, weil es dunkel wurde und weil es Neujahr war und weil sie alleine war. Aber ich glaube, daß Berlin sie zum Weinen brachte.

Ich empfand plötzlich ein Gefühl der Zusammengehörigkeit mit den Essenden um mich herum, die hinter dem Schutzwall von heißem Essen und Trinken Trost fanden. Es war schon den dritten Tag sehr naß und kalt. Sie aßen dicke Scheiben Brot, kauten auf der harten Kruste herum, tunkten Brötchen und Kekse in riesige Tassen mit dampfendem Milchkaffee.

Tavernen, Oasen, Gasthöfe auf der Landstraße des Königs. Zwischenstationen. Dostojewski und die mildtätigen Frauen von Tobolsk. Achmatowa, die den verwundeten Soldaten in Taschkent Gedichte vorlas. Odysseus, der auf Scheria von den Phäaken gepflegt wurde.

Selbst mitten in der Stadt, in Athens beliebtestem Café, stieg aus der nassen Wolle und den Öljacken der Geruch nach Tieren und Feld. Das Restaurant war eine Höhle aus Lärm; die Espressomaschine, das Gurgeln der Milch, die laute Unterhaltung. Ein Aufblitzen ließ mich zur Seite blicken, und ich sah die beiden Goldreifen unter ihrem Haar verschwinden, als sich Petra die schwarze Fülle aus dem Nacken hob. Dann tauchten sie wieder auf, die Ringe des Saturn. Sie stand auf. Ein Mann, die Hand auf ihrem Rücken, steuerte sie zwischen den Tischen hindurch auf die belebte Straße.

Ich schaffte es gerade noch rechtzeitig zur Tür des Restaurants, um sie, wie die Armreifen, die sich in ihrem dunklen Haar verloren, durch die Wand aus Licht am Rande des Platzes verschwinden zu sehen. Ich sah ihnen nach, wie sie in die unbeleuchteten Straßen der Plaka eintauchten.

Es hatte aufgehört zu regnen. Langsam leerte sich das Restaurant. Sogar der Mond kam zum Vorschein. Einzig das Geräusch des Cafés durchdrang die Dunkelheit, und bald darauf versanken selbst die lauten Stimmen der Trinker in der Stille, während ich auf den dunklen Gassen weiter in die Plaka vordrang, wie eine Ameise, die sich zwischen den schwarzen Lettern einer Zeitung verliert.

Ohne nachzudenken, folgte ich den Windungen den Berg hinauf, die schmalen Marktstraßen wurden langsam rauher, im aufgebrochenen Pflaster wuchs

Gras, leere Grundstücke tauchten zwischen den Häusern auf. Bald konnte man Athen im Tal kaum mehr erkennen, es flackerte wie Mondlicht auf einer Wasserfläche unter dem riesigen Bug des Steilhangs.

Holprige Gehwege, Industriezäune, alter Draht und zerbrochene Flaschen, die das Mondlicht in kleinen Funken wiedergaben. Winzige Gärten, über Balkongitter geworfene Kleidung, im Freien stehengelassene Küchenstühle, die vom Regen überschwemmten Reste einer Mahlzeit auf einem kleinen Tisch. Die Häuser schmiegten sich enger in den Fels, waren zerfallener und vitaler, je höher ich stieg. Die Trümmer des Gebrauchs, nicht der Verlassenheit.

Die Straße mündete in ein offenes Feld, auf dem alte Möbel, Pappkartons und aufgeweichtes Zeitungspapier herumlagen. Zwischen dem Müll wuchsen wilde Blumen. Ich watete durch das nasse Gras und blickte lange Zeit auf die Stadt unter mir. Die Luft war kühl und frisch.

Dann merkte ich, daß ich die Dunkelheit mit anderen teilte. Ich erkannte an ihren Stimmen, daß das Paar nicht mehr jung war. Ich bewegte mich nicht. Der Mann gab seinen kurzen Aufschrei von sich, und ein paar Augenblicke später lachten sie leise.

Es war nicht die Nähe zu ihrer Intimität, die in mir etwas aufbrach, sondern dieses kleine Lachen. Ich dachte an Petra, wie sie sich mir im Dunkeln zuwandte, ihre Augen so ernst wie die eines Tieres. Ich hörte ihre gedämpften Stimmen und stellte mir vor, wie sie sich gegenseitig die Kleider in Ordnung brachten.

Auf der Schiffsreise von Hydra hatte ich mitangehört, wie ein junger Mann einem anderen erklärte, daß in Ländern mit großen Familien Eheleute sich oft aus ihren kleinen Häusern in die Felder davonstehlen mußten, um vor den Ohren ihrer Kinder sicher zu sein. »Kein Erstgeborenes wird im Gras gezeugt, aber alle anderen! Abgesehen davon mögen es die Frauen, in den Himmel zu sehen.«

Ich hörte das Streifen ihrer Kleider im Gras, als sie das Feld überquerten.

Schwaches Licht dämmerte herauf. Als ich schließlich in mein Hotel zurückging, war der Himmel von Tageslicht durchtränkt.

Als wir heirateten, sagte Naomi: Manchmal braucht man beide Hände, um aus einem Ort herauszuklettern. Manchmal gibt es steile Pfade, wo der eine hinter dem anderen gehen muß. Wenn ich dich nicht finden kann, werde ich tiefer in mich hineinsehen. Wenn ich nicht nachkommen kann, wenn du zu weit voraus bist, dreh dich um. Dreh dich um.

In meinem Hotelzimmer, am Abend bevor ich Griechenland verlasse, erlebe ich zum ersten Mal das Gefühl gewöhnlicher Trauer. Endlich gehört mein Unglück mir allein.

*

Stundenlang mit dem Gesicht am kalten Flugzeugfenster, sehe ich über dem dichten unbewegten Atlantik meine Rückkehr voraus.

Es ist fünf Uhr dreißig, Naomi kommt gerade nach Hause. Ich stelle mir vor, wie sie an der Haustür mit ihren Schlüsseln kämpft. Mit einem Buch, vielleicht Hugills *Shanties von den Sieben Meeren,* in der Hand. In der anderen eine Tüte mit Lebensmitteln. Mandarinen, ihre duftende Schale, ihre süßen Vitamine. Durch die Hitze des Ofens aufgesprungenes Brot, die Schnitte, von innen aufgebrochener weicher Teig. Naomis Gesicht ist von Kälte und Nebel gerötet, ihre Strümpfe sind hinten mit Matsch bespritzt.

Im Nachttaxi vom Flughafen sehe ich auf dem Rücksitz des Autos meiner Eltern aus dem Fenster, ich erinnere mich an die Wintersonntage, als ich noch ein Junge war. Wir fahren unter einem eisigen Novemberhimmel, an flachem Ackerland vorbei, durch die gespenstische Leere am Rande der erleuchteten Stadt. Das erste Sternenlicht ist eine Haut aus Frost über den Feldern. Meine Jungenfüße stecken kalt in meinen Stiefeln. Kleine städtische Rasenflächen, durch den Schnee verengte Straßen. Man hört, wie irgendwo in der Umgebung ein Weg freigeschaufelt wird, ein Motor im Leerlauf.

Das Taxi fährt am gelben Glühen von Fenstern über violettem Rasen vorbei; vielleicht ist Naomi nicht da, in jedem Haus brennt Licht, nur in unserem nicht …

– In Griechenland habe ich eine Frau mit genau dem gleichen Schal wie deinem gesehen. Ich habe mich erinnert, wie du ihn umhattest. Hast du den noch?

– Hunderte von Frauen müssen so einen Schal haben. Er ist von Eaton's. Was ist überhaupt so wichtig an einem Schal?

– Nichts. Nichts.

Jetzt, aus sechstausend Meter Höhe, taucht der

ausgefranste Rand der Stadt auf, die wabernde Grenze einer Zellwand.

Im Bett werde ich Naomi von Wasserstrudeln erzählen, die auf ihrem Weg Meerespflanzen einatmen, fluoreszierende Wesen, und zu leuchtenden, sich drehenden Röhren werden, die schwankend über den mitternächtlichen Ozeanboden tanzen. Ich werde ihr von der halben Million Tonnen Wasser erzählen, die aus dem Wascana-See herausgerissen wurden, und von dem Tornado, der einen Drahtzaun wie ein Wollknäuel aufrollte, samt Pfählen und allem. Aber nicht von dem Mann und der Frau, die sich in ihrem Zimmer versteckten, bis der Tornado vorübergezogen war, und ihre Schlafzimmertür öffneten, um festzustellen, daß der Rest des Hauses verschwunden war …

Naomi sitzt in der dunklen Küche. Ich stehe in der Tür und beobachte sie. Sie sagt nichts. Es ist November, aber am Fenster hängen noch immer die Fliegengitter, feuchtes Laub klebt an dem Maschendraht. Die Gitter verschwimmen zu grauem Glas, und die Art, wie sie auf ihre Hände auf dem Tisch hinuntersieht, macht mir angst.

Meine Frau bewegt sich unruhig auf dem Stuhl, ihr Haar schneidet ihr Gesicht in zwei Hälften. Und sobald ihr Gesicht auf diese Weise verschwindet, wird der Laut in meinem Mund sein: Naomi.

Ich werde mir nicht erlauben, ihr zu gestehen, daß ich auf Hydra mit einer Frau zusammen war, daß ihr Haar von der Bettkante auf den Boden fiel …

Naomi, ich erinnere mich an eine Geschichte, die du mir erzählt hast. Als du ein kleines Mädchen warst, hattest du einen Lieblingsteller, auf dessen Boden ein Muster gemalt war. Du wolltest alles aufessen, um den leeren Teller voller Blumen zu sehen.

Das Flugzeug zieht in einem weiten Bogen hinunter.

Einmal sah ich meinen Vater in der schneeblauen Küche sitzen. Ich war sechs Jahre alt. Ich kam mitten in der Nacht herunter. Während ich schlief, hatte es einen Schneesturm gegeben. Die Küche schimmerte von den neuen Schneewehen, die sich an den Fenstern auftürmten; blau wie das Innere einer Gletscherspalte. Mein Vater saß am Tisch und aß. Ich war von seinem Gesicht gebannt. Es war das erste Mal, daß ich sah, daß Essen meinen Vater zum Weinen brachte.

Aber jetzt, aus ein paar hundert Meter Höhe, sehe ich noch etwas. Meine Mutter steht hinter meinem Vater, und er hat den Kopf an sie gelehnt. Während er ißt, streichelt sie ihm übers Haar. Wie in einem wundersamen geschlossenen Kreis zieht jeder Kraft aus dem anderen.

Ich sehe, daß ich geben muß, was ich selbst am meisten brauche.

Danksagungen

»Als das Schiff in Gefahr war, erinnerte er sich an sie …«
NIKOS PENDZIKIS

Viele Bücher haben mir bei meinen Nachforschungen über den Krieg geholfen – Zeugenberichte sowie die Arbeiten von Historikern. Besonderen Dank schulde ich Terrence Des Pres, *The Survivor,* und den Werken von John Berger. Ich würde ebenfalls gerne *The Politics of the Fast,* hrsg. v. Gathercole und Lowenthal, und Apsley Cherry-Garrard, *The Worst Journey in the World,* hervorheben. Die kurzen Zitate von Theotokas stammen aus Mark Mazower, *The Experience of Occupation,* 1941–1944; die Zitate von Wilson, Bowers und Taylor aus Griffith Taylor, *With Scott, The Silver Lining,* und Edward Wilson, *Diary of the Terra Nova Expedition.* Die Übersetzungen der jiddischen Lieder in Teil I stammen aus J. Silverman, *The Yiddish Song Book;* in Teil II aus Shoshana Kalisch, *Yes, We Sang,* das außerdem langgesuchte Antworten auf bestimmte Fragen gab. Das Zitat von George Seferis verdanke ich der Übersetzung von Rex Warner.

Ganz besonderen Dank an Jeffrey Walker für seine unschätzbare Unterstützung.

Dank an Ellen Seligman für ihr Lektorat, ihre Scharfsicht, ihr Engagement und ihre Unterstützung.

Danken möchte ich auch Sam Solecki, Vivian Palin, Bob und Grace Bainbridge, George Galt, David Sereda. Sowie Beth Anne, Janis, Linda, Herschel, Dor, Luigi und Nan. Ich danke den Michaels, besonders

Arlen und Jan. Und ein besonderes Dankeschön an David Laurence.

Schließlich meinen Dank an Nicholas Stavroulakis vom Jüdischen Museum Griechenlands und an Avraam Mordos und seine Familie für ihre freundliche Hilfe in Athen.

ANNE MICHAELS

Fluchtstücke

erscheint als neunzehnter Band der

BRIGITTE-EDITION

ERLESEN VON ELKE HEIDENREICH

Lizenzausgabe für BRIGITTE-EDITION

Lizenzausgabe mit freundlicher Genehmigung
des Berlin Verlages
Die Orginalausgabe erschien 1996 unter dem Titel
Fugitive Pieces
bei McClelland and Steward, Inc. in Toronto

Die deutschsprachige Ausgabe erschien unter dem Titel
Fluchtstücke
erstmals 1996 beim Berlin Verlag, Berlin.

Ausstattung und Gestaltung von
Groothuis, Lohfert, Consorten, Hamburg
Herstellung:
G+J Druckzentrale, Hamburg
Prill Partners producing, Berlin
Satz: Dörlemann Satz, Lemförde
Druck und Bindung: GGP Media GmbH, Pößneck
Printed in Germany

ISBN 3-570-19525-2

DIE BRIGITTE-EDITION

IN 26 BÄNDEN

ERLESEN VON ELKE HEIDENREICH

1 | PER OLOV ENQUIST *Der Besuch des Leibarztes*

2 | PAULA FOX *Was am Ende bleibt*

3 | T.C. BOYLE *América*

4 | NIGEL HINTON *Im Herzen des Tals*

5 | RUTH KLÜGER *weiter leben*

6 | RICHARD FORD *Unabhängigkeitstag*

7 | JANE BOWLES *Zwei sehr ernsthafte Damen*

8 | ARNON GRÜNBERG *Phantomschmerz*

9 | JIM KNIPFEL *Blindfisch*

10 | DOROTHY PARKER *New Yorker Geschichten*

11 | DIETER FORTE *Das Muster*

12 | WISŁAWA SZYMBORSKA *Die Gedichte*

13 | HERMANN H. SCHMITZ *Das Buch der Katastrophen*

14 | HARUKI MURAKAMI *Gefährliche Geliebte*

15 | CARL FRIEDMAN *Vater/Zwei Koffer*

16 | BORA ĆOSIĆ *Die Rolle meiner Familie in der Weltrevolution*

17 | MARLEN HAUSHOFER *Die Wand*

18 | JOHN UPDIKE *Gertrude und Claudius*

19 | ANNE MICHAELS *Fluchtstücke*

20 | STEWART O'NAN *Das Glück der anderen*

21 | CHRISTA WOLF *Kein Ort. Nirgends*

22 | MAARTEN 'T HART *Gott fährt Fahrrad*

23 | ALESSANDRO BARICCO *Seide*

24 | ISABEL BOLTON *Wach ich oder schlaf ich*

25 | RADEK KNAPP *Herrn Kukas Empfehlungen*

26 | ANTONIO TABUCCHI *Erklärt Pereira*